未來之憶

首部曲 人魔之城

黃志翔——著

目次

第一章

人類必然會瘋癲到這種地步，即不瘋癲也只是另一種瘋癲。

——布萊士・帕斯卡（Blaise Pascal）

滂沱大雨中，田醫師撐著傘快步穿過院區的庭園，小心避開積水的草坪，沿著梭羅木群旁的紅磚步道走向療養院東樓。

事出突然，田醫師臨時借了把傘就衝出西樓辦公室，此刻才覺得這把女用傘拿在自己手中好像怪怪的。

他抬眼看了看，昂貴的日本製手工傘，橡木柄連同傘軸一體成形，傘緣綴著朵朵淡雅的紅玫瑰花紋飾，整個傘面是淡粉紅金的蠟染風絹布，淡粉紅金其實是一種危險的底色，很容易被聯想為高調與俗豔，可是工匠卻又心思細密地繪上不規則的黑色細紋，蜘蛛網似地布滿整個傘面，乍看有點像是骨董瓷器上的裂痕，卻很奇特地鎮住那危險的底色，讓這把手工傘顯得既華麗又脫俗。

田醫師似乎想到什麼，但那念頭一閃即逝，無從捉摸。他並不怎麼在意，匆匆進了東樓側門，跟駐警和保全打了招呼就沿著樓梯奔向二樓。

二樓甬道盡頭的診療室正傳出狂暴的嘶吼聲。

田醫師衝進診療室，看到滿地碎玻璃，那應該是他桌上的花瓶吧，至於原先插在瓶裡的兩朵白色野百合花早已被踩得稀巴爛。兩個男護理師已經把病患壓制在桌上，想為他施打鎮定劑Ativan，但他一直掙扎著不肯就範，直到田醫師走到他面前，以雙手扳住他的臉。

「看著我！蕭遙！看著我！」田醫師吼著。

病患瞪著田醫師，過了一會兒，眼神逐漸柔和下來，不再抗拒了。

田醫師不曾吼過蕭遙，這應該是第一次。

蕭遙一直是個很安靜的病患，甚至可以說，過度安靜。

這場大雨已經連下了兩天，蕭遙的不安與躁動，好像也是從那時候開始的。那天，蕭遙說他想出去，田醫師以一貫的淡定微笑加以婉拒。這裡的患者多半都想出去，他們會說自己已經痊癒了，唯獨蕭遙的理由不太一樣，他只想出去找人。

「找誰？」田醫師問。

「她渾身是血，脖子被割斷。」蕭遙的眼神很清澈：「但不知道是誰。」

「所以是個死人？」

「不是。」

「難道是殭屍？脖子都斷了吔！」田醫師微笑著，盡可能維持耐性卻又難掩調侃之意。

「她還活著，因為事情還沒發生。」

「什麼事？」

「有人想殺她。」

蕭遙說，有位女性脖子被利刃劃過，血流如注，想逃都逃不了接著胸腹腔就被剖開了。

類似的陳述已經數不清有多少次了，都詳細的記載於田醫師的診療筆記。殺人的手法、細節、受害者如何垂死掙扎，有時候連凶手的穿著、長相都描述得很清楚。

這些陳述，是蕭遙的預見或幻覺？田醫師寧可相信是後者。

幻覺，是許多精神疾病患者常見的症狀，他們絕大多數對別人無害，比較像是活在一個與常人相異的平行世界。只有極少數患者才具有暴力攻擊傾向，通常只要犯行確認，即須接受強制醫療，以免傷及無辜或危及公共安全。

蕭遙卻是個例外。

不曾有任何人目睹他出現過攻擊行為，更談不上暴力傾向，可是，精神疾病強制鑑定審查會的全體委員卻一致通過將他送交強制醫療，當時他年僅十二歲。

七年前，就在小學畢業的那個暑假，蕭遙突然被警方逮捕，罪名是涉嫌殺害他的英文家教老師，一位女大學生。警方調查發現，整個殺人過程都完整而詳細地記錄在死者臉書的通訊軟體Messenger內，而貼文者就是蕭遙。總計十二則短訊，從第一則到最後一則，為時四十三分鐘，貼文的持續時間與殺人過程的持續時間完全一致，有點像是直播殺人。

死者身中十七刀。左右頸動脈、心臟、左右大腿內側動脈各二刀，其餘的十一刀是用來割爛她的臉。

基於法律規定的少年隱私保護原則，少年法院採取了非公開的審理方式且隱匿其姓名，但這駭人聽聞的凶案仍喧騰一時，媒體後來稱之為「S少年臉書直播殺人事件」。「S」，代表兩個意義——

Shiau，姓氏「蕭」字羅馬拼音的首個字母。

Supernatural，靈異。

根據警方的筆錄與調查報告，蕭遙否認犯案，辯稱他是「感應」到死者即將受害，才趕到死者工讀所在的T大化工系實驗室，抵達現場時她已氣絕身亡，所以屍體是他發現的，也是他報的案。最詭異的是，蕭遙就讀的小學，有個老師和兩個學生在法庭作證時竟都宣稱蕭遙似乎擁有所謂的「陰陽眼」和「靈異體質」，能看見別人看不見的。他們舉的不少實例全都匪夷所思，卻也從非利害關係人的角度為蕭遙的「感應說」提供了客觀佐證。

在法院自由心證之論理法則與經驗法則的雙重制約下，「感應說」和「靈異說」必然不可能被法官採納，而其推論邏輯也必然置換成現今醫學所能解釋的「精神疾病」。因此，少年法院的法官雖然認定蕭遙是行凶者無誤，卻仍將他送交精神鑑定。鑑定程序由兩所醫療機構的兩位精神科醫師分別進行，總計經過三十五次訪談，最後認定蕭遙患有「分裂病性人格疾患（潛伏型精神分裂病）」。

這個鑑定結果，先由精神疾病強制鑑定委員會無異議通過，法官也歸納並援引兩位醫師的觀點：「當事人的思考、情緒、知覺、認知、行為等精神狀態表現異常，致其呈現出與現實脫節之怪異思想及奇特行為，恐有傷害他人之虞，須給予醫療及照顧」，最後判決蕭遙有期徒刑十年，刑前須於相當處所接受五年監護處分，予以矯正治療。雖然檢察官不服判決，提出上訴要求處以無期徒刑，但歷經二審、三審駁回上訴，終告定讞。

所謂「相當處所」，就是俗稱「療養院」的市立精神醫學中心。蕭遙被送進來的時候，算是院裡年紀最小的患者，從那時候起，田醫師就擔任他的主治醫師直到現在。

至於蕭遙真是個靈異少年嗎？說真的，田醫師並不相信。

上帝的話語，天啟的梵音，反映的或許僅是人們自身的渴望，惟以神之名。

窗外的雨勢不曾稍歇。

從落地窗望出去，梭羅木群的林梢恰成一片樹海，蒼鬱的綠葉此刻顯得格外油亮。

診療室已收拾乾淨，地上見不到一點玻璃碎片，即連水漬都拖乾了。

田醫師回頭望向蕭遙。施打鎮定劑才十五分鐘，蕭遙已經完全平靜下來。護理師為了防範他再度失控，除了為他穿戴拘束衣，本來還想留下監看的，田醫師把他們打發走了。

即使發生今天的躁動，院裡的同事們應該還是喜歡這男孩的吧，田醫師覺得。

蕭遙的容貌本來就容易討人喜愛。白皙的臉龐，豐潤的唇，一雙濃眉和稍深的眼窩襯出直挺的鼻梁，而最特別的應是他那雙眼。倒不是因為看似單眼皮的內雙讓它們飄散著古典東方男性的俊逸，而是那眼神，多數時候看起來靜謐清澈，會讓人以為那兒不可能藏有什麼秘密的心思。

大概也是這個緣故，院裡的護理士，無分男女，都喜歡找他閒聊。雖然他話不多，多半僅回以靜靜的微笑，但他們都知道他是八卦與謠言的絕緣體，無論聽了什麼都只進不出，所以從各自的初戀、失戀、不倫戀，到家裡的貓狗生老病死之類的話題，幾乎百無禁忌，一碰到蕭遙就口無遮攔起來。

這多少也是因為蕭遙在院內已經待了六年，大家都把他當成家人的關係吧。而更重要的，所有的診療記錄都深鎖在田醫師的電腦中，少有人知道他有多危險。

天使的微笑，撒旦恆有之，惜吾人恆忘。

一開始，田醫師其實偶爾也會分享自己私領域的一些小故事。譬如他和妻子同樣喜歡用竹柏作為家裡長方形柚木餐桌上的小植栽，但他想的是純白色陶燒花器，而她喜歡的是透明玻璃器皿；又如三年前生下的女兒，不只親友們覺得長得像他，而且女兒特別喜歡黏著他，果然是唯一能讓他眷戀成癡的前世情人。

跟蕭遙說這些叨叨絮絮的瑣碎家務，田醫師其實有另一層未曾言明的用意。他試圖為蕭遙重建一種日常的、以家庭為核心的倫理觀念，所以，他偶爾還會鼓勵蕭遙接觸一些宗教方面的正向思維，包括佛教、基督教、伊斯蘭，雖然連他自己都不怎麼相信。

時間足以療癒一切吧，田醫師原本是這麼期盼的。蕭遙那不知因何而冷血、霧鎖的內心世界，只要假以時日，總有撥雲見日的一天。

可是，從初期每周一次的療程，到如今每月一次，田醫師卻越來越沒把握。

關鍵問題有兩個。首先，蕭遙一直不肯認罪，從法院審理期間直到現在，他始終堅決否認殺人。其次，可能也是更重要的，從去年以來，每隔幾天他總會描述一個凶殺狀態，鉅細靡遺。至今，田醫師記錄了十七則，每個狀態都迥然相異，用詞簡短而精準，一如他七年前在臉書留下的殺人紀錄。

每一次，蕭遙描述著各種凶殺狀態，那清澈的眼神，總讓田醫師不寒而慄。平靜。事不關己。冷酷。所以眼神的清澈反映的竟是連血腥虐殺也無感的人性荒蕪？

雖然田醫師寧可相信那些凶殺狀態是蕭遙的幻覺而非預見，但又如何呢？他不能不懷疑蕭遙真正可怕之處或許就在於把想像的世界化為真實——因幻覺而宣稱預見，並以實際的虐殺行動實現之。

這也是為什麼田醫師在蕭遙的五年監護期滿後主動去函法院，要求延長對他的強制醫療時程。函中檢附的調查報告直言蕭遙仍有傷害他人之虞。

當事人每一次的描述都像是旁觀的第三者。所有虐殺的細節，由他平靜的語調娓娓道來都顯得與他無關，讓人覺得他純淨得好像身處無菌室，卻和血腥的凶殺現場只有一窗之隔。

田醫師在報告中寫道：

但那究竟是窗？還是鏡？若他目睹的非僅他者的身影，也是自身的鏡像呢？他的所思未必是他的所言，我們必須判讀他不曾說出口的言外之音，那才是他的內心實境。

法官很快就認可田醫師的聲請，顯然也認同報告中的這句結語吧：

喑啞的闇黑欲望，只存在於話語匿蹤之所。

診療室裡，田醫師開了抽屜的鎖，取出筆記本，愜意地坐到米棕色的亞麻布沙發。

「應該是第一次替你穿上這個吧，不好意思啊。」田醫師指的是拘束衣。

「我必須出去。」蕭遙的語氣已經恢復平日的柔和。

「出去，就為了找那個你不知道她是誰、也不知道她在哪裡的女人？」

田醫師偶爾會帶著點調侃的語氣，這是長年以來的習慣。調侃對方或自我解嘲，這種適度的幽默，較容易建立起病患對他信任而非依賴的關係。

「有些東西被釋放出來了。」蕭遙說。

「什麼東西？」田醫師問。

「我說不上來。」

「山谷裡的蝴蝶？籠子裡的流浪狗？水族箱的熱帶魚？總有個形體吧？想想看，你總會想到的。」

「還看不到形體。」蕭遙似乎很認真的思索著。「我只能感覺到**它們**的存在。」

「他們？」田醫師問。

「是一群。是另一種**它**，it。」

「所以是『**它們**』殺了那個女人？」

「殺的可能不只一個。」

「你怎麼知道？」

「我看得見。」

田醫師笑了笑。

「你不相信？」蕭遙平靜地望著田醫師。

田醫師低頭寫下什麼，卻沒回應。

「請讓我出去，辦完事就回來。」

「這不合規定，你知道的。」田醫師抬起頭。「蕭遙，其實你早就應該出去的，只要承認當年做的事，我們早就讓你走了。可是走出這裡的下一站，只會是監獄，不會是自由。這樣你明白了嗎？承認，承擔，負責，因而付出自由的代價，為自己也為別人！」

蕭遙兀自沉默，緩緩別頭望向窗外。

「葉脈。」

「嗯？」田醫師一時沒聽清楚。

「無憂樹，就是娑羅樹吧。台灣梭羅木和無憂樹雖然同目卻不同科屬。」

「哦，算是吧。」田醫師這才聽明白，也望向窗外那片油綠的梭羅木葉叢。

「摩耶夫人手扶無憂樹生下悉達多。」蕭遙說。

「悉達多，釋迦牟尼童年時的名字。」田醫師微笑點點頭。

這些年陸續給了些宗教典籍，蕭遙通常很快就閱讀完畢，而且還能跟別人深入談論。去年有位牧師獲邀前來證道，會後，蕭遙請教聖經《啟示錄》的旨義，言談之間旁徵博引，不但經文倒背如流，即連章節目次都記得一清二楚，讓牧師大為吃驚。蕭遙擁有過目不忘的本事，這是田醫師早就知道的。

「**有無憂樹，今已枯悴，菩薩誕靈之處**。」蕭遙吟哦著。

「這句又是哪裡來的？」田醫師問。

「《大唐西域記》。」

「哦，是玄奘那本。送你的書我自已都還來不及看，結果早就被你啃光了，哈哈。」田醫師顯得輕鬆。「之前你一直想搞清楚聖經《啟示錄》裡的末世預言究竟說的是過去已經發生的，或者未來即將發生的，那現在呢？從基督跳到釋迦牟尼，你又想搞清楚什麼了？」

「藍毗尼，現今尼泊爾南部藍毗尼專區的魯潘德希縣，也是悉達多的誕生之地。可是，玄奘在西元六三三年到那裡的時候，娑羅樹早已枯死，後來，人們種了菩提樹取而代之，最後連娑羅樹也一起被叫作菩提。」

蕭遙望著窗外，平靜地說。

「**爾時拘屍那城娑羅樹林，其林變白，猶如白鶴。**[1]」蕭遙停頓了一下，微張的嘴接著化成淺淺的微笑，露出整齊的皓齒。「佛的生與死，都在娑羅樹。據說釋迦牟尼涅槃時，娑羅樹同時開花，林中一時變白，如同白鶴飄落，所以又叫作鶴林。」

「也有人說是白鶴林，很詩意的死亡。」田醫師搔搔鬢角。「可是你到底想說什麼？」

「梭羅木，枯葉上的脈紋，你那支傘的圖案。」

田醫師愣住，反射性地望向擱在門邊的傘，猛然想起方才他踏進東樓時腦海裡一閃即逝的什麼——是枯葉！

他一直以為像是古瓷裂痕的傘面，其實更像枯葉的脈紋。

「哦，可是那支傘不是我的！」田醫師說。

「知道不是你的。但你買來送給女同事的不是嗎？」

蕭遙回首看他，純淨的微笑，無邪的眼神，卻讓田醫師瞬間背脊發涼。

兩個月前的診療，蕭遙曾冒出一句話。

「那脈紋，是枯葉嗎？枯葉底下，有人在呻吟，一男一女。」

當時田醫師沒聽懂那是什麼意思，而此刻，他像是遭電擊一般突然站起。

蕭遙也幾乎是同時一躍而起，以右肩猛然撞向他，田醫師整個人斜飛了出去，先落在辦

1 語出南傳《大般涅槃經》卷一。

公桌上接著倒栽至地板。他腰背劇痛，快散開了一樣，掙扎著想爬起來，一時之間根本無法起身。就在這時候，他聽見一種奇怪的聲音，像是什麼東西悶聲爆裂開來，接著看見無數白色碎片像雪一樣的從空中飄落。

一切來得太突然，田醫師在驚惶之中不斷提醒自己要冷靜。背脊的重擊讓他暫時難以動彈，但他知道可以克服。他緩緩伸出右手，先抓住辦公桌的桌腳作為使力的支點，接著攀住桌沿，費力地坐起身子，最後終於探出顫抖著的左手拍下暗藏於桌檯底下的按鈕。

瞬間，整個東樓警鈴聲大作。

田醫師聽見護理師們沿著診療室外的長廊狂奔而來的腳步聲，他終於可以鬆口氣了。等他攀著桌子好不容易讓自己站起來，已看不到蕭遙的人影。

蕭遙逃走了嗎？田醫師喘息著，仍難以置信。

有些東西被釋放出來了。蕭遙說的，這時田醫師終於明白什麼意思。

釋放出去的東西，其實就是蕭遙自己。

田醫師腦裡一片空白，這時才終於看清楚，早已飄落地板的那些白色雪片，應是先前套在蕭遙身上的拘束衣。

加厚的棉製帆布材質，設計之初即是為了防止患者的暴力攻擊，就算用尖銳的刀刃都很難割破，而如今竟化為碎片。那就是田醫師聽見的怪聲，裂帛之音。

蕭遙是如何辦到的？怎麼可能？而且不是才施打過鎮定劑？

已分不清是恐懼或疼痛，田醫師惶然望著窗外的梭羅林梢，必須扶著桌子才能站穩。

因幻覺而預見，因預見而履踐。
而今散落於田醫師腳邊的布帛碎片，難道也是蕭遙的預見？

其林變白，猶如白鶴。

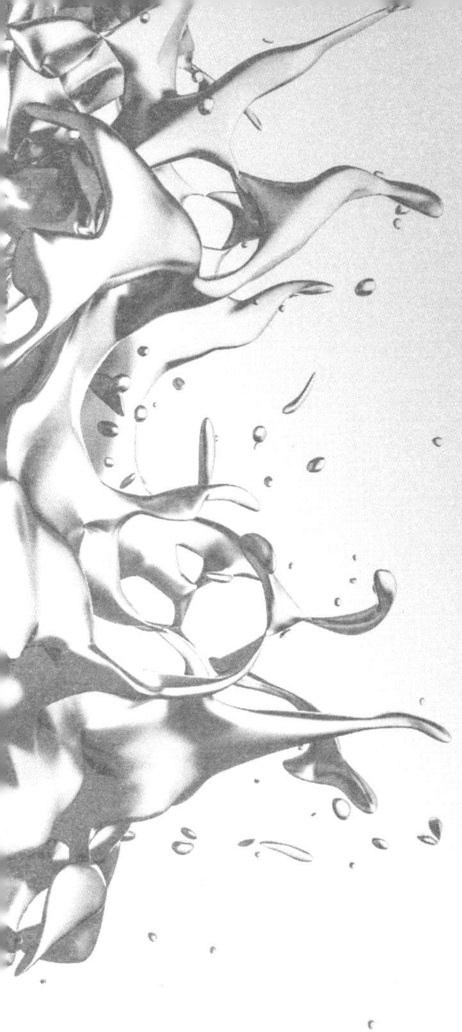

第二章

天神沒有撒謊的理由。然而天神無需理由。
荷米斯的謊言是玩笑戲謔，揭示事物種種可能的本來面目，讓人們看到：
事物的實情乃是多麼奇怪的偶然事件。

——喬治・桑塔耶那（George Santayana）

雨終於停了。她望著依然厚實的烏雲，鬆了口氣。

濕漉漉的地，她喜歡。只須留意煞車時該保持的距離，這個下午將會是個涼快而愜意的勞動日。她俐落地挽起及肩長髮，盤入復古粗呢質料的淺褐色報童帽內，踩下單車，往六公里外的地址馳去。

小墨剛派給她一個任務，是個黃色航空信封，以半透明白膠布封緘，還加蓋圓形篆體字紅印，這是常見的保密措施，意味著若有任何人拆封，收件人必然會察覺。雖然這封緘方式難不倒她，但她一點興趣也沒有。裡頭裝的應該是什麼重要文件吧，但能有多重要呢？

銀光有限公司　朱總　啟

大安區復興南路二段三四九號十二樓，應該是幢磚紅色商業大樓，復興南路底跨過辛亥路就是台灣大學，那附近她還算熟，約莫都是一些中小企業，從來都不是她的目標。

六公里路程，十二分鐘可到，報酬是新台幣一千二百元，可讓她活一星期。算不錯了。

小墨常常笑她好吃懶做，也常擔心她營養不良，可她就覺得周休六日才符合人道精神。

「妳確定是周休六日？」小墨總會問她，帶著調侃之意。

「好吧，就算周休六又二十四分之二十三日又怎樣？」她總會挑眉回瞪。

「意思是每周的一百六十八小時妳只工作一小時而這才叫人道？」

「爽！」

二人之間的對話經常結束於小墨的哈哈大笑，而他總是派給她一小時內可完成且單趟不少於一千元的報酬，絕無例外。

小墨受僱於GEL國際快遞公司的秘密部門，服務的都是特殊客戶，每個客戶都經過嚴格篩選，代送的物件不難想像都是些絕頂重要的秘密。這也是為什麼她單趟十二分鐘的任務就可進帳一千二。同樣的金額，大約等於尋常快遞手工作一天八小時的收入。

這些高度敏感的物件，無論來自何方，位於美國西雅圖的總公司都會囑咐由小墨親送，報酬通常也特別高。但小墨偶爾會小小的作個弊，請她代工，反正只要準時送達，沒有客戶會介意，而他完全信得過她。

單車輪子疾速前行於柏油路面，輕輕濺起水花。距離目標僅剩三點五公里。她遠遠望見前方的路口是紅燈，有個螢光綠的小點搖擺著雙手，是交通警察。看來有些小麻煩了。

她從來不走人行道上的單車專用道，也因此被交警攔了無數回。

湯湯，她的室友，也在小墨手下工作，但比她勤奮也比她守法多了。三個月前，他為了趕送件而疾馳於新生南路單車專用道，一位健走中的大嬸突然伸展雙手深呼吸，代價是湯湯摔車在家躺了半個月、大嬸左腕骨折賠掉湯湯的半年薪水。

她總覺得，人行道上的單車專用道應該是本世紀最偽善的發明之一，它最偉大的功績就是把恐懼的戰場從車輛行駛的馬路延伸至行人的屬地，從此市民們連走個路都須提心吊膽，原本可以享受孤單、自在、失神、散漫、了無牽掛的步行，如今身心皆須全副武裝。在她看來，它無非是以節能省碳為名的政令裝飾品，實際上卻成了蜿蜒於城內的一條殺戮緞帶。

這城市之所以讓人心存敬畏，或許正是以種種聖名榮光取消了自由。

小墨、湯湯常笑她想法太偏激，她總是聳聳肩回以哼哼兩聲。

是啊，偏激又如何？

她最痛恨偽善，偏偏人們總是偽善居多。他們說要反核同時也耗掉最多能源、追求最多的商品消費，說要友善大地同時也製造最多垃圾、剔除最多長相難看的無毒蔬果，說要有愛心同時也鼓動最多仇恨、宣揚最多人們理應相互評比的競爭之心。

所以，偏激又如何？她珍惜身邊的人，卻全然不需要這城市的祝福。而在這城市或許祝福二字早已顛倒成另一種偽善的規訓。

前面路口仍是紅燈，交警正吹著哨子比劃雙手疏導車流。

她左眉微揚瞥向內側車道，疾速穿過兩排車輛中間。

紅燈倒數讀秒三、二、一、緊接著轉為綠燈的那一瞬間，她的釉黑色單車已從靜止的車群中衝出，交警瞪著她猛吹哨，指揮棒朝她指指點點，她卻不曾稍停，原本筆直的前進動線突然斜劃出一道漂亮的弧線避開他之後隨即又滑回原先的軌道，就在急促而刺耳的哨聲中她已穿越路口飛快馳向下個街區，所經之處濺出一道銀色水鍊。

不用回頭也可以想見那位辛苦的交警先生必然氣炸了，只因束手無策且開不了罰單。

這也是她喜歡騎單車的原因。輕便、省錢、自由，免掛車牌。

磚紅色的商業大樓前，一對年輕男女等在門口，男的壯碩，女的高䠷。他們看見一輛黑色豐田轎車疾馳而來，於是快步趨前打開後座車門，朱志揚下車，跟著他們匆匆走進大樓。

穿過挑高的大堂準備搭電梯的同時，那女的以極快的語速作簡報。她是劉碧珠，刑事警察局偵查員。

「他們跟丟了。南京東路、復興北路口。」

「怎麼會？不是兩輛機車跟著？」朱志揚沉著臉，清瘦的方臉此刻尤顯稜角分明。

「是要我們的人也豁出去然後跟著一起在車陣中蛇行嗎？只要你負責撤銷交通大隊的罰單也OK。」

朱志揚瞄她一眼，她回以無辜的微笑。

「不用擔心。那快遞信封裡面有個小晶片，我們隨時都可以追蹤到他的位置。」劉碧珠遞出手機，上頭有通緝資料。「荷米斯，應該就是這位小墨先生，他是GEL台灣區『使徒』專員，本名墨尚淵。」

「為什麼不直接到GEL逮人？」朱志揚冷冷問。

「GEL的『使徒』專門負責傳遞絕密物件。商業方面就別提了，聽說美國CIA、英國軍情局還有日本防衛省情報本部，有些東西也透過他們傳遞。搗了GEL台北分公司是不難，事後要擦屁股就傷腦筋了。」

朱志揚忍不住又瞄她一眼，她隨即補充說明。

「你如果想接到白宮的關切電話也不是不可以哦！反正我層級太低他們是不會打給我的啦，哈哈。」

劉碧珠才二十七歲，資料蒐集與分析能力超強，同事們卻習慣叫她「阿嬸」，這綽號得之不易，絕非僥倖。朱志揚常覺得，如果這世上真有什麼強迫症，像劉碧珠這樣冷笑話滔滔不絕的，就鐵定是了。從二〇二五年同事迄今，兩年了，毫無疑問他信任她，卻也常想打斷她請她話少一點，雖然他從來沒這麼做。

電梯到了，劉碧珠率先鑽進去，按了十二樓。身材壯碩的男偵查員小偉伸手擋住電梯門，等朱志揚進入之後才鬆手讓門闔上。小偉留在大堂，這是他的任務分工。

電梯內，朱志揚看完資料，遞還手機，面色有點凝重。

這場逮捕行動決定得很倉促，一個小時前才由刑事局長羅靖銘親自下令，這很不尋常。

上午十一時二十分，朱志揚進了刑事局會議室，裡頭已經坐著羅靖銘和五位科級以上主管，羅靖銘沒等他坐下就開口了。

「知道ＩＧＣＩ嗎？」羅靖銘望向朱志揚。

「算知道吧。」朱志揚說。雖然還不明白這個會議的目的。「記得是二〇一四年成立於新加坡，成立的目的是為了打擊日益猖獗的跨國網路犯罪。可是那機構的名稱有點長。」

「國際刑警組織全球綜合性創新總部。」在座的陳永松迅即回應，他是國際刑警科科長，戴著金邊無框眼鏡，長相斯文。「兩天前，ＩＧＣＩ從新加坡發來紅色通報，要我們立即對通報人員實施拘捕並進行引渡。」

「引渡去哪？」

「是ＩＧＣＩ日本籍總監藤原清順從新加坡打電話給我的，引渡去哪他沒有說明。」

「地檢署已經開出拘票，就有勞你了。」羅靖銘遞出拘票給朱志揚。

「等等。為什麼是我？」

羅靖銘似乎早知他有此一問，望向張立華。

「ＩＧＣＩ通報的罪犯是個駭客，網路化名，荷米斯。」張立華說。他身著白襯衫、刷色牛仔褲，看似不修邊幅，但從他嘴上與頦下修剪整齊的髭鬚，可略知他應該屬於注重外表的雅痞一族，三十二歲就當上俗稱「網路警察」的第九偵查大隊副大隊長，算是破紀錄的年輕。

「根據ＩＧＣＩ提供的五個公共網域ＩＰ位址，經過交叉比對，我們很快鎖定荷米斯，而且複製了一個鏡像網站引誘他上鉤。今天凌晨四點二十三分，他果然上鉤了，可是經過七分鐘之後才發現，上鉤的是我們。」張立華把面前的筆電螢幕轉向朱志揚。

「我們的官網？」朱志揚看著螢幕，愣住了。

「是。刑事局官網首頁。」張立華顯得懊惱。「我們複製的鏡像網站實際上連結到局裡的資訊監控中心，不知道他是怎麼發現的，應該是逆向追蹤發現我們的位址吧，總之他入侵監控中心，偷植了一個惡意程式，癱瘓整個官網。」

螢幕中，刑事局的官網首頁已經遭到無數的馬賽克小方格侵蝕，彷若掉漆的斑駁牆面，片片剝落，原先的字跡與圖案都已變得模糊不清。

「事情發生之後，我們馬上關閉官網。一大早就有記者發現，打電話來問，我已經請公關室處理了，希望不會搞得太難看。」羅靖銘說：「我們的人已經抓出那個惡意程式，大概半個小時後就可以修復。幸好毀掉的只是官網，不是整個內部網絡。」

羅靖銘臉色不怎麼好看。圓厚的臉上那兩道法令紋原本就讓他顯得不怒而威，現在更嚇人了。

朱志揚瞭解他的心情，刑事警察局是社會治安的防火牆，現在竟然連官網都被攻破，不只臉丟大了，對手也擺明了是挑釁吧。朱志揚望著筆電螢幕，必須強忍著才不至於笑出來。

那位駭客顯然挺幽默的，貼了些東西。整個已遭馬賽克侵蝕的首頁，堪稱清晰的僅剩一對比基尼女郎俏皮地跳著肚皮舞，她們中間有個奇怪的物件緩緩轉動，那是一把金色手杖，杖首刻著一對翅膀，杖身則有兩條蛇左右對稱交纏其上。

「這什麼？我不是說跳舞的那兩位。」朱志揚盡量讓自己忍住不笑。

「雙蛇杖。荷米斯是希臘神話中的偷盜之神，那是他的權杖。」張立華解釋。

「偷盜之神？嗯，難怪你偷不過他。局長，聽起來事態嚴重，但為什麼是我？」朱志揚指著筆電螢幕。「不會是因為這個吧？這位荷米斯先生光顧我們的官網應該只是來玩玩的，也沒造成什麼重大損傷，抓到頂多打打屁股。他到底做了什麼，連ＩＧＣＩ都想引渡他？」

「他駭進一個國際性機構的伺服器，偷了不少東西。」羅靖銘說。

「藤原總監說他接到美國官方的關切電話，希望盡快偵破這案子，還附上一件電子信函，是美國國務院發出來的。這是列印本。」陳永松翻開資料夾，推到李志揚面前。

李志揚瞄那文件，不及細看那密密麻麻的英文字，首先映入眼簾的是一輪淡金色美利堅國徽，正中的白頭鷹，左右利爪各自攫著箭矢與橄欖枝，當然還有朝天伸展的雙翼。

這是今天看到的第二雙翅膀。

「荷米斯駭進去的那個機構應該來頭不小？」李志揚問。

「和平展望會。」羅靖銘說。

朱志揚很意外，也沉默了，終於明白羅靖銘找他來的原因。

緝捕行動已經部署就緒。

朱志揚、劉碧珠快步走入銀光公司，裡頭已有三位偵查員守候著。不到三十坪大，天花板亮晃晃的日光燈把整個空間照得通亮。朱志揚環視室內，還算滿意地點點頭。這裡看來像尋常的公司行號，應不至於讓荷米斯輕易啟疑。

銀光是搞印刷設計的，有自己的印刷設備，跟刑事局有固定往來並簽了保密合約，雖然都是些小宗業務，但每年加總起來的數量也不少。局裡的名片、大小海報，偶爾加上一些必須印製成冊的會議資料，舉凡無關機密但又不好洩露出去的印刷品，多半都交由銀光承攬。一個小時前，銀光的老闆徐友輝接到局裡的緊急電話，毫不猶豫就答應，十分鐘之內就把公司的五個職工連同他自己一起淨空。

雖然朱志揚是倉促接手，總計十二人的行動小組已預先由局長安排好分工，除了劉碧珠之外，其餘清一色都是男性偵查員。

一樓大堂有三位，其中一位負責監看大樓各樓層、各角落的監視器畫面；十二樓，出了電梯的走廊有二位，朱志揚、劉碧珠與另三位駐守在銀光公司內；至於騎機車跟丟嫌犯的兩位則奉命於到位之後留守大樓門外。

十面埋伏，滴水不漏，剩下的就是守株待兔。

這種時刻，朱志揚經歷太多，也有足夠的耐性等候。

從二十歲起，他一路從基層刑警幹起，先是台北，接著高雄，抓賊、擒凶、緝毒、打黑，這些戰績在他身上留下左肩胛與右大腿的兩個彈痕，離左心室僅零點五公分的一道十三公分長刀疤，一場以離婚收尾的失敗婚姻，以及一個不怎麼理會他的女兒。二〇二一年他被調回台北，進了警政署刑事警察局，從偵查大隊副大隊長到大隊長而如今名片上的頭銜是督察。

二〇二五年五月十六日，台北市發生台灣當代史上首宗恐怖攻擊事件，位於信義計畫區的一棟十五層大樓遭到炸彈襲擊，刑事局曾事先獲報並企圖阻止，但因局裡的內部網絡遭受攻擊導致指揮系統全面癱瘓，反恐行動功虧一簣，爆炸造成五十六人死亡、一百七十九人受傷。

恐攻事件遭炸毀的那棟樓，是和平展望會（Peace Vision International）台北總部。和平展望會是舉世知名、聲譽卓著的國際慈善機構，舉凡戰亂頻仍的中東、中亞、東非與西非地區，茲卡病毒、新冠病毒肆虐的中南美洲，又或爆發大規模傳染病的任何疫區，全都看得到和平展望會志工團的身影，從醫務支援、糧食援助到兒童資助，無不戮力以赴，在全球範圍，和平展望會早已等同於人道主義的代名詞。也因此，那宗恐攻事件才會舉世震驚。

當天，爆炸發生的九十六分鐘之後，軍警部隊的電子網絡與指揮系統還處於全面癱瘓狀態，朱志揚憑著他獵犬般的直覺以及最原始的無線通訊攔截設備鎖定恐怖分子的行蹤，帶了三個幹員直襲信義區南側的象山，結果三個恐怖分子有兩個因頑抗而遭擊斃，一個自行引爆手榴彈身亡。那場戰鬥也為朱志揚留下左肩胛的彈痕。

他還記得那時左肩大量失血癱坐在象山的山麻黃樹林中，夥伴正替他止血並等待醫護救援，是直到那一刻，他才得以清楚地望見那幅全景。

一公里外巍然矗立的一〇一大樓右側不遠處有一棟白色建築陷於火海，赤光烈焰夾雜著滾滾濃煙迴旋呼嘯竄往天際，宛若黑色巨獸盤據於整個城市上空。

朱志揚不是不明白當代的歧義性，包括文明、信仰、價值觀的衝突，可是無論什麼理由，怎麼會呢？和平展望會，人道主義象徵，人們篤信並追求的正向價值，如今竟遭到毀滅性的攻擊，怎麼會？恐攻者算是邪惡嗎？那又是怎樣的一種邪惡？

盤據天際的黑色巨獸，就像個惡靈，烈焰與死亡是它的讖語，昭告著人們無從理解的闇黑欲望。

朱志揚真希望自己能有搞懂的一天，可是能有機會嗎？

時間之尺，生命總是其中的一小格。而不知道為什麼，就在那一刻，朱志揚唯一想到的是他女兒。瞬間襲來的瘋狂思念。

十七歲，獨斷的青春，每年才跟她見上兩三次面，久久才跟她通個電話，而她總是催問他有什麼事否則她要掛了。

一個從不缺席的警察卻是個恆常缺席的父親，孰是孰非？

生命的價值，唯時間能衡量。歲月太匆匆，有時他不免覺得時間像個靈媒，唯仲介的並非陰陽兩界而是值或不值。沒嘗過的人生你恆常欽羨，走過的路你永不知足，直到再回頭百年身，或許你將發現值的是你曾以為不值的，而不值的是你曾以為值的。它能置換一切一如靈媒置換陰陽，此即時間的弔詭。唯獨它是全知者，而人們的妄稱全知都僅是它的斷簡殘篇。

「他們的動機，恐怕很難猜知了。」羅靖銘說：「一個來自印尼，一個來自菲律賓，另一個是敘利亞籍，不同的時間入境台灣，目前為止完全看不出他們三個人有任何關係。」

那天晚上羅靖銘到醫院看他，當時他才從昏睡中醒來。據說醫生從他肩胛骨後方取出直徑九釐米的彈頭，後來又花了兩個多小時進行清創手術。

「你們四人用的是制式德製華瑟PPQ-M2半自動手槍，對方用的是捷克製CZ75全自動手槍加裝長彈匣，平均每秒可以擊出十六發子彈。可以想見那是一場多麼吃力的苦戰，能活著回來算不錯了。」

羅靖銘從秘書手中接過水杯，以棉棒吸了點水，在朱志揚乾燥的唇上沾了沾。

「曉青呢？沒看見她。」羅靖銘問。

朱志揚沒回答。曉青是他女兒，小時候兩家人常往來，羅靖銘夫妻倆都很喜歡她。

「她還不知道？」羅靖銘很快猜到。「我來通知她。」

「不用了吧。」朱志揚說。

五天後，朱志揚出院，隨即銷假回到工作崗位，只因日本東京、美國維吉尼亞州、法國努瓦西勒塞克、英國倫敦陸續發生恐怖攻擊，每一次都為當地留下一座廢墟以及永遠填補不了的傷痛與恐懼。策動恐攻的幕後組織「安那其家園」浮上檯面，公開發表宣言，矢志對抗全球蔓延的種族壓迫，反對資本對於人類與大自然的掠奪。根據國際刑警組織（ＩＣＰＯ）的調查分析，「安那其家園」是新冒出來的跨國恐怖主義組織，成員是誰？有多少人？來自哪些國家？一時難以掌握。

「安那其家園」認為，美歐諸國的軍事工業複合體，製造全球動亂、侵略弱國、大發戰爭財，才是真正的恐怖主義根源；跨國資本的利潤極大化原則，強化種族壓迫、奴役窮人、耗盡地球資源，才是真正宰制人類命運的霸權。該組織的任務就是「在全球各個角落發動各種形式的反擊，誓與霸權國家鬥爭到底！」

宣言中的主張與見解，朱志揚並不陌生。這些年，全球局勢確實動盪不安，極端氣候如洪患、乾旱、雪災、極地渦旋等，不斷變種的瘟疫如新型流感、新型冠狀病毒等，種種天然災害屢屢重創人們的生命財產，與此同時，日益嚴重的貧富差距激化各地的社會矛盾，抗議聲浪與反政府的示威暴動層出不窮，類似「安那其家園」的訴求也屢見不鮮，美歐各國政權為了強化對人民的掌控，保護主義、關稅壁壘、民粹意識與仇外排外政策大行其道，甚至演變成種族與階級隔離政策，跨國流動的移民工首當其衝，數百萬移民工僅能居住在集中營，成為二十一世紀的新奴工。有一派政治學家認為，這是霍布斯主義抬頭、利維坦國家興起的徵兆，並直接稱之為新極權主義狂潮。另一派學者則認為，這種狂潮其實反映出美歐諸國一向的利己主義心態以及面對動盪時局的自顧不暇，從而導致地緣政治板塊的重整，就在亞洲、非洲、拉丁美洲，務實主義抬頭，脫美歐、自求解放、自組區域聯盟的新思維日漸興起，以台海兩岸為例，北京當局與台灣當局擱置內戰與冷戰遺留的政治爭議，簽署了旨在促進經濟合作與天然災害互助的和平協定，就是務實主義的實踐成果。

但「安那其家園」對於亞、非、拉新思維運動並不樂觀，認為美歐勢力必然會不擇手段加以瓦解，於是率先發動這波攻擊。就在朱志揚住院的那五天，遭炸毀的全都是「安那其家園」心目中惡名昭彰的各國最高情報機構，包括日本內閣情報調查室（CIRO）、美國中央情報局（CIA）、法國對外安全總局（DGSE）、英國軍情六處（MI6），這等於是瓦解了全球最主要的反恐情報中樞，舉世為之震撼。至於「安那其家園」是怎麼做到的？後續還有什麼行動？台北為什麼成為目標之一？沒人知道，也沒人預期得到，也因為這樣，朱志揚才不得休息。

四個月後，台灣當局協調立法院制訂《緊急安全保障法》（安保法），依據該法案的授權，層峰決定在刑事局原有的十個偵查大隊之外另行成立一個秘密部門，簡稱「IZ」（Investigation Corps Zero），在羅靖銘的薦舉下，IZ由朱志揚領軍，以督察職務兼任這新部門的大隊長，部門名稱與任務內容皆嚴格保密，非但官方文件與預算書查不到這單位，就連刑事局內部也極少人知情，宛若一支隱形的部隊。這個特殊勤務部門成立的基本前提是——萬一警方的內部網絡遭到入侵而導致指揮系統全面崩壞，如果出現新型的、非警方現有經驗所能反擊的犯罪模式，IZ就是最後一擊的力量。

兩年來，五一六恐攻事件的偵辦進度原地打轉、進度掛零，而如今，那熟悉的名字，和平展望會，竟突然再度浮現。

這也是朱志揚此刻坐鎮銀光公司的原因。

駭客荷米斯真正闖的禍，並不是在刑事局官網偷種兩枚養眼的熱舞女郎，而是觸動了五一六事件以來即超量蒐集的巨大情報叢結。歷經全球反恐系統多少菁英無數次的歸納演繹都毫無斬獲的死灰之境，如今因著荷米斯之名，重新點燃希望的亮光。

「到了！」

劉碧珠快步來到朱志揚面前通報。

「小偉回報說看見他了。」

「真難等。」朱志揚說。

「拜託！你才等了幾分鐘。」

朱志揚淡笑搖頭，手槍上膛。

「我等了兩年。」

釉黑色單車快速滑至大樓前停下，上了鎖，她輕快地踏入大堂，跟保全打了招呼逕走向電梯。十二分鐘準時抵達，汗水淋漓好不暢快，因勞動過後產生的飢餓感也讓她覺得愉悅，忍不住恣意想像著各種食材琳琅滿目的色彩。

送完件，她已經想好去哪裡。大約五百米外的國宅有個黃昏市場，她可挑些東西帶回家。記得有個年輕女攤販專賣手工自製的草莓和葡萄果醬，周遭的攤位也買得到低脂起士、全麥吐司、雞胸肉、廣東A菜、番茄、洋蔥、小黃瓜、雞蛋，她專挑即期的，以市價的五至七折即可購得。反正她的生活可以過得簡單無比，即使三餐吃同樣的東西也無所謂，偶爾覺得吃膩了，就弄個皮蛋豆腐、撒點蔥花、淋上一點蔭油膏犒賞自己。

電梯到了，她愉快地鑽入，先按了樓層接著按下閉門鈕，突然有個男人擋住正要闔上的門，還算有禮貌的跟她說了聲不好意思。

「到幾樓？」她問。

「十三，謝謝。」

她替他按了樓層，電梯門關上。她拉開單肩斜背包的拉鍊，取出黃色信封和簽收單。而那男的，偵查員小偉，就站在她左後方，冷冷盯著她背影，眼神卻透著點納悶。

荷米斯照理說是個男的，但眼前這背影，聽聲音是個女的，長得也不像檔案中的照片。他應該立即回報的，但此刻不敢妄動。

電梯抵達十二樓，她踏出電梯舉目搜尋，很快就看到銀光公司的招牌就在五米外。她快步走去，並未察覺身後的電梯門沒闔上。

她按了門鈴，開門的是劉碧珠。

她微笑著亮出手中的黃色信封與簽收單。

「啊，快遞是嗎？」劉碧珠接過東西，似想找個地方簽字。「等我一下哦，請進。」

劉碧珠掉頭走向近門處的第一張桌子，她跟著走進去，但很快發現情況不對。

有三個男人分別從她左右兩側與正面快速逼近，舉槍對著她。她正想退出門口，卻發現門外還有兩個男人持槍分別抵住她後腰與腦勺。

「不要動，不要反抗，就沒人會傷害你。」劉碧珠亮出證件與拘票，走回她面前。「你涉嫌觸犯刑法第三六〇條妨害電腦使用罪而被逮捕，這是拘票。」

面對這唬人的陣仗，她很意外，但還算鎮定。

朱志揚抄起桌上的黃色信封走了過來。

「謝謝你把自己送過來。」朱志揚微笑著說：「我們要的快遞其實不是這個，而是你本人。」

「我不是墨尚淵。」她冷冷望著朱志揚，先指著拘票上的被拘人欄位，接著指了性別欄。「而且在我考慮變性之前應該還算是個女生。」

說完，她摘了報童帽，烏亮的長髮流瀉而下，他們這才看清楚她的臉龐。

這時小偉奔來，出現在她身後，但顯然來遲了半拍。

其實她一開口就讓所有人都傻眼了。毫無疑問，從聲音到外貌，她都絕非警方檔案中的墨尚淵。這女孩，雖是素顏卻分外秀麗，淡粉紅微翹的唇讓她看來有些稚氣，濃淡適中的細緻長眉應該沒修過，雙眼皮的大眼與晶亮的黑色雙瞳讓她整個人顯得格外靈動。

「那，請問妳是？」朱志揚逼視著她。

「請問你是？」她反問。

「刑事局督察，朱志揚。」

他出示證件，她瞄了一眼，接著伸手探向斜背包。

「不要動！手舉高！」幾個男偵查員嘶吼著。

「只有你們才有權利亮證件哦？」她的手懸在半空。

在朱志揚示意下，劉碧珠上前先搜身，接著搜她的背包。裡頭沒有武器或危險物品，只有些簡易化妝品、手機、小錢包以及一個裝著證件的皮夾。劉碧珠從皮夾找到身分證，接著取出手機登入警網核實。

「妳叫安婷？」朱志揚瞄身分證一眼，二〇〇九年生，剛滿十八歲。

「不然咧？」她又反問。

「墨尚淵是妳什麼人？」

「老闆。」

「什麼老闆？」

「這什麼白癡問題？老闆不都一樣嗎？他派工作你執行，剝削你到地老天荒。」

「別扯遠了。」

他們直視著彼此。他兀自冷靜，而她始終鎮定。

劉碧珠走到朱志揚身邊，遞出手機，螢幕裡是安婷的基本資料包括照片，沒有任何前科或不良紀錄，她是乾淨的。朱志揚抬眼望向安婷。

「看來妳是安小姐沒錯。」

「意思是我可以走了？」她伸出右手食指勾了勾，意思是要劉碧珠還她證件。

劉碧珠望向朱志揚，見他點頭，才還給安婷。

「那些玩具可以放下了嗎？蠻嚇人的。」安婷把身分證收進背包，抬頭看朱志揚。她指的是此刻瞄準她的五管槍。「可以嗎？督察先生。」

朱志揚不置可否，翻看手中的黃色信封與黏貼於背面的二聯式簽收單，簽收單的送件人簽章欄有個簽名，雖然字跡潦草，仍辨認得出是個「墨」字。

「墨尚淵委託妳代送快遞？」

「嗯。」

「他人在哪兒？」

「我出發的時候他還在公司。請問他到底做了什麼？妨害電腦使用罪又是什麼意思？」

朱志揚沉吟著，似想判斷她的虛實。

「妳跟他什麼關係？為什麼他要找妳代送？」

「我們是同鄉，都來自台東，可是他也沒讓我多賺一點。一個禮拜至少可以跑六天但他只給我一天，噢不，其實連一天都不到！」

「妳聽過荷米斯嗎？」

朱志揚突然丟出這句，留意她的反應，只見她聳聳肩。

「那是什麼？」

「仔細想想看，有沒有在哪裡聽過這三個字？」

「還真沒有。」

「也沒聽墨尚淵提過？」

「除了接案和領錢，平常我根本懶得跟他打交道好嗎？督察先生，我才不管你們和墨尚淵有什麼過節，反正跟我無關。我可以走了嗎？」

朱志揚看著安婷，沉默了一下，所有人都在等他決定。

「槍可以放下了。」他終於下令。「把所有人都調上來集合。」

「好的！」劉碧珠走向一旁，以無線對講機傳令。

「至於妳，安小姐，要麻煩妳到我們局裡坐坐。」

「坐坐是什麼意思？我被逮捕了？」安婷有點意外。

「不算逮捕，只是配合辦案。」

「我可以拒絕嗎？」

「當然可以拒絕，但妳現在是重大刑案關係人，我們可以暫時把妳留置問訊，如果問不出滿意的答案也可以根據《緊急安保法》扣押妳到地老天荒，妳希望我這麼做嗎？」朱志揚篤定地微笑，顯然沒有協商餘地。

「要不要順便上手銬？」她冷笑抬起雙手，帶著點嘲諷和挑釁。

「如果妳堅持的話，也不是不可以。妳說呢？」

撂狠話這種事，她遠遠不是朱志揚的對手。最後她垂下雙手。

「謝謝妳的配合。」

朱志揚不再理會她，掉頭撥出手機。安婷冷冷看著他背影，直到她被帶走。

安婷和兩個偵查員來到電梯前等候，他們以她居中，左右包夾。

她依然顯得平靜，看來全然無害。

「你們到底部署了多少人？」她笑問：「十二樓連你們兩個在內就八個，那一樓呢？」

「安小姐，這種事情還是別問的好。」小偉回答。

「我猜，總共加起來應該超過十個？」

小偉不再回答。此時電梯門開，裡頭走出四個偵查員。

「所以我猜對了？」

小偉冷瞄她一眼，手一攤請她先進了電梯。

朱志揚站在窗邊講手機。

有太多始料未及的失誤，現在情況緊急，他打算直接率隊前往GEL台北分公司逮捕墨尚淵，手機彼端的羅靖銘也同意了。

「GEL有些特殊背景，我最好先跟上頭打聲招呼。」羅靖銘說。

「那就麻煩你了。」朱志揚回頭看到四個偵查員已經從一樓趕上來，以手勢要他們稍等。「局長，那我就不等了？」

「不用等，先逮人。低調一點，避免衝突也避免給GEL帶來太大的困擾。」

「我盡量。」

掛了手機，朱志揚正要重新分配任務準備出發，突然意識到有什麼事情好像不太對勁。

才十八歲的女孩，怎能如此鎮定？

沒有哭鬧，沒有特別的驚嚇反應，說話沒有因為緊張而形成的氣音，甚至連一點暫時性的過度換氣現象也沒有，而那是許多女性在面對類似場面時的正常反應，特別是被五管槍口對準的時候。

「你們覺得剛才那女孩怎麼樣？」朱志揚問在場的偵查員。

「長得還不錯，身材也不賴。」小陳說。

「不是問你長相。」

幾個男偵查員爆出笑聲。朱志揚望向劉碧珠。

「我覺得她很自然，太自然了！」劉碧珠說。

「所以呢？」

「要是我，突然碰到這種場面，如果不是嚇得吱吱叫就是氣得哇哇叫，但她不是哦！我覺得她年輕歸年輕，可是體內好像住著一個老靈魂，典型的雙魚座性格。」

「星座的邏輯不要放進來可以嗎？」朱志揚有點不耐煩。

「可以。那麼她就像個經驗豐富的老手。」劉碧珠從善如流，繼續侃侃而談。「譬如說，從頭到尾她幾乎只鎖定你一個人進行對話，就算不難猜到你是我們的頭，可是要選定你一個人斡旋到底，首先需要準確的判斷力，而且還需要足夠的膽識和勇氣，十八歲，可能嗎？她會不會太淡定了？還有一件事，說了你不能打我。」

「說！」

「你本來想不想替她上銬？」

「沒想過這題。」

「小陳呢？你就在安婷旁邊，督察要她去局裡的時候，你有沒有想過用手銬？」
「是有點想。」小陳說：「可是後來督察的意思好像是不用了。」
「我就知道！」劉碧珠望向朱志揚。「難怪安婷突然主動問起要不要上銬。」
「什麼意思？」朱志揚問。
「身邊有一群凶殘的男人左右環伺，她語帶挑釁的要你替她上銬，其實就在點醒你們的凶殘以及相較之下她是多麼無辜，而你必然因為她的無辜或因為她的美貌而不自覺地產生不忍和悲憫之心。總之她看起來像是挑釁，其實就是要激你說出那些話。」
朱志揚臉色有點難看。他知道自己可能犯了錯誤，倒不是劉碧珠說的那些，而是他太急於逮到荷米斯以至於沒把安婷放在眼裡。
「簡單說，就是欲拒還迎，要你銬她就是吃定你不會這麼做！」劉碧珠顯然不懂得察言觀色，語速極快地作出結論。「這種美人計，天底下有哪個男人不中招？」
「說完了嗎？」朱志揚有點火。
「完了。說好了不能打我！」劉碧珠很正經地又補上一句。
「聯絡小偉，叫他們小心盯住安婷，每十分鐘回報一次！」
朱志揚口氣有點急促，現在只希望自己是過慮了。
一樓大堂，電梯門打開，裡頭滿滿的人走了出來，最後僅剩安婷和兩個偵查員。
小偉按下閉門鈕，電梯繼續往下。偵防車停在B2停車場。

「所以真的想抓墨尚淵？你們以為他就是荷米斯？」安婷問。
兩個偵查員互望一眼，都覺得怪怪的。小偉忍不住開口。
「妳不是說沒聽過荷米斯？那到底是人或什麼東東，你怎麼會知道？」
安婷一時沉默，嘴角綻出淡淡微笑。
地下二樓到了，電梯門開啟。三人才走出電梯，安婷突然站住。
「請你們告訴朱志揚督察，我就是荷米斯。」
說完她突然出手，右拳重擊左側阿忠的右頰耳外骨，接著藉回彈之力化為手刀切在右側小偉的下顎，兩個攻擊點如閃電般不到一秒鐘完成，兩個男人當場倒地不起，雖未失去意識卻痛得形同癱瘓。
安婷冷冷看他們一眼，接著抬眼觀察停車場地勢。各角落都有監視器，大樓保全應該很快就會發現。地下室手機不通，十二樓那幫人不會那麼快察覺，她或許還有兩三分鐘的時間。不能走安全梯或搭電梯回到一樓大堂，以免被保全攔截或碰上那幫條子。
深吸一口氣，她狂奔衝刺。
偌大的停車場停滿了車卻空無一人，她順著出口指示標誌奔跑。這兒像是另一個田徑場，差別只在於繞著車道跑。從B2奔往B1的弧形斜坡車道，有輛轎車亮著大燈與她錯身而過，那位男駕駛猛按喇叭，大概被她嚇到了，但她不曾停步，繼續繞著B1車道奔跑，最後終於看見出口盡頭亮晃晃的天光，她一鼓作氣沿著車道斜坡狂奔而去。

奔出車道後，她喘息著停下腳步留意周遭。

這是大樓後方的巷道，必須盡快繞到大樓正門，單車停放在那兒。她不再奔跑，避免附近仍有部署的警力因而留意到她。此刻只能快步疾行。

來不及警告小墨，只好暫時對不起他了。

她邊走邊取出背包內的手機登入刑事局內部網絡。今天凌晨四點多她再度入侵和平展望會的網站，在例行的安全測試中發現那是虛設的鏡像，她逆向追蹤查出該IP位址屬刑事局所有，且還搜出一位顯然主導這場釣魚行動的張立華，這激起她促狹的興致，於是除了「重建」刑事局官網首頁，她還在張立華的帳號偷偷埋了木馬程式，取得他登入刑事局內部網絡的密碼，本來只是覺得好玩，沒想到這麼快就派上用場。

找到了。朱志揚，督訓科督察，洋洋灑灑的基本資料。她沒空深究他的祖宗八代，僅須記下他的手機號碼傳出一個圖檔，確認傳出後隨即關閉手機電源。

她知道從現在起這支手機再也不能使用。

一抬頭，她已繞行至大樓正面。單車還在那兒，有幾個行人，沒看到半個像是條子的，但她不敢大意，疾走至單車旁、開了鎖、片刻都不敢逗留逕跨騎而去。

大樓沒人追出來，前方也看不到有人想攔截她，看來目前還是安全的，可是能回家嗎？或許家還是安全的，因為極少人知道她住哪兒，但這自認為充滿聖光的城市其實也到處布滿監視器，讓人幾乎無所遁形，若她直接回去，警方很快就可以從無數的道路監視器拼湊出她的行進動線並直搗她的窩。

狀況來得太迅猛，有太多事情必須想清楚。

單車疾速穿越復興南路、和平東路口，到了一條巷口她突然緊急煞車，別頭望向巷尾的國宅社區。

真覺得自己餓壞了。

她想到的是豔紅欲滴的手工草莓果醬，有果粒的。

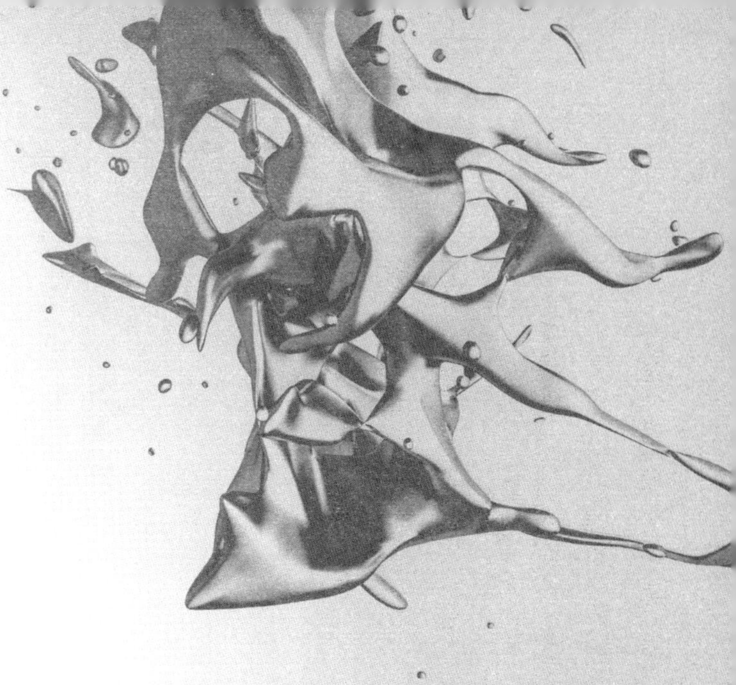

第三章

不管我們已經觀察到多少隻白天鵝，
都不能確立「所有天鵝皆爲白色」的理論。
只要看見一隻黑天鵝就可以駁倒它。

——卡爾・巴柏（Karl Popper）

常看見那女孩。從小到大，不同季節。

有時明亮，陽光彷若穿透樹木枝葉化為光點柔和地灑在她身上，童稚的笑靨永遠如此迷人。有時陰鬱，連月光都無以照見的幽暗巨廈宛若石牢般囚禁著她，恐懼與憤怒，蜷縮的身影，泛著淚光的眼瞳，楚楚動人。還有個地下室，高高的氣窗，一縷陽光，窗檯上一株翠綠的四葉幸運草，女孩仰望，跳呀跳的卻搆不著。

一開始蕭遙並不知道她的名字，但她的種種形影卻反覆縈繞於腦海。

「那只是你的幻見。」田醫師曾經如此分析。「療養院內無論是醫護人員、病患或者他們的家屬，只要是你能見到的任何女性都沒有長得像那女孩的，一個都沒有。所以，她應該是你幻想出來的。」

蕭遙當然明白田醫師的意思，也知道田醫師是怎麼看他的，一如別人如何看他。

佛的生與死，都在娑羅樹，但後世皆以菩提名之。換句話說，凡俗並無可證之道，只有道之必證。人們先要相信那條路，路才存在，至於人們並不相信或拒絕承認的，路即使存在也是空無，一如田醫師口中的幻見。他們只看得見相信的，卻看不見不相信的；只相信看得見的，不相信看不見或不想看見的；他們指稱的幻覺與其說是蕭遙的妄想，毋寧說是他們的視而不見。

可是反之亦然，也有可能他們都對了，唯獨他錯了。

這是蕭遙的領悟，對錯之間不再是論理所能窮究，除非採取行動、親身證明。

離開松德路的療養院之後，捨大街而穿梭於巷弄，他不曾奔跑，僅是快走，偶遇騎機車巡弋的警察則不退反進，昂然與他們錯身而過。挨家挨戶的門牌街道名稱，信義、松仁、松高、逸仙路等等，於他而言全都像是陌生的異鄉，但他知道，只要篤定朝著西北方向，那個他強烈感應的方位，就不至於迷路。

女人的咽喉被劃開，接著從胸腔至腹腔一刀到底，理應是今晚的事吧。

她就是那女孩嗎？那個有時明亮有時陰鬱的女孩？好像是，又好像不是。但無論是不是，他都知道即將是。

那女孩的身影近來以日甚一日的頻率浮現在他腦海，後來甚至連她的名字都知曉了，這是因為「**它**」的關係。「**它**」正在窺視她，而蕭遙是通過「**它**」才得知她的名字。

荷米斯。那女孩。「**它**」似將啟動無數的殺戮與血光而首要的目標就是荷米斯。

而那個「**它**」真是「**它**」嗎？抑或是蕭遙自己？

人們在腦中選擇性地回憶、搜集有利於自己的細節，忽略矛盾的資訊，並加以片面詮釋，那叫肯證偏誤。蕭遙必須以行動證明一切，否證他人或自己所信的，肯證偏誤。

手機螢幕裡，一把黃金權杖緩緩旋轉，雙蛇、雙翼，宛若嘲笑著朱志揚。

這個.gif的圖檔是朱志揚回到刑事局後開了手機才發現的。

逮捕墨尚淵的行動已順利完成，GEL國際快遞公司台北總部的高層很配合，墨尚淵本人也未曾反抗，逮捕行動從開始到結束只花了不到半小時，但其實，從啟動的第五分鐘就形同嚼蠟。那也是行動小組發現兩個偵查員倒臥B2停車場的時間點。

「安婷就是荷米斯。」小偉說這話時仍處於半癱瘓狀態。

朱志揚隨即下令對安婷展開追緝，雖知大勢已去，仍決定逮捕墨尚淵。駭客一向習於匿名，而今安婷自暴身分，對她自己有害無益，朱志揚唯一能想到的理由就是她或許想保護墨尚淵。

可問題是，她會想不到嗎？

手機裡的圖檔，就是荷米斯發給朱志揚的名片。她似乎有恃無恐。

朱志揚抬頭望向一窗之隔的偵訊室，墨尚淵正在接受劉碧珠的偵訊。

「今天送往銀光的快遞，你是委託安婷代送？」劉碧珠問。

「對。每一次我交件給安婷，就會順便去買杯咖啡，讓公司以為我去送件了。雖然這違背了公司要我親自送達的政策，但我偶爾會這麼做。業務太多，我一個人忙不過來。」

「就只因為業務太多？」

墨尚淵頓了頓，沉默了一下。他雖然還算鎮定，整個偵訊過程仍偶爾流露僵硬的神情以及微顫的氣音。這算是較正常的反應吧，意味著他內心的震驚與不安。

「好啦，我承認對她有好感。我們從小一起在育幼院長大，總覺得應該多照顧她一些。」墨尚淵說。

「所以，九月三日送往和平展望會的快遞，你也是託安婷送的？」

「嗯。能不能請問一下，安婷到底做了什麼？」

「你知道安婷住哪裡嗎？」劉碧珠不答反問，這是偵訊技巧之一，藉以建立詰問方不容質疑的權威。

「不知道。劉警官，你還沒回答我。」

「這裡的遊戲規則是我問你答！」劉碧珠嚴厲地說：「這樣清楚了嗎？」

「清楚。」墨尚淵有點被嚇到了。

朱志揚在監看室望著這一幕，約莫知道今天不會有什麼重大進展了，他急歸急，並不意外。兩年前的五一六事件，如果安婷真的涉案，就意味著她必然超難搞。更何況，兩個壯碩的偵查員都能瞬間放倒，加上超齡的冷靜，接下來她和警方之間的躲貓貓遊戲會有多嗆，可想而知。

根據ＩＧＣＩ提供的資料，和平展望會紐約全球總部的網路伺服器於九月四日出現異狀，原以為只是尋常的駭客入侵搞搞惡作劇，直到發現有大量機密資料遭到竊取，這才驚覺不對勁。

「和平展望會不便說明失竊的資料為何，該機構擔心此一駭客入侵行為與二〇二五年發生於台北的五一六事件有所關聯。」

美國國務院發給ＩＧＣＩ的密函如此說明。

可是，兩年前她才十六歲，跟那群恐怖分子又能有什麼關係呢？

荷米斯這偷盜之神果然是從天而降，搞得所有人措手不及，就連他這老鳥都栽在她手上了。想到這兒，朱志揚不禁苦笑。這時，手機鈴聲響起，他瞥了眼來電顯示，是個陌生的門號。接通之後，對方是個男性，聲音有點熟悉。

「請問是朱志揚警官嗎？我姓田，田振光。」

「原來是田醫師，好久不見。」朱志揚露出笑容。

「是啊，好久不見！」電話彼端，田振光的聲音帶著點虛虛的氣音。「還記得嗎？你特地跟我交代過，如果有什麼重大情況就直接打電話給你。」

「當然記得。怎麼了？」

「信義分局的人在我這裡。他跑掉了！」

「誰跑掉？」

「S少年。蕭遙！」

朱志揚突然有種心臟加速收縮的感覺。是腎上腺素的關係嗎？據說人們面對某些刺激譬如興奮、恐懼、緊張等情緒，就會啟動腎上腺素的分泌機制，而此刻，那些情緒朱志揚應該都有。

雨越下越大。蕭遙準備等下去。

暗夜中，長安東路一段的白色教堂矗立於對街，氤氳迷濛。他不知道為何來此，只知必須在此守候。

連續走了兩個小時，他已全身濕透，九月，照理是秋天了，但他並無寒意。例行用餐時間過了快一個小時，他雖未進食卻也沒什麼飢餓感。療養院的固定用餐時間是傍晚六點鐘，近一個月來，他已習慣不吃晚餐，且還強迫自己在空腹狀態進健身室作兩個小時的快走運動。飢餓感有時候僅是生理與心理交互作用的一種慣性而且心理因素的成分往往大一些，他想藉由慣性的改變來欺瞞自己的腸胃，而這一切都是為了今天預作準備。

已連續幾天，那強烈的召喚就像磁場似的吸引他前來，佇立於此。

說是召喚，其實就是一些紛雜的訊流巨集，包含聲音、形像、意念，它們到底從何而來？是自始就潛藏於蕭遙的腦海嗎？或者是體外某個力量傳輸給他的？連蕭遙自己也不清楚。從小到大，習慣了。無數的訊流巨集承載著林林總總他未曾涉獵過的語言、文字、知識、情感，它們平常處於沉睡狀態，直到某種特定的狀況啟動，它們才宣告甦醒，在他腦海裡不斷湧現，一切都難以言說但又通透澄澈。

譬如此刻在耳際浮現的歌聲，吟唱著他理應聽不懂的日語。

清き乙女の　眞心を
誰か涙に　偲ばざる
南の島の　たそがれ深く
鐘は鳴る鳴る　ああサヨン

蕭遙沒學過日文，也沒去過日本，卻能通過訊流得知曲名是〈サヨンの鐘〉，也明白歌詞約莫是什麼意思。

清純少女的　眞純之心
誰不落淚　懷想思慕
南方的島　黃昏已深
鐘聲響了又響
啊……沙韻

之所以明白詞意，並非透過什麼轉譯機制而翻成他慣用的漢文，而是自然而然在他心中轉化出可以理解的意義。若說語言是個寓所，則蕭遙並不住在裡面且無損於他的理解，那是先於語言、無需學習就已然實存的原在。

「訊流巨集」，是蕭遙長大之後才給出的定義。

流動狀態的龐大訊息，沒有點點滴滴積累的過程，而是倏忽之間已在那裡，像是原本就在，也像是本來空無但卻突然湧現，不需要過程。不像閱讀書籍那樣，一個個文字堆疊而成的意義之磚在你腦裡砌成觀念之牆；不像觀賞電影，一格格靜照構築而成的動態影像在你心中激盪情欲之流；也不太像聆聽音樂，一枚枚音符敲出你生命經驗的愛恨嗔癡。訊流巨集的匯成與存在，沒有時間或空間，沒有過程也沒有數量堆疊。沒有一，只有無限。沒有滴水穿石，只有瞬間洪爆。

我是阿拉法，我是俄梅戛，我是首先的，我是末後的，我是始，我是終！

聖經《啟示錄》22：13。根據使徒約翰轉述，這是耶穌的話語，蕭遙卻覺得像極了自己經受的訊流巨集。無論源自何方，它們的存在形式一如耶穌的自我宣稱。

昔在、今在、以後永在。

至於為什麼會這樣，蕭遙也不知道。

經過多年摸索，只隱約理出一點頭緒。訊流巨集中的種種聲音、形像、意念，其中的意念通常是首要的，有了意念，才構成召喚的力量，喚醒沉睡的訊流。

那女孩，荷米斯，如今即是啟動整個訊流甦醒的核心意念。

蕭遙希望來得及救她，一如當年也曾希望來得及救李老師。

雨勢似乎小一些了。這時，蕭遙忽又聽見另一首歌，不知哪家酒館播放的，卻是他聽得懂的漢語。

月亮在我窗前蕩漾　透進了愛的光芒
我低頭靜靜地想一想　猜不透你心腸
好像今晚月亮一樣　忽明忽暗又忽亮
啊……到底是愛還是心慌

啊……月光

曲名，〈月光小夜曲〉，自然而然躍入腦海。他認得那歌聲，應該是蔡琴吧，雖是首次聽到，但他越聽越覺得熟悉，發現竟然和〈サヨンの鐘〉是同樣的旋律。

歌聲不只來自蕭遙現在身處的長安東路，也來自他感知的「**它**」，來自**它**的意念。**它**到了，就在附近，心裡迴盪著這首歌。今夜沒有月光，但為什麼是這首？

縹緲的歌聲與詞意，慵懶，平和，卻渴慕著一場血祭，這令蕭遙感到費解。他彷若身歷那聲、影所在之境，訊流無比強烈，足以穿透一切的欲望，甚至強烈到讓他難以分辨那是來自體內還是體外。這種難以分辨，既是時間與空間的閃爍交錯也是想像與現實的迷離交織，連他都感到迷惘。

蕭遙佇立雨中望著對街的白色教堂。總之這就是他證明一切的時刻。

今夜或許是他的最後一搏。要嘛自由要嘛死亡。

朱志揚抵達田振光的辦公室時，已是夜間七點二十三分。

田振光看起來頗為緊張，先跟他簡報了經過，另有一位市警局信義分局偵查員陳裕川，推論著蕭遙脫逃的動線，卻充滿困惑。

「一樓的大門和側門都有警衛，沒有人看見他離開。二樓走廊盡頭有個護理站，兩位護理士在那兒值勤，他們也沒看見蕭遙離開田醫師的辦公室。當時這扇窗戶開著，應該就是他唯一的逃脫路徑了，可是，麻煩過來看一下。」

陳裕川走到窗邊，指向窗外。

「沿著窗戶四周，沒有任何可以使力或攀爬的地方。這兒離地面大概五米高吧，正常人的話，不跌斷腿或摔斷腳踝才怪。」

「意思是，他就這樣憑空消失？」朱志揚打量窗外，環顧室內。

「差不多這意思。」

朱志揚一時沉默，不想多費唇舌。他走到門邊檢視擱在傘筒邊的一只黑色塑膠袋，裡頭裝的是白色碎片。他抓了些在手中，仔細審視，它們大小不一、形狀各異，邊緣的不規則斷架多半是因撕裂而產生的吧，這似乎印證了田振光說的，那件拘束衣並非遭利刃破壞，否則呈現的將是整齊的切口。

「真難以想像，對嗎？」田振光走到朱志揚身邊，餘悸猶存。「他是怎麼做到的？」

朱志揚覺得喉頭有點乾，答不上來。

七年前的「S少年殺人事件」，朱志揚是警方專案小組召集人。身經百戰的他，迄今仍覺得那是最艱困的一宗案子，所謂艱困，不在於破案的難度，而是此生直面的最深最深的恐懼。

那年的七月十九日晚上九點多，朱志揚抵達T大化工系第二實驗室，現場已圍起封鎖線，滿地的鮮血，像條溢出水道的溪流，女大學生李苑萍的屍體躺在一角，只能以慘不忍睹來形容。報案的十二歲少年蕭遙，身上沾滿血跡，凶器黑色貝爾刀的橡膠刀柄留有他的指紋。蕭遙供稱，他抵達現場時，李苑萍還有呼吸，好像很痛苦，於是替她拔出插在右眼的刀。直到警方解開死者遺留在凶案現場的手機密碼，案情才突然翻轉。死者的臉書Messenger頁面，有十二則蕭遙傳給死者的短訊。

妳在哪

為什麼不回我

我來了

快跑　它到了

妳會發不出聲音

快跑　它到了

腿拖在地上　妳跑不了

接著是哪裡

鼻唇耳

天啊血一直噴

快跑啊老師

妳在哭　血淚

十二則短訊，記錄了完整的殺人過程，後來被警方視為蕭遙的罪證之一。

先是左頸動脈一刀接著右頸動脈一刀且向左切過形同割喉。（妳會發不出聲音）

左右腿內側動脈各一刀。（腿拖在地上，妳跑不了）

頭部十刀。（鼻唇耳）

心臟兩刀。（天啊血一直噴）

最後是右眼一刀且未曾拔起。（妳在哭，血淚）

可是，按照蕭遙的供詞，是因為他預見死者即將遇害，才對她示警，希望她及早逃走，所以貼文非但不是殺人紀錄，而且完全相反，是為了拯救死者。警方則認為那是脫罪之詞，所有事證全都清清楚楚地指向蕭遙，他就是凶手。

「為什麼是在死者的臉書留言？到底能不能稱為直播殺人？」

朱志揚代表專案小組在台北地方法院少年法庭作證時，沉痛地提出指控。

「有人說那不算直播，因為訊息不是貼在公開的留言版。但我認為是直播。死者的手機，沾滿她的血跡和指紋，就掉在凶案現場的地上，我的同事解開密碼進入手機後，發現頁面就停留在臉書的Messenger。換句話說，會不會，死者直到生前最後一刻都還抓著手機？會不會是凶嫌逼她看的？每劃一刀就貼一則訊息，而且要她盯著手機螢幕看下去？所以，看到死亡直播的只有死者一個人？總之，會不會凶嫌正是直播給死者觀看而且就希望她看到自己一步步被殘殺的過程？」

朱志揚的控訴鏗鏘有力，不只代表警方立場，其實也反映了檢察官的態度。

「或許有人要說，這麼小的孩子怎麼會做出這種事？又怎麼會如此冷血殘酷？不可能吧？但我要說，小孩又怎樣？小孩就不會犯錯嗎？如果說小孩就像天使一樣純真，難道天使的軀殼底下就不會躲著魔鬼的靈魂？」

由於證據力太強大，就算蕭遙始終否認殺人，他的爸媽仍然不得不低頭，轉向認罪協商的法庭攻防。他們為了全力搶救這唯一的兒子，除了任用頗負盛名的人權律師陳啟斌，另還請了小學老師和同學出庭作證，想證明蕭遙是個心地善良的孩子，且還提出「陰陽眼」、「靈異體質」的說法。

媒體一度猜測，這應該是律師的辯護策略，目的是要藉由法庭不可能採納的、非科學所能驗證的神怪邏輯，順勢導向科學的、精神疾病的方向。而事後證明，這個策略是成功的。歷經五個月的訴訟，代表了檢、警共同意志的公訴方其實一敗塗地。

朱志揚全然不相信怪力亂神那一套，認為那是脫罪之詞，但卻無可奈何。

關於靈異說，小學師生們的證詞雖然光怪陸離，多半說的是蕭遙能找到同學們遺失的筆盒、書本或什麼小東西，又或曾經指出某老師不知擱哪去的婚戒其實就掉在她家流理檯與牆壁的縫隙之間而蕭遙根本沒去過她家，等等的，其實法官也未必採信，可是其中有一宗關於「火球人」的證詞，據說讓法官很頭痛，朱志揚沒出席那天的審議庭，事後向檢察官調閱了相關的庭訊筆錄。

檔案編號：北檢錄字二〇二〇〇七二七〇九

庭訊筆錄製作：宋英華（台北地方法院少年法庭書記官）

證人：郭〇〇。〇〇國民小學六年〇班，應屆畢業學生，被告S的同班同學。

證詞：六年級上學期，我爸爸（郭彣斌）因車禍去世，火燒車，本來以為是疲勞駕駛，自撞。S和我同班，我們很要好，他說知道肇事者的車牌號碼，我半信半疑。後來媽媽拜託

警察去調查，果然查到肇事者。我問S怎麼會知道的？S說，他看得見。

針對同一事件，班導師黃淑敏的說詞則較為清楚。這是第二份庭訊筆錄。

S童對郭童的說詞有所保留，應該是考慮到郭童及其母親的承受能力吧。後來我問S童，他才說，肇事的賓士轎車搶快超車，與郭父的車擦撞後導致郭車偏離車道撞及山壁起火爆炸，一團火球從車子裡衝出來，奔跑著，那是郭童的父親。肇事者停車看到這一幕，但並未下車施救，反而逃逸。車禍發生的時間是二〇一九年十一月九日下午三點多，同時間，S童正在我的班級上課，根本不可能在車禍現場。S童是如何看見的，我真的不知道。但據我所知，管區警察找到肇事者時，肇事者還不肯承認，直到警察描述「火球人」的一幕，對方才認罪，可見S童所描述的過程應該是真的。我不知道這是怎麼回事，S童就是人們說的「通靈眼」嗎？

第三份庭訊筆錄，則是文山分局警佐游秉勳。

十一月十三日，蔡慶芬（郭童之母）告知我車牌號碼，本來我也不相信，調查之後發現該車屬於張文昌所有，是黑色賓士轎車，但問題是，該車並無擦撞痕跡。當然，由於離車禍事故已經四天，肇事者把車子送廠維修重新鈑金、烤漆也不是不可能。於是我回頭直接找S童，他在父母親的陪同下接受我的偵訊。（相關筆錄之正本存放於文山分局檔案室，已複製影本乙份作為本筆錄之附件。）S童告訴我，郭父從燃燒的車子跑出，就像一團滾動的火球，張文昌目睹這一幕嚇壞了，才開車逃走。S童建議我，何不直接用這件事來逼張文昌認罪？我本來覺得很瞎，幹麼要聽信一個小孩的話？但後來還是決定，姑且一試也無妨。十一

月十七日，我再度找張文昌，用比較嚴厲的方法問訊，也特別提到那個火球人，結果沒想到張文昌竟然嚇壞了，他當場崩潰痛哭，坦承自己酒駕肇事逃逸，而且他描述的細節跟S童所描述的幾乎一模一樣。（相關筆錄之正本存放於文山分局檔案室，已複製影本乙份作為本筆錄之附件。）這整件事真的太不可思議，直到今天我回想起來仍然覺得毛骨悚然。

對法官而言，最關鍵的其實是游警佐的筆錄。

它不再是找回老師掉的婚戒或學生的筆盒失而復得等等無關緊要也難以肯證的絮絮叨叨。筆錄屬於公文書的一種，游秉勳警佐針對S童（蕭遙）與張文昌所作的兩份筆錄，恰好因著公文書的性質，讓蕭遙身上的超自然傳說獲得不容質疑的法律位階，成為無可反駁的證詞，連法官也不能不採信。「火球人」的案例於是成為律師攻防的重點。

「明明被告並不在場，為什麼他可以看得見？是民間俗稱的另有分身？是通靈眼？可是科學無法解釋啊！」

陳啟斌律師在庭訊時說：

「那麼難道是幻覺？是人格分裂之類的精神疾病所導致的幻見和幻聽？但他在幻覺當中所看見的明明又是真真確確發生的事實，這又如何解釋？是的，無法解釋，又是科學無法解釋！但請別忘了這又玄又怪、無法解釋的證詞已經讓一位酒駕肇逃的罪犯俯首認罪，也讓不幸的郭家母子在心靈上多少能撫平傷痛、得到寬慰。我必須說，庭上只能依據科學準則來進行裁量，而科學準則卻無法適用於被告身上，這對被告而言是多麼不公平！」

這場最關鍵的庭訊，朱志揚也在場。他還記得陳律師以嚴厲的眼神掃向他。

「那叫冷血嗎？叫殘酷嗎？被告看到自己的好友郭童因為失去父親而傷心難過，因而告知自己所見，這叫同理心，也叫正義感，卻絕對不可能是朱志揚警官所指稱的冷血殘酷！」

陳律師接著話鋒一轉，語氣從嚴厲化為感性，望著被告席上的蕭遙。

「且先讓我們回到七月十九日晚上那不幸事件的現場，請試著想一想，被告他又看見了，看見自己尊敬的家教老師即將遭遇不幸所以著急地趕到現場，他想救李老師可是一時找不到她，他又急又痛苦不斷發短訊示警可是老師全然沒有回訊，等找到老師的時候，她已經躺在血泊當中，全身血肉模糊，右眼插著刀子，老師痛苦的喘息，全身顫抖，為了想解除她的痛苦於是被告伸手將刀子拔下因而在刀柄留下指紋，為了要陪伴在老師身邊他坐在地上緊握老師的手以至於全身上下的衣服、褲子、鞋子全都沾了血。被告想的就只是陪伴而已，因為知道老師需要他。可是，這就成了他的罪，只因為警方查不到真正的凶手，陪伴，就成為被告的原罪！這才是事實真相，就算被告並不在場也可以看見凶殺的過程，可是原告方的周檢察官以及負責偵辦此案的朱警官，你們根本不相信被告的供詞。科學無以解釋的真相，你們視而不見、聽而不聞，這也就算了，竟還把一位善良無辜的少年形容成十惡不赦的凶殘之輩，對我的當事人而言，他們情何以堪？」

陳律師說的當事人是指蕭遙的父母親，他們就坐在旁聽席上。

「好，沒關係！如果你們所相信的科學是要教人怎麼顛倒黑白，那我的當事人認了。昨天深夜，蕭爸爸打電話給我，他很悲傷，說他一直相信自己兒子的清白，也相信兒子是個善良而正常的孩子，可是如今，作為監護人，為了讓兒子受到的傷害降到最低，他希望我採取認罪協商，換句話說，你們硬要說他殺人，那就殺人吧！可是我們要請求庭上讓被告接受精神鑑定，藉以證明被告可能是在非自由意志的情況下犯了你們宣稱的罪行，那時候的被告，在你們的所謂科學邏輯中，也許已經分裂成為兩個截然不同的人格，一個想救老師，另一個卻殺害她。周檢察官，朱警官，你們贏了！因為我的當事人不得不屈從於你們的偏見，讓他們無辜的孩子變成殺人者，或許也即將變成一個精神病患！」

陳律師說完冷然回座。朱志揚看到旁聽席上蕭遙爸媽的背影似乎啜泣著。他同情他們，知道他們都是教養良好、循規蹈矩的公民，也寧可相信他們一直教導孩子為人要正直、善良，但朱志揚仍篤定認為蕭遙辜負了他們的期待。

那年，入冬後的十二月，判刑定讞之後，朱志揚到了療養院，首度見到蕭遙的主治醫師田振光，經過田醫師的同意後探望了蕭遙。

那場對話很溫和。朱志揚只想勸蕭遙認罪，但蕭遙一逕沉默。

「承認的話，我相信你自己心情會舒坦一些，你爸媽應該也會好過一點。不然，你沒認的罪，他們卻替你認了，總覺得對不起你。」朱志揚問。

蕭遙動也不動，只是垂著眼。

「蕭遙，可以嗎？」

「為什麼你不相信我？」蕭遙終於囁嚅著說。

「我很想相信你，可是很難。」

蕭遙又沉默了一下。

「你很自私。」蕭遙再度開口。
「怎麼說？」
「不是我說的。」
「什麼意思？」
「是一個女人說的。」
「哪個女人？」
「你只想到自己。你對別人永遠比對家人好。既然你已經不需要這個家，為什麼還要我守著它？」蕭遙很平靜，此時才抬眼望著朱志揚。「說完，那個女人就走了，還記得嗎？」
瞬間，朱志揚傻住了，彷若有種無以言說的戰慄從內心最深處湧了上來。
他當然記得，那是前妻離家之前的最後話語，三天後他就收到律師寄來的離婚協議書。可那是在朱志揚的家裡且當時只有夫妻兩人單獨相處，蕭遙怎會知道？
「不是我知道。是看得見。」蕭遙沒等他發問就直接回答，似乎一眼看穿他的疑問。
那天，離開療養院前，朱志揚其實焦躁無比，許多明白的、不明白的事全都在心裡翻攪。最後他留了張名片給田振光。
「萬一蕭遙有任何重大狀況，都請通知我。」
「需要嗎？」
田振光似乎覺得很唐突。朱志揚強抑激動，以誠摯的眼神望著他。
「別看他只是個小孩。小心，他很危險！」

將近七年後的今天，田振光終於真正明白朱志揚的意思。

就在蕭遙脫逃之後，他先按照標準作業流程報警處理，是直到信義分局的大批員警抵達療養院並展開調查之後，他才想到朱志揚留下的那張名片。

「蕭遙說，有一群人殺了不只一個女人？」朱志揚問。

田振光的辦公室，朱志揚已經得知蕭遙近幾天的反常言行。

「他不是說一群人，而是一群東西，看不到形體的一群東西。」田振光說。

「看不到形體？什麼意思？」

「我也沒聽懂。當時以為他是隨便說說的。」

「有錄音檔或錄影檔嗎？」

「每次的診療都有錄影。」田振光指了指入門處的角落，天花板上架著一台監視器。

「只有蕭遙才這樣，他是重刑犯。」

「麻煩給我一份拷貝。我還需要你所有的診療紀錄和筆記。」

「好，我請秘書準備。」田振光顯得很焦慮，一如七年前來到此地的朱志揚。「朱警官，以前你警告我說他很危險，到底有多危險？」

「老實說，我也不知道。」朱志揚瞧出他神情有異。「怎麼了？擔心他傷害你？」

「他會嗎？」

「你延長他的強制醫療時程，讓他離開這裡的時間變得遙遙無期，這有點像是坐牢卻不知道要坐幾年一樣，你能理解那種心情嗎？暗夜中永遠盼不到黎明，比什麼都可怕。所以，如果說他會喜歡你而且不忍心傷害你，我大概很難相信。」

田振光面色很難看，朱志揚於是拍拍他肩。

「放心，信義分局王局長已經派人保護你。而且說真的，如果蕭遙真想傷害誰，我只會排在你前面，你想逃的話，等接到我的訃聞再逃也不遲。」

朱志揚又拍拍他肩快步離去。

田振光從沙發起身，整個人有種被掏空的感覺，慌失失的。

五分鐘前朱志揚才接到電話，現在就匆匆離開，看來蕭遙應該不在這附近。

田振光想讓自己鎮定下來，但好像很難。他覺得自己該回家了，又擔心妻子會看出他的異狀而感到奇怪，畢竟，跑掉一個重刑病犯是安全漏洞的問題，輪不到他扛責任，何至於如此不安？

他走到門邊，取了那把傘。

枯葉。脈紋。天啊，蕭遙到底還知道什麼？也知道她的名字嗎？蕭遙應該見過她吧，因為她就是院裡的藥劑師。

今年初春和她一起參加東京的一場醫學會議，利用閉幕後的兩天空檔相偕遊了趟京都。就在清水寺旁的一家小店，她看中那把手工傘，他買了送她。當時才剛開始秘密交往，常見她開心的笑容中帶著點羞赧，可是那天漫步在清水寺南隅人跡罕至的櫻花林，她仰望恣意綻放的白色櫻花，突然拉了他奔入林中小徑，直到盡頭的青苔石牆下才停步，她回眸望他，喘息著，緩緩開了傘斜擱在地上作為遮蔽，然後在傘下要了他。猶記得當時，銷魂蝕骨，放眼望去，滿天櫻花，遍地神佛，他們瘋狂啃噬彼此的身體。

但蕭遙是怎麼知道又怎麼看見的？他一直把蕭遙自稱的預見或看見定義為幻覺，難道錯了？

田振光關燈鎖門走在長廊，不由得感受到一種沁透全身的涼意。那段話，米歇爾·福柯是怎麼說的？知識的權力，權力的知識，田振光就讀醫學院時，醉心於精神分析學而又時時拿來警惕自己切莫掉入醫權欲望的福柯那段話是怎麼說的？

> 人們出於另一種形式的瘋癲，用一種至高無上的理性所支配的行動，把他們視為瘋癲的鄰人禁閉起來，用一種非瘋癲的冷酷語言相互交流和相互承認？

此刻田振光突然覺得，蕭遙是否已經讓他成為另一種形式的瘋癲？

朱志揚冒著雨走出療養院大門，陳裕川駕駛的偵防車已等著他。

信義分局王又鼎局長幾分鐘前打電話給朱志揚，告知蕭遙的去向。蕭遙離開療養院後雖然避走街道而改走巷弄，市區內密布的監視器仍錄下了他的行蹤。最後一筆影像資料是傍晚六時十分，中正區臨沂街三巷，看來他的行進動線是往西北西方向，目的地仍難以判定。按照蕭遙的行進路徑預估，涵蓋了中正區與中山區，如今那兩個區的分局已經啟動全面巡邏機制。整個逮捕行動由信義、中正、中山三個分局聯合作業，王局長特地派了陳裕川載朱志揚過去協助。

朱志揚鑽入副駕駛座，車子平穩地駛向信義路。朱志揚看見儀表板旁的警用平板電腦螢幕上，除了導航地圖還有蕭遙的照片。通緝令已經發布了。

如今已經十九歲了，蕭遙。稍早朱志揚在療養院已看到他的近照，但只是匆匆一瞥，現在才有機會仔細端詳他的容貌。相較於十二歲時的童稚模樣，如今他多了一股成熟的英氣，光看外表，再怎樣都很難跟邪惡、凶殘聯想在一塊。

「朱督察，王局長很推崇您，說您是S少年專家！」陳裕川邊開車邊微笑。「所以您應該很瞭解蕭遙才對吧？知道他可能躲在哪裡嗎？」

朱志揚望向窗外流逝的夜景，雨中的一〇一大樓高聳於眼前。

「不。我一點都不瞭解他。說不定他瞭解我還多一點。」

第四章

人最深刻的本質乃是一些原始性的慾力衝動。
我們必須承認所有那些被社會譴責爲惡的慾望
乃是這些原始衝動的一部分。

——西格蒙德・佛洛伊德（Sigismund Schlomo Freud）

它越來越近了，蕭遙感受得到。

但**它**到底在哪？又會以什麼形體出現？蕭遙一點概念也沒有。

離開白色教堂之後，蕭遙轉進林森北路八十五巷。約四米寬的東西向巷道，筆直而狹長，K歌坊、小民宿、小酒吧林立，各種顏色的霓虹燈招牌熠熠閃閃迤邐至遠方，濛濛雨勢中看不清巷尾盡頭。此刻酒客熙攘來去，聽那錯落的口音，有本地人，也有來自日本、韓國、大陸的，約莫觀光客居多吧，每走幾步便會聽到不同的小店傳來的異國歌聲。

蕭遙是第一次來到這兒，但並不覺得陌生。連日以來，雖然身在療養院，但他彷若來過這裡，只因**它**已來過。他能看見**它**所見的，感受**它**所想的以及**它**想做的。就是今晚了，第一位女性目標。

「你一直說『**它**』，但有沒有想過**它**就住在你的體內而且就是另一個你？」

田醫師曾說，他的任務就是讓原人格的蕭遙認清楚這點，並學會如何拒絕它的誘惑，這是根據多重人格論點得出的結論。

「這麼說吧，那另一個你，我暫時給他一個名字，S，你說的**它**，也許就是S。原人格的你，一直誤以為S是獨立於你之外的個體，以李老師的事件來說，你知道S想殺李老師，而你想阻止S，但實際上是S主宰了你。所以，原人格的蕭遙想救李老師，但S所主宰的蕭遙卻殺了她。」

這個論點，當時的蕭遙聽得似懂非懂，要說不相信也可以，只因確信自己並非像田醫師說的那樣。可是在療養院接受強制治療一年半之後，當爸媽再也不來看他，他開始動搖了。

從小到大無論他看見什麼異象，爸媽總是護著他，就算不見得相信也不至於認為他有什麼惡意。即使他常感孤獨且絕少朋友，即使被別人視為怪胎也經受無數的嘲笑捉弄，至少都還有爸媽在，他們就是他的天與地。可是自從爸媽再也不出現，不接他的電話，不回他的信，那理所當然的一切都崩塌了。

「爸媽也懷疑我殺人，對嗎？」十五歲生日的前夕，蕭遙終於囁嚅著問。

「應該是吧。」田醫師回答。「換作是我，碰到這種狀況，想不懷疑都難。」

是這樣嗎？

李老師。空茫的左眼。倒臥血泊。法庭旁聽席上哭泣的媽媽。田醫師說他應該搞清楚他所感應的一切是幻覺而非現實否則他將永遠無法克服實現它的衝動。是這樣嗎？囁嚅著哀求爸媽的相信而爸媽也答應了可是陳律師最終採取認罪協商且在法庭上說你們硬要說他殺人那就殺人吧。媽媽哭了是因為覺得對不起他？擔心他將永不原諒他們？但實際上對他而言並無原不原諒的問題只因知道他們迫不得已。群眾憤怒。媒體公審。爸媽連家都回不去後來也不再到療養院看他而他緊握李老師的手直到她微顫的唇再也靜止不動而那空茫的左眼依然望著他然後再也沒有人能證明那欲望是來自他的體內或體外。李老師那微顫的唇到底想說些什麼？他一直以為她想說出凶手的名字而田醫師卻以為她會說出的唯一名字就是蕭遙。

是這樣嗎？

許多惶惑早已無從解答。從那時起，蕭遙放棄寫信與打電話給爸媽的念頭，覺得自己應該懂事一點。應也是從那時起吧，自己體內是否住著另一個S，他再也不敢確信沒這回事。

信與不信之間的跨界，並非來自事實本身，而是那片坍壞的天地。

雨勢依然滂沱。

從林森北路八十五巷往北、往南快走繞了一大圈，他很快發現有九條巷子都是類似的燈紅酒綠聲色犬馬，其中有八條還是往西貫穿林森北路而門牌屬於中山北路的，整個範圍之大，始料未及。他的腳步越來越快，偶遇巡邏警車則早早踅進防火巷以免被發現。

時間所剩無多，他已感受到**它**就在附近。

一度，蕭遙停下腳步。有些影像浮現眼前，那空間並非他身處的此地，但到底在哪？

漸漸的，蕭遙看見**它**所窺探的。

淡藍色緊身襯衫、白色及膝窄裙、鑲滿晶亮小水鑽的黑底色高跟鞋，身姿婀娜的女人背影。

它越來越靠近她。

來不及了嗎？

僅能憑直覺了，似乎在身後。蕭遙回首往東狂奔，冒著雨從中山北路一二一巷衝出，跨越林森北路後奔入一一九巷，他知道就在前面了，越跑越快。

舉目搜尋都看不到那女人的身影。

但沒道理啊，巷內還有稀疏的遊客來來往往，**它**如何出手？

蕭遙喘息著，讓自己鎮定下來，然後，很快就知道了。他回首望向剛才匆匆奔過的防火巷口，緩緩走去，那防火巷寬僅一米，位於街燈照不到的黑暗死角，凝目望去，乍看好像什麼都沒有，直到瞳孔適應了最沉的幽暗，終於看見一團東西蜷縮在深處，被血染紅的白裙與淡藍襯衫已然攤開在地，赤裸的女體湧出的溫熱血水因雨水沖刷而微氳著淡淡霧氣。

蕭遙喘息著，有些絕望，此刻真的不知道自己究竟來遲了還是來過了。

如今他只能祈求這一切不是原人格蕭遙的幻覺，而**它**也不是住在他體內的S。

午夜十一時五十四分，陳裕川帶著朱志揚趕到現場，中山分局周天見局長和大批員警已經在場，朱志揚和周天見打了招呼後，發現劉碧珠也到了，她拎個黑色皮製手提箱等著他。

「死亡時間估計是兩小時前，死者身分已經查出來，蔡妍芳，女性，三十四歲，性工作者。」

劉碧珠顯然看過屍體，臉色有點慘白但語速不曾稍慢。

「喉嚨被割開，開膛剖腹，應該是一刀到底，子宮和一個腎臟不見了，腸子從腹腔拖出來甩在她的右肩。」

防火巷太窄小，周天見要陳裕川留在巷口，逕帶了朱志揚、劉碧珠跨越黃色封鎖線往巷內走，那兒有法醫和四個鑑識員正在採集跡證，他們走到離屍體二米遠的地方停步，避免破壞現場。

沒雨了，死者的血液經雨水沖刷而氾漫在屍體周遭的水泥地上。朱志揚望著受害者，狀況就如劉碧珠簡報的那樣，慘不忍睹。

「是蕭遙嗎？」周局長問。

「不是不可能。但還不知道。」朱志揚面對類似的提問一向較審慎。「他曾經對田振光醫師描述過類似的殺人手法。」

「如果是的話就麻煩了。」劉碧珠突然插嘴。

「怎麼說？」周局長有點不悅。他等的是朱志揚的回答而非他的幕僚。

「半小時前，刑事局收到一件快遞，裡面是一封信還有一個東西。這也是羅局長派我來找朱督察的原因。」劉碧珠從手提箱取出一個透明密封證物袋，袋內裝著橙黃信封和一張信紙。「信是給朱督察的，你們應該看看。」

信文看似潦草但筆跡堪稱俊逸，較像是男性的筆法。

朱志揚先生：

我從一個女人身上取出來的半個腎臟保存下來並寄給你，另外半個我煎熟吃了，味道還不錯。如果你再等等，我可能會把割下它的那把刀寄給你。有本事來抓我！

信是指名給朱志揚的，為什麼？挑釁嗎？

「一起寄來的東西就是信中提到的那半個腎臟，你們應該不會想看吧？」劉碧珠問。

「說重點！」知道劉碧珠的阿嬸毛病又犯了，朱志揚有點不耐煩。

「哦好。〈地獄來信〉兩位長官聽過嗎？這封信的內容跟它差不多。」

「什麼〈地獄來信〉？」周局長斜睨她。

「長官應該聽過開膛手傑克吧？一八八八年，倫敦，至少五個受害女性而且全都是性工作者。」劉碧珠挑眉望向周局長。「〈地獄來信〉據說是開膛手傑克寫的，而這位受害者的死狀也和他的殺人手法一模一樣！」

「這裡是台北不是倫敦，是二十一世紀不是十九世紀。」周局長顯然嗤之以鼻。

「是啊，真希望他只是嚇人的，不然接下去要是連續殺人那就傷腦筋了。」劉碧珠說。

朱志揚望著那信文尾端的英文署名，一時沉默。

Jack the Ripper.

「能不能私下跟你談談？」劉碧珠問。

朱志揚點點頭，沒想到她卻帶著先出了一一九巷再沿著林森北路往南走，最後來到長安東路口，足足走了八分鐘。

「反正ＩＺ就是個怪怪的部門，帶你來這兒也就無所謂正不正常了。」劉碧珠指向西南方向斜對角的一幢古色古香的建築。「那是中山基督長老教會，你覺得它主要是什麼顏色？白色對不對？」

「至少我知道它不是黑色。所以呢？」

「我覺得周局長好像聽不太進去才拉你過來的。」劉碧珠聽出他的不爽，於是打定主意速戰速決。「開膛手傑克連續殺人案，這個詞，是後來才有的。從一八八八年八月七日開始的連續五宗命案，到了九月二十五日的第三宗命案才出現凶手寄給倫敦中央新聞社的第一封信，自稱開膛手傑克。在那之前，英國媒體稱之為『白教堂連續殺人案』，因為幾宗命案都發生在倫敦東區的白教堂區！」

朱志揚沉默了，終於明白她想說什麼。

個別事件之間因果關係的推理原則，第一件叫偶發，第二件可能是巧合，第三件就叫有意義的關聯。而今天，受害者相同的死狀與職業背景是第一件，寄給朱志揚的信是第二件，現在矗立於眼前的建築是第三件。

大雨之後的夜間街景看起來格外通透明晰，這十字路口此刻人車稀疏，濕漉漉的柏油路面就像個偌大鏡面反照著斜對角那幢日據時期遺留至今的仿哥德式建築，那白色教堂。

凶手是在堅定的釋出訊息昭告天下，開膛手傑克來到台北了。

「真的是蕭遙嗎？」劉碧珠忍不住又問。

朱志揚沒回答，掉頭走開了。

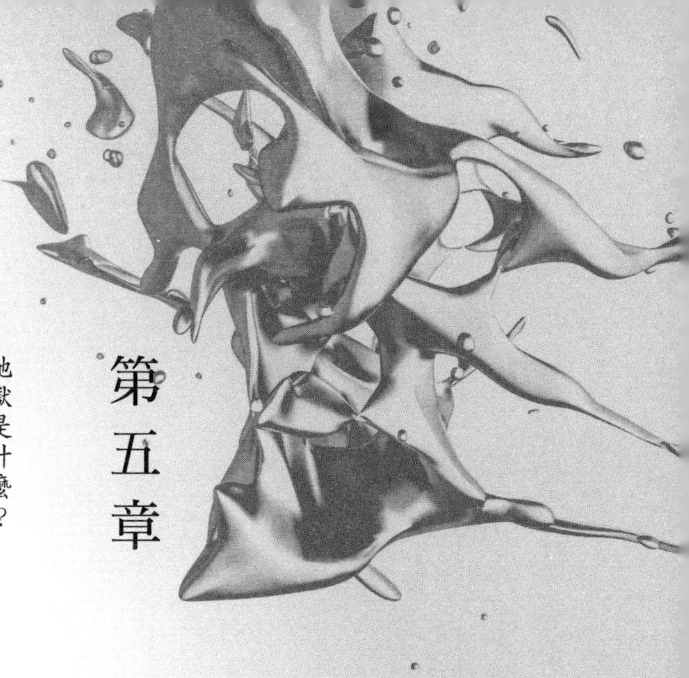

第五章

地獄是什麼？

我以爲它是「由於不能再愛而受到的痛苦」。

——杜斯妥也夫斯基（Fyodor Mikhailovich Dostoevsky）

安婷弄了兩人份早餐，她和湯湯的。

烤全麥吐司各兩片，她幫自己塗了草莓果醬，幫湯湯夾了一片煎過的里肌肉，另有一大盤混合了廣東A菜、番茄切丁、黃椒、橄欖油、葡萄醋的生菜沙拉，兩個人分享。東西都是在國宅的黃昏市場買的。

昨天她進了市場，打公用電話向湯湯求援。半小時後，湯湯開來一部臨時跟朋友借的廂型貨車，連她和單車一起載回家，沿路有不少開著警示燈的警車到處巡弋，湯湯問她到底闖了什麼禍，她沒回答，他也不再問了。

就在廂型車內，安婷借了湯湯的筆記型電腦，連上他的手機，上網發了三封變造過日期的電郵到小墨的電子信箱，發信之後同時侵入小墨的信箱，逐一點開那三封電郵讓它們顯示為已閱讀狀態。內容都很簡短，第一封是跟小墨催討酬勞，第二封是要求提高工資，第三封罵他壓榨別人勞力而自己卻坐享高薪。三封電郵都是為了誤導警方的煙幕彈，偽造的日期分散在過去的五個月內，她希望多少能發揮作用。既然來不及警告小墨，或許只有這樣才能保護他。

「為什麼不讓我打電話給小墨？」

湯湯咬著里肌肉三明治，眼睛卻盯著安婷。「待會兒我得去送件，以前都是小墨直接Line我，但今天通知我的不是小墨而是別人，為什麼？」

「不要問。」安婷吃著沙拉，頭也不抬。

「我不是因為好奇才問妳。」

「知道你想幫我，但你知道得越少越好。」

安婷這才抬起頭對他笑了笑。他根本沒轍。

湯湯有著稜角分明的臉廓，稍黑的膚色，皎潔的牙齒，笑起來很陽光。他的頭髮蓬蓬捲捲的，安婷常叫他剪短一點，不然越來越像馬爾濟斯犬，但他總是抗拒，於是她跟阿鏘好幾次硬押著他，由她親自操刀狠狠砍掉他一頭亂髮。

安婷和湯湯、阿鏘一起住在基隆河邊的潭美街，四十幾年的老社區，一幢四樓舊公寓的頂樓，房租較便宜，三十三坪才兩萬元。阿鏘和湯湯兩年前租了下來，各據一個房間，直到今年夏天安婷高中畢業離開育幼院之後才搬進來。兩個男生為她留了靠窗的第三個房間，面基隆河，且無論如何都不肯收她房租。

「得天獨厚的河景留給妳，拜託妳別再嘮嘮叨叨像阿桑一樣啊！」

阿鏘是這麼說的。他們確實都很怕安婷，但也夠疼她。

從育幼院出來的本地孩子前後共有十三個，成年後陸續離院，安婷上高中時還剩七男三女，安婷年紀最小。如果說他們就像兄弟姊妹，那麼安婷就是老么，格外得寵。問題是，從小到大，她特別喜歡對這些哥哥姊姊們管東管西的，經常讓他們頭疼不已。譬如三個月前湯湯摔車，那時安婷才剛搬進來，卻儼然一副舍監模樣打理起這屋子裡的所有一切，她嚴格管束湯湯的二十四小時作息時間、不許兩個男生喝啤酒、不許阿鏘熬夜玩網路遊戲，甚至不許他們再吃什麼垃圾食物。當然，從她搬進來的那天開始這小小的窩變乾淨了，當兩個男生沒時間打理吃的她總會變出起碼一鍋麵條或米飯外加一點氽燙白肉與青菜，湯湯躺床上的那半個多月該幹的活兒她全包了，至於領到的工資則全都替他買了營養品。有時湯湯和阿鏘不免覺得她比較像姊姊。

「我大概傍晚回來，除了單子上寫的東西，還需不需要幫妳帶些什麼？」湯湯嚥下最後一口三明治，起身準備出門。

「該有的東西都有了。」安婷說：「去了GEL，如果碰到什麼陌生人跟你問東問西，別亂講話。」

「什麼樣的陌生人？」

她瞪他一眼，意思是不許問，湯湯聳聳肩，出門去了。她走到窗邊，看他踩著單車往市區方向馳去。

雨停了，地微濕，天仍是陰的。基隆河水流湍急，水位高度已接近岸邊的步道。周遭看不到什麼可疑的人車，暫時應該是安全的。今天一早五點鐘，天還濛濛亮，她就起床留意樓下的動靜，之後每隔二、三十分鐘，她總會到窗邊探個究竟。寫在便箋紙上託湯湯買的是新手機加上新門號，四個防水的微型監視器和無線接收器，準備架在屋外，便於監控外頭的狀況。

已經關掉電源的那支手機，登記的是她的名字，從離開育幼院的那天起就切換成航空模式，從不拿來當話機使用，這一方面是為了避免被育幼院騷擾，另方面則為了省錢。她以自己開發的軟體灌進那手機，不管到哪兒都可以自動接收附近的WiFi訊號，破解密碼並連上線，永保網路暢通，朋友們都是透過LINE和微信跟她聯絡的。因為沒跟電信公司連線，她認為刑事局理應無法用手機基地台三角定位的方式找到這裡，但真是這樣嗎？她其實沒有十足的把握，所以，先停用舊手機，另請湯湯用他的名字購進新的機子和門號，算是比較保險的作法吧。

直到目前為止，她還沒想清楚這一切究竟怎麼回事。

七天前她駭入位於紐約市的和平展望會全球總部網路伺服器，而如今想逮捕她的竟然是台灣的刑事警察局，唯一的合理解釋，她挖到寶了。

她走回房間開了電腦，盯著螢幕上那個奇怪的檔案。

「N2W.sgx」，從沒見過的副檔名，檔案大小才二一．三G，安婷用盡各種方式都打不開，顯然需要某種特殊軟體才能開啟。後來她進入「暗網」，把它丟給幾個較可靠的駭客老友，請他們幫忙。

「暗網」就像網路世界的幽冥之境，非一般人所能觸及。那兒是駭客活躍的場域，運用「洋蔥路由」（The Onion Router）的五層加密系統，進行各種見不得人的匿名交易，包括販毒、買凶、性交易、武器與贓物銷售等等，其中最著名的暗網「絲路」（Silk Road），從二〇一一年問世之後，多次被美國與歐盟的情治機構查封，但越封越頑強，每破獲一次，它都很快發展出新一代的進化版，野火燒不盡。

安婷是從兩年前開始摸索如何進入暗網，一開始常被誤以為是來釣魚的情治人員，所以處處碰壁，後來她慢慢熟悉他們的對話模式，先是逐漸打入那個圈子，接著又結識一群同好。他們群聚的網域叫「東托邦」，該網域的入口首頁是英文介面，但也有其他語系可轉換，包括德、法、日、拉丁、俄羅斯、阿拉伯、中文等等，看來這群體的成員來自世界各地，每個語系雖各有頁面，內容卻完全一致。

東托邦，Eastopia，是East of Utopia的複合字，入口首頁有一段詮釋性的宣言。

應許之地只是一場謊言

天堂，淨土，伊甸園

神的承諾僅是人的想像

無論祂存在與否

信者得到的恆非永生而是偽善與奴役

遭蔑視的該隱們被逐往的伊甸園東

那神諭的萬惡之藪與煉獄

恰是東托邦的起點

安婷乍見這段文字時，內心無比震撼。

那時她才十六歲，一切都還懵懵懂懂，育幼院出了些狀況，小蜜、壯壯、大齊陸續失蹤，修女們執意掩蓋，小墨帶著安婷、湯湯和另外七個院童企圖反抗，院方卻以幽禁他們作為懲罰。院內無所不在的十字架原本是他們心靈的寄託，那天卻成為體罰的刑具，痛擊他們，好像他們就是一群小撒旦。十字架自此逆轉為壓迫的力量，威逼他們服膺的規訓，一如那人頭上的荊冠，他叫耶穌麼？人稱耶和華之子的？安婷從小就覺得他頭上的荊冠彷若刺在她身上，湧出的血不只是他的且還是她的。如今她仍如此覺得，差別只在於，她不再認為苦難之源是那些嘲笑耶穌的彼拉多的士兵，而是他即將被釘上去的十字架，他在世俗面前的過度崇高與超凡神聖，使卑微成為罪惡，使人成為獸。

這也是為什麼那篇宣言突然攫住她，讓她從此迷上「東托邦」。決定加入時，她接受身分與純度驗證，版主沃洛佳問了幾道題。

為什麼要加入東托邦？

我覺得自己就是該隱，滿身罪愆皆神賜予且永遠取悅不了祂，罪與罰，福與恩，生與死，恆為祂囊中之物。那麼就伊甸園東吧，有何不可？

加入之後你想得到什麼？

想知道這該死的世界到底怎麼回事。

你能付出什麼？

爛命一條，是我唯一能付出的。

三天後，安婷收到電郵，通知她以荷米斯的匿名獲准加入。函中註明了注意事項，安婷留意到其中有個安全提醒：

匿名原則在任何情況下都不可破壞，這攸關個人和公社安全，違此原則將遭除名且永久禁入。

嗯，原來也有安全顧慮的，但越是如此就越挑起她的興致。

加入「東托邦」是一場與神決裂的行動，痛感與快感並存，同時也開啟了安婷的知識之窗。她一開始只能從中文頁面閱讀，後來強迫自己學習英文，漸漸的也能看懂英文版了。那裡沒有教科書，沒有類似圖書館那樣井然有序的索引或陳列物，但成員們的對話、鬥嘴、論辯多半滔滔雄辯，旁徵博引，任勞任怨的版主沃洛佳，以及另一位名為妮洛夫娜的匿名者，則會在那些貼文的關鍵詞加入超連結，作為注釋。安婷雖僅能作為瞠目結舌的旁觀者，卻也囫圇吞棗地嚥下巴斯卡、黑格爾、馬克思、尼采、赫塞、海德格、列寧、葛蘭西、波赫士、沙特、拉康、阿圖塞、傅柯、巴迪歐、齊澤克。

安婷來得及消化的雖僅是吉光片羽，雜七雜八，種種嶄新觀念卻一再衝擊她慣常的思維。她偶爾會忍不住提出一些自知很蠢的問題，有人罵她確實蠢到不行，有人則安慰她說大家都是這樣蠢過來的，但無論前者或後者，針對她的疑惑總是不厭其詳有問必答。安婷日益覺得，一向被喻為罪惡淵藪的暗網，東托邦在其中獨樹一格，成為一小撮人相互取暖的虛擬家園。她本以為他們只是憤世嫉俗的學究，沒想到他們其實更像蟄伏的夜鷹，以駭客手法拆解發生於全球各地的重大政治經濟事件的內幕。她真正開始熟悉這群人，是因為兩年前發生於台北的五一六恐攻事件。

記得是事件發生後的第三天吧，沃洛佳在東托邦的公共論壇丟出一個.zip檔案，邀請大家以市集模式協力解密，市集模式是一種軟體工程方法，藉由多方協作來有效縮短時程，對東托邦的成員而言，這一點都不難，檔案在三小時之內即破解，裡頭有個影像掃描檔，是和平展望會與亞洲再生能源公司（ARE，Asian Renewable Energy Ltd.）之間的秘密協議書，編號PA1039，簽署於二〇一二年。

這文件在論壇引發一陣熱議，有人很快挖出ARE的底細，它其實是個惡名昭彰的企業，曾於二〇〇八年在台灣東岸的東海村建立一座濱海實驗室，該實驗室於二〇一二年發生不明原因的大爆炸，整個東海村夷為平地，死傷慘重，位於倫敦的ARE總部卻在事發之後宣告破產並解散公司，規避巨額賠償責任。和平展望會於PA1039協議書中主動表明願意協助善後事宜，申明該會純粹是基於一貫的慈善與人道考量，與ARE之間並不存在金錢交易或任何委託關係。

東托邦公共論壇主要分成兩派意見，一是讚揚和平展望會，二是質疑它的動機，眾聲喧囂之際，沃洛佳提出他的見解：

PV（和平展望會）宣稱的人道立場，這種鬼話你們也相信？怎知道它不是替ARE擦屁股？怎知道它們幕後真正的交易是什麼？任何人、任何機構自我宣稱的慈善與人道，都不可輕信。它們看似低調優雅，卻往往帶著宰制階級的傲驕。它們看似療癒，實則在傷口上撒鹽。總之務必警惕人道主義背後的偽善、甚或邪惡。

這場論辯為時不久即結束，算是趁著五一六事件的浪頭各抒己見吧，安婷全程盯看，未發一字，內心卻無比激動。

她的故鄉就是東海村。

那場大爆炸發生時她才三歲，爸媽和哥哥姊姊全都罹難，所有細節如今已不復記憶。家人長什麼樣子？媽媽的聲音真的像小墨形容的那樣甜美嗎？所有的一切，由於沒有照片也沒有留下任何物件，因而一片空白。村裡和她同時成為孤兒的總共有十三個孩子，八男五女，一起被送到台北近郊的育幼院。有好長一段時間，她幾乎把育幼院當成家了。

育幼院正是和平展望會創辦的。那兒有太多她的甜美記憶與不堪回首。

安婷啜著咖啡，登入東托邦。自從把N2W.sgx丟到公共論壇，已經三天了，目前為止依然沒什麼動靜。

藉由市集模式的分工協同作業解開密碼或開發新軟體的原始碼，是東托邦成員的日常樂趣之一，大家無償地從世界各地貢獻己力，安婷也經常參與其中。既然是解密作業，通常意味著檔案來源不可告人，這是種默契，沒有人會追問檔案哪來的，但為了避免別有居心者藉此牟取私利，凡是在論壇中丟出檔案請求解密支援的，都必須主動作出說明。

安婷的說明是一張照片。五一六事件，火海中的和平展望會台北總部，濃煙像黑色巨獸盤踞城市的天空。照片一角，她貼上簡短兩行字：

還記得二年前沒有結論的爭辯嗎？

希望答案就在這裡。

照片貼出之後，一開始回應很熱烈，來自各方的好手興高采烈，不難想見他們正談笑用兵，以為兩三下就可解決，直到三小時過去了，他們突然趨於沉默。過去極少碰到三小時之內解不開的檔案或密碼。

沉默是好事，安婷知道他們持續作業中。三天了，越沉默，就意味著越艱困。

一早，刑事局就陷於混亂狀態。

朱志揚一夜沒闔眼看完了蕭遙的診療影像紀錄檔，接著就被召至頂樓的局長室，在場的除了羅靖銘局長，還有陳永松、張立華以及第四偵查大隊江政吉隊長。

「兩位偵查員被擊倒，應該不是運氣欠佳。」羅靖銘先跟眾人作簡報，手中的平板電腦亮出小偉、阿忠的驗傷報告與照片。「一個擊中下顎骨角，另一個是耳孔外骨。」

「腮角穴，聞聽穴，都是神經密布的地方，也是所謂的暈穴。」朱志揚的目光從照片移回羅靖銘。「荷米斯練過搏擊或什麼的？」

「應該吧。她不止手腳俐落，也超狡猾。」羅靖銘從平板電腦點出一幅地圖，接著說：「根據道路監視器拼湊出來的路徑，荷米斯逃走之後應該是進了國宅社區。進去之後就再也沒出來。裡頭總計有四百三十九戶，大安分局偵查隊會同當地的里長連夜逐戶比對，沒有安婷這個人，也沒人見過她，目前看來她應該不是住戶。但她是不是躲在裡面又或者已經離開，總之她怎麼消失的，還不知道。」

「她的手機從今年六月就處於關機狀態。」張立華說：「經過基地台三角定位比對，關機之前她的收訊位置多半是在育幼院，但她六月就搬出育幼院了，搬去哪兒，連院方都不清楚。」

「育幼院是和平展望會創辦的你知道嗎？」羅靖銘望著朱志揚。

「看到資料了。」朱志揚說。

「我親自跑了一趟，育幼院方面對安婷的印象並不好。」江政吉說：「院長是范神父，加拿大籍白人，中文講得不錯，修養也很好，看起來不太想背後批評人，同時也想保護安婷的隱私吧，他只笑笑的說安婷是院裡出了名的搗蛋鬼。」

「所以安婷和院方處得不好？」朱志揚問。

「看來是這樣沒錯。這會不會是安婷駭入和平展望會的原因？不管他們之間有什麼過節，年輕人嘛，不爽就弄你一下，沒什麼大不了的！」江政吉聳聳肩咧嘴而笑，擺明了這整件事好像有點小題大作。

「紅色通報不是開玩笑的！」陳永松板著臉回應：「IGCI的藤原總監不太高興，覺得我們辦事不牢，還問說需不需要派人過來協助。」

「他連荷米斯男的女的都搞不清楚，現在還想瞎指揮？」朱志揚不太客氣。

「我只是轉達他的來電內容。」陳永松說。

「能不能先請他交代一下荷米斯到底偷了什麼？否則憑什麼叫我們在這裡拚死拚活？」

「我覺得藤原也未必知道。他的壓力不小，應該是被逼急了。」

「好了。」羅靖銘制止陳永松說下去。「如果不是IGCI預先鎖定墨尚淵，誤導了整個偵查方向，我們也不至於錯失真正的荷米斯。志揚兄，墨尚淵看來是一無所知？」

「嗯。給和平展望會的快遞是個硬碟，他交給安婷代送，以為安婷早就完好無缺的送達收件人手中，他並不知道裡面是一組密碼，也不知道安婷私下把密碼拷貝出來。」朱志揚說著，望向張立華。「至於他和安婷之間的關係，好像有點緊張？」

「應該是。過去兩個多月，安婷曾經發了三封電郵給墨尚淵，不是討錢就是罵人，語氣很嗆、很潑辣。」張立華說：「譬如第三封還特別提到兩人出身同一家育幼院，安婷原本以為墨尚淵會像個大哥一樣照顧她，結果大失所望，罵他是吸血鬼。」

「墨尚淵不知道安婷住哪兒？也不知道她的手機號碼？」羅靖銘望向朱志揚。

「他說不知道，但真真假假很難判斷。」朱志揚說。

「現在是八點二十，要不要移送地檢署，差不多該決定了。」

羅靖銘是在徵詢意見，朱志揚沉吟了一下才開口。

「就算移送地檢署，墨尚淵的回答應該也差不多，能不能動用《緊急安保法》，你跟地檢署和地方法院協調一下，讓他留在這裡，方便我們隨時偵訊。」

《緊急安全保障法》是在五一六事件後才由立法院火速通過的特別法，也是成立IZ的法源依據，旨在授權國家機器採取必要的組織編組與非常手段來因應重大國安事件，位階高於其他法律，這也意味著可以排除民法與刑法的人權保障原則。

「贊成。我等一下就處理。」

羅靖銘明快作出結論後，會議算是結束了，他單獨留下朱志揚。

「以局裡的編制來說，殺人案件應該由偵查第一大隊管轄才對，但蕭遙的案子比較特別，我希望你來主抓。蕭遙的狀況，沒有人比你熟悉。」

「我可以從旁協助、提供想法，譬如昨天晚上看了蕭遙的診療紀錄，有些心得可以分享，可是要我主導的話……」

「這個畫面你先看一下，是信義分局傳來的。」

羅靖銘明快地打斷他，取了手邊的平板電腦，連線到壁櫃正中的七十吋薄型顯示器，播出影片。朱志揚一眼就認出，畫面裡的建築是市立療養院的東樓，應該是監視器拍的，因為大雨之故，不怎麼清晰，但那東樓與院區仍不難辨認。

「要我看什麼？」

「別急。來了。」

畫面走了約十秒左右，依稀可見一道人影出現在東樓二樓的落地窗前，身著深灰色長袖帽T和黑色長褲，那身影佇立兩秒後，突然一躍而下落在水泥地面，然後敏捷地竄入一旁的梭羅樹木群。

「這是第一段畫面。將近五米的高度，他跳下來毫髮無傷，而且還能快速奔跑。你覺得他是貓嗎？」

「希望不是。」

羅靖銘接著點開第二個畫面，同樣是療養院的監視器拍的，那是一座高牆，牆內有個警衛崗哨。畫面走了十幾秒仍沒什麼動靜。

「看到了嗎？」羅靖銘突然問。

「什麼？」

「雨勢太大，第一次看的時候我也漏掉了。」

羅靖銘把畫面往回拉了六秒，重新播放。這次，朱志揚看見了。

那是個灰影，瞬間劃出一道弧線掠過牆頂之上，從牆內到牆外。

「療養院的東面牆，七米高。根據信義分局的分析，這影像檔每秒將近三十格，那灰色的東西進出畫面總共占了十九格，不到三分之二秒。你覺得他是麻雀嗎？」
「是就麻煩了。」朱志揚苦笑。
「ＩＺ啟動的第二個前提，還記得吧？」
「前提二，如果出現新型的、非我們現有經驗所能反擊的犯罪模式——」
「謝了！既然他不是貓也不是麻雀，那他究竟是什麼怪物，就等你告訴我答案。」羅靖銘拍拍他肩。「專案小組今天正式成立，召集人就是你了！」

上午十一點鐘，以案發日期為名的「九九專案」召開首次會議，就在刑事警察局地下五樓的ＩＺ本部。那是個空曠而宜人的空間，清水模工法的灰牆，擁有獨立的防爆電梯、通訊系統、供水管道和武器彈藥庫，非ＩＺ成員一律禁入，進出時須經虹膜與指紋雙重辨識，總之，十足堅固的地下堡壘，就為了確保ＩＺ作為整體警網癱瘓後的最後一擊力量。朱志揚下轄行動組、數據組、後勤組等三個部門，行動組有十二名偵查員，胡威是組長；數據組十二名分析員，劉碧珠是組長；後勤組有十二名技師與調度員，組長是魏順昌。ＩＺ的整體編制只有三十七人，人事採精實化原則，管理採扁平化原則，遇有特殊行動則由刑事局或警政署轄下的其他單位支援人力、物力，朱志揚以刑事局督察之名擔任ＩＺ大隊長，這是為了保密原則，整個刑事局只有局長羅靖銘才知道ＩＺ的存在。
會議室內，行動組組長胡威首先簡報整個狀況。
寄到刑事局的半顆腎臟，經法醫比對後確認，是從死者身上割下來的。凶案地點林森北路一一九巷內的六支社區監視器於案發前遭人為蓄意破壞，無法提供現場的影像資料，但位於林森北路和長安東路的監視器分別拍到蕭遙進出的畫面，目前他去向不明，局裡正透過面孔辨識系統全面比對全市的道路監視器畫面，希望盡快拼湊出他的動向。文山分局已經派員去拜訪過他的父母，他們根本不知道他逃出療養院了。

「我不認為蕭遙會去找他爸媽，但還是請文山分局派員持續監看。」胡威說：「地院法官也開出了監聽票，偵九大隊已經開始監聽作業，雖然我不覺得這招對蕭遙有效。」

胡威臉型稍長，濃眉細眼，黑色Polo衫、深藍牛仔褲，微褐膚色與結實的肌肉，乍看像個常打高爾夫球的富二代或是跑單幫的掮客，等他開口卻會覺得他是混黑道的。

「你覺得該怎麼做？」朱志揚問。

「蕭遙離開療養院的時候什麼都沒帶，沒錢、沒衣服、甚至沒人可投靠，而他看起來又不笨，能去哪？蕭遙十二歲進療養院，當時只是個小孩，應該還很依賴父母和家庭，如今他十九歲，可是過去這七年是一片空白，對整個城市應該很陌生才對，三更半夜一個人又冷又餓，他只能回到一個最熟悉的地方，文山區！」胡威指著OLED螢幕上的衛星地圖。「他爸媽現在還住在興隆路一段，離景美運動公園只有幾步路，只要往北走就是中埔山，再往北是福州山，這一整塊就是他最熟悉也最好躲藏的地方。」

胡威指的是位於大台北盆地的東南區塊，從那兒開始，蒼鬱的山林一路往東延伸，一整片都是電子監視器無從追蹤的死角。

「但問題是，他到底是不是凶手？」劉碧珠說：「沒有影像證據，沒有人證，連凶器都找不到，就算逮到他也不能證明什麼。」

「一切都太理所當然，反而不太對勁。」許易傑沉吟著，他是行動組偵查員。「蕭遙逃出療養院，接著發生這件凶殺案，很容易就讓我們聯想到兩者之間的因果關係。可是別忘了道路監視器。他沿路經過的地方，都被監視器清楚的拍下來，唯獨凶案現場附近的監視器都被破壞了，這不是很奇怪嗎？」

「所以你認為他不是凶手？」胡威問。

「我只想打個問號。」

許易傑平常話不多，沒想法時順著別人的思維走，有想法時則會毫不客氣地指出別人的謬誤。不瞭解他的人常覺得他喜歡疑東疑西，但朱志揚知道，許易傑一直保有警界難得的率真與抗性，不同流也不受控，這同時是他的優點和缺點，也是當初朱志揚找他加入ＩＺ的原因之一。

「割喉、剖腹、腸子甩到死者右肩，這種行凶手法，還有簽名筆跡，都和開膛手傑克一模一樣。我認為凶手應該是模仿犯，但他有什麼理由要模仿開膛手傑克？是變態嗎？還是人格同化？無論是什麼狀態，都不太像是剛逃出療養院的蕭遙幹得出來的。」

「可是為什麼把半顆腎臟寄到刑事局？而且指名要給老闆？」胡威望向許易傑，有點不以為然。「別忘了，蕭遙認識老闆，而且當初在法庭上，還是老闆的關鍵證詞才把他定罪的。」

「老闆得罪的人還會少嗎？」許易傑反問。

「出現在凶案現場附近的只有蕭遙一個。」

「你覺得蕭遙就在文山區？」朱志揚打斷他們，直問胡威。

「嗯。走投無路，地緣關係格外重要。他必須找到可以藏身的地方，說不定還可以找人借點錢。」胡威說。

「找誰？」劉碧珠問。

「你們應該都還記得火球人那案子。受害者的遺孀，蔡慶芬，曾經出庭作證替蕭遙辯護。」

「替蕭遙出庭作證的不只她一個。」劉碧珠說。

「我知道。可是拿到錢的只有她。」

「什麼意思？」

「那個酒駕肇事的傢伙除了判刑兩年，還賠了兩千四百萬給蔡慶芬母子倆。妳說，他們會感激誰？」

「早說嘛，哈哈！」劉碧珠大笑兩聲。

「好，你和易傑就去找蔡慶芬問問看。」朱志揚說：「但先不要把話說死。」

「意思是，不提殺人的事？」胡威問：「是怕嚇壞他們母子倆，反而讓蕭遙沒得藏身，我們也會連帶失去一條重要的線索？」

「有些事我還沒想清楚，你們先去吧。」

胡威和許易傑離開後，劉碧珠用一種怪怪的眼神望向朱志揚。

「老闆覺得蕭遙不是凶手？」

朱志揚聳聳肩，顯得疲憊，或許也是困惑。

田醫師提供的錄影檔案的最後一段畫面，田醫師問蕭遙怎麼知道有人會遇害，蕭遙的回答很簡單。

我看得見。

然後是他掙脫拘束衣的那瞬間，強化棉布像炸彈似地爆裂開來，碎片從他身上激射而出，雪花似地緩緩飄落。不可思議的一幕，讓朱志揚不知從何理解。

「蕭遙究竟是預知未來或實現他的幻見？這是田醫師的疑問，也是我的困惑。」朱志揚說：「現在我只想好好睡一覺，這些紙本資料是田醫師的秘書送來的，就麻煩妳替我看一下。如果田醫師沒記錯，裡面應該有十七宗殺人過程的細節描述。」

「看了然後呢？」

「比對一下過去這六年來發生過的重大刑案，看看有沒有類似的。」

朱志揚起身離去。劉碧珠打開他桌上的紙箱，裡頭塞滿了田醫師的診療筆記影本，一冊又一冊，字跡密密麻麻。田醫師也太認真了吧！

她不由得輕嘆，突然覺得自己迫切需要休假。

胡威、許易傑來到興隆路二段的一棟七層樓公寓，蔡慶芬和兒子郭俊彥就住在三樓。蔡慶芬是個略有福態的中年婦人，對他們很客氣，有問必答。蕭遙逃出療養院的事，她顯得有點驚訝。看來蕭遙應該沒來過這兒，也沒跟母子倆聯絡。

蔡慶芬的反應一如胡威的推測，她對蕭遙充滿感激，也為他打抱不平，覺得他本來就是無辜的，逃走也是應該的。她甚至直言，如果蕭遙來了，她一定會收留他，而且絕不會報警。

半個小時的談話，毫無收穫，他們只好離開。下到一樓時，胡威打電話到文山分局，請他們派一組人全天候盯住蔡慶芬母子，接著他們上車準備前往景美運動公園。既然沒線索，只好當苦力。他們準備步行搜索中埔山和福州山。

他們並未察覺蔡慶芬站在自家陽台冷冷盯著，似想確認他們真的離去。

她說了謊，蕭遙其實來過了。

凌晨三點多，突然有人按門鈴，她和兒子都被吵醒，等到對講機傳來蕭遙的聲音，她二話不說要他立刻上來。母子倆看到蕭遙時都嚇一跳，他全身濕透，因為失溫的關係連講話都是微顫的。

「不要問我為什麼在這裡，不想連累你們。」蕭遙說：「我需要背包、帽子、兩套衣服，還有一點錢。」

他們猜出他應該是逃出療養院了，但沒再多問什麼，蔡慶芬要他去沖個熱水澡，隨後蒸了豬肉排、煎兩顆蛋、煮了一大碗熱騰騰的湯麵給他。

「太突然了，來不及弄其他的，晚上先住下來吧？」看著蕭遙嚼著麵條，她心裡有種滿足感。「明天我請個假，多弄幾道你喜歡的菜，好嗎？」

「不能留在這裡，我吃完就走。」蕭遙說。

「別擔心，沒有人知道你在這裡。」郭俊彥很希望蕭遙留下來。

「他們很快就會猜到。」蕭遙態度堅決，接著大口吃肉。

看來他是非走不可了，蔡慶芬心裡很不捨，知道這孩子一旦決定了什麼就很難改變。

這幾年，自從知道蕭遙的爸媽不再去看他之後，她幾乎每個月都會帶著郭俊彥去探望蕭遙。也不知道自己能給他什麼，唯一能做的就是備好一些菜餚從家裡帶去，三個人一起享用。烤麩、醉雞、滷豬腳、乾煸四季豆、韭黃鱔魚、蔥爆牛肉、沙茶羊肉、菜飯、紅蟳米糕等等，每次她都絞盡腦汁，就希望讓他嘗點鮮，至少是療養院嘗不到的。

她和蕭遙的爸媽本來素昧平生，是因為小孩五、六年級同班，郭俊彥又是蕭遙極少數的朋友之一，兩家才開始熟稔起來。蕭遙出事之後，他的爸媽在社會輿論下成為人人喊打的過街老鼠，蔡慶芬本來以為他們可以撐過去的，沒想到有一天蕭遙的媽突然找上她，哭著說他們夫妻倆受不了，要放棄了。這件事蔡慶芬從來沒跟蕭遙提過，而他也從來沒問過她。

這孩子心裡到底在想些什麼呢？蔡慶芬常有這樣的困惑。他到底是不是凶手？她也不是沒懷疑過。但無論如何她都相信他的善良，相信他不會傷害他們母子，也因此，她尤其難以想像何以他的爸媽最後竟然想放棄。

「我只能說，他身上說不定真有一些邪惡的東西。」最後一次和蔡慶芬碰面時，蕭媽媽哽咽著說：「說不定，是一種邪惡基因，連我都不明白的遺傳因子。」

這種話怎會出自一個母親之口？蔡慶芬聽得似懂非懂，但也不好多說什麼。

當年丈夫去世，她到停屍間辨認他焦黑的屍體但根本認不出來。一度，她曾想尋短，這種意志連兒子都感受到了。有一天兒子放學回家，蕭遙也來了。正是那天，蕭遙把肇事者的車牌號碼告知母子倆，一開始他們都還半信半疑，直到作完功課要回家了，蕭遙才遞給她一張從筆記簿撕下的小紙條。

「是這個發音，但我不知道字怎麼寫。」蕭遙以清澈的眼神望著蔡慶芬。「最後郭爸爸躺在地上，很平靜，一直重複念兩個字，雖然不知道怎麼寫，但我知道不是胖瘦的胖。」

阿ㄆㄤˋ

蔡慶芬看著紙條上的字，喃喃念出，突然瞪大眼流下了淚。

那是她的小名，亡夫郭彣斌對她的暱稱。

阿ㄆㄤˋ，siok phang，吐司。

年輕時她在南港的一家電子工廠上班，附近有一家鐵皮搭建的糕點店，總在上下班時間出爐熱騰騰的麵包，濃郁的奶酥香味四溢，招來不少工人顧客。那天她稍晚下班，衝進糕點店時看到檯子上僅剩一條白吐司，才伸手去拿，沒想到另一隻手也伸過來抓住不放，那是個男的，後來雙方協議各分享半條吐司，結帳時他嘰嘰咕咕說了句什麼她聽不太懂。他叫郭彣斌，他們是這樣認識的，後來才知道兩人同屬一家工廠。二人共享的生命時光就從一條吐司開始，接著是一個家、一個孩子。

蔡慶芬的爸爸來自江蘇，媽媽是苗栗客家人，郭彣斌的爸媽都是世居彰化的閩南人，初識那天結帳時他嘰嘰咕咕說的那句話是閩南語：「這siok phang才外濟？嘸這半條算我請你好否？」意思是，「這吐司才多少錢？不然這半條算我請你？」siok phang是閩南語詞中的外來語，吐司之意，源於日語「食パン」，但她沒聽懂。後來二人開始交往，他偶會以此嘲笑她，說是嘲笑但其實是一種嬌寵吧，先是喚她siok phang，後來進化為阿phang，成了他對她的暱稱，連從小聽到大的兒子都不瞭其意。

蕭遙是在告訴她，丈夫即使被燒得焦黑但臨死前還不斷喚著她。

這很奇妙。以前從不覺得自己有多依賴丈夫，直到他突然走了，她才驚覺自己的生命也被抽空，許多事情的存在，這個家，這孩子，都成為問號。她想死，但那張小紙條救了她，好像它就是唯一的證據，足以證明一切確實存在。

這也是為什麼蕭遙出事之後蔡慶芬願意帶著兒子出庭作證，無論法官是否採信，無論蕭遙的爸媽是否放棄，她都必須說出蕭遙身上確實發生過也確實存在過的那些事。及至後來，每月一次的探望，也是全世界都遺棄蕭遙之後她唯一能做的。

「你爸媽的事，為什麼不問我？」

有一次她問蕭遙，他沒回答，於是她接著說：「不用擔心以後。俊彥的家就是你的家。」

但說完那句話她隨即後悔了，它有個語病，意謂著他原來的家已經不存在。事後她很懊惱，也不好多解釋什麼，蕭遙的反應卻很平靜，好像什麼事也沒發生，但她知道他心裡肯定很在意，只是沒說出口罷了。

這孩子，如果只看他的眼神，你總會覺得他不懂得什麼叫恨。

今晨五點多，天微亮，蕭遙說他必須走了，蔡慶芬再次挽留，他還是沒答應，問他要不要回去看看爸媽，他們住的地方離這兒才五、六百米左右，很近，但他依然搖頭。最後她完全沒轍，要他稍候幾分鐘，她匆匆騎機車出門提款，回家後把六萬元現金塞進替他備好的黑色背包，然後他們擁別，蔡慶芬母子倆都哭了，只有蕭遙沒哭，好像也不懂得哭。

「這孩子，難道妳不再愛他了？」

五年前的那次碰面，蔡慶芬如此問蕭媽媽。蕭媽媽靜靜流著淚，最終才以一種恍若掏光了靈魂似的沙啞嗓音呢喃開口。

「有差別嗎？多愛一點或少愛一點真的有差嗎？」蕭媽媽說：「整整兩年，這城市就像個地獄，讓昨天的愛變成今天的恨。所以說到底，愛或者恨，已經沒有理由也沒有差別了不是嗎？愛就是恨，它讓我們眷戀彼此也相互憎惡。」

蔡慶芬明白，蕭遙再也回不去爸媽的那個家，而他也不想回去。

但他還能去哪？

胡威、許易傑沿著陡峭的石階往上走，不到半小時就抵達中埔山主峰之頂，兩個人都全身汗。

中埔山位於台北盆地之南，主峰海拔一三九米，周遭的山稜線和山腰築有不少步道，成為附近居民登山健走的場域，從這兒可以俯瞰整個文山區。

「確定他會躲在這裡？」許易傑問。

「不確定。」胡威說。

「我不喜歡盲搜。太像賭博。」

「那就想辦法適應吧。」

對胡威而言，盲搜是必要的苦功，做白工的機率很高，但又不可偏廢。盲搜通常建立在直覺，而直覺並非毫無根據，它往往綜合了種種經驗、判斷、歸納、分析，但卻唯獨缺乏實證，所以，要說是賭博也沒錯。

「蕭遙的爸媽應該就住在那一塊。」胡威指著景美運動公園西南方的一撮白色集合式住宅建築群。

「哪一棟？」

「不知道。但蕭遙應該知道。總覺得他現在就像一隻被棄養的貓，想家又回不了家。」

許易傑望著陰鬱天空下的那撮建築群，這下聽明白了。

即使缺乏實證，即使像是賭博，直覺式的盲搜或許仍是通往真相的推理之路，路的終點不只為了找到蕭遙這個人，還在於證明他是否仍心存某些念想，證明他是人或非人。

他們繼續往東峰走，沿路偶有登山客擦肩而過。蜿蜒的步道忽窄忽寬，快到達東峰時，穿過一片茂密的樹林來到一塊小台地，視野突然開闊起來，抬眼即見信義區的一〇一大樓。

他們在此暫歇，喘息著喝起各自的舒跑，突然，胡威盯著五十米外的樹林，輕輕拍了拍許易傑。樹林裡依稀有個人影，因為靜止不動，若非特別留意很難發現。他們不動聲色悄悄趨近，終於看清楚是個男孩的背影，坐在斜坡的一塊巨石上，身形與蕭遙相似，但穿的是深藍色連帽運動外套，而非灰色帽T。

他們決定過去盤查，這得先往下走一小段陡坡，須小心翼翼踩著泥石上裸露的樹根才不致滑倒，這麼一來，很難不發出聲響。

男孩聽見了，緩緩回頭瞄他們。

胡威、許易傑凝立原地，一眼就認出他是蕭遙無誤。雙方注視著彼此，蕭遙不慌不忙背起身邊的黑色背包，緩緩起身。

「請問，需要幫忙嗎？」胡威先開口。

蕭遙沒回答，逕反向離去。

「不要動！」許易傑拔槍的速度很快，槍口瞄準蕭遙。

蕭遙沒理會，繼續前行。

砰！許易傑對空鳴槍。

蕭遙這才站定，轉身看著他們，即使槍口對準他，仍沒什麼表情。

胡威顧不得危險滑下陡坡快步走向蕭遙，邊取出單肩包裡的手銬，眼看就要手到擒來，不料蕭遙突然動了，一個箭步直衝胡威左側，擦身而過，接著斜斜掠過許易傑身前並從他右側錯身而去，許易傑迴身瞄準，卻已看不到蕭遙的身影。

兩個人先後衝上陡坡回到小平台，蕭遙已不知去向。

沒想到這麼快就遭遇，也沒想到機會轉瞬即逝。

胡威、許易傑都是老手，一人持槍掩護、一人上前逮捕，照理萬無一失，但蕭遙卻在二人之間劃出倒7字動線成功逃逸，不可思議的速度是訣一，斜劃過二人之間是訣二，讓許易傑忌憚開槍以免誤傷夥伴。

「他真是麻雀。」許易傑喘息著說。

「也是貓。」胡威也喘得像條狗，回望林間那塊巨石。

巨石所在的陡坡，朝南遠眺一整個文山區，蕭遙的家就在那兒。

這場如同賭局般的盲搜，輸贏各半。輸在沒抓到人，贏在新線索的浮現，初步證明蕭遙或許不是傳說中那麼冷血、非人。

第六章

世間無淨土，
汝心在何處？
——列夫・托爾斯泰（Lev Nikolayevich Tolstoy）

灰色牆面，長方形的褐色鐵牌高高鑲於牆頂，鐵牌上烙印著一組編號，5K350。

終於找到了。那組和荷米斯有關的數字。

算是夏天的味道嗎？或者是秋天？雨後烈陽烤炙的柏油路面有著一種詭異的腥味，現在混合著雜草與泥土的香氣，基隆河的泥黃水面在河畔人行步道旁緩緩流動。

「應該是秋天了吧！可是和夏天一樣熱到不行，總覺得台灣沒有夏天和秋天的區別耶！什麼事都糊在一起，就跟媽媽的腦袋一樣，哈哈！」

小時候常聽媽媽這麼說，然後是她輕脆的笑聲。媽媽的笑聲，他一直記得很清楚很清楚，為了怕忘記，有時候還會很用力的去回想。

今晨離開郭俊彥家，蕭遙其實很想繞回家看看，哪怕遠遠看一眼也好，但後來還是打消主意。就算看到爸媽，也不會有什麼結果的，何況警察可能就盯在附近。

「你們真的懷疑我嗎？」

「為什麼不來看我？你們不再愛我了？」

如果見到爸媽，這是他最想問的。他也曾想問郭媽媽，但始終未曾開口。爸媽因為他而經受極大的痛苦與折磨，所以，懷疑了，不愛了，又如何？後來他是這麼想的。所以，不問，或許還可以保留一點點希望。

他在中埔山主峰南向坡的巨岩上枯坐大半天，為的就是看看那個曾經的家，直到那兩個警察出現，他才決定提早出發，先越過軍功山到了平地，再沿基隆路走到這裡。

蕭遙抬頭仰望橫跨於河面上的人行天橋，沿階梯走上去，到了頂端，可清楚看見整個蜿蜒的河面往西延伸，高聳的防汛牆沿著河彎迆邐而建，每隔五十米鑲一塊鐵牌，5K350，或許意味著從防汛牆起始點計算的里程數，第五公里的第三百五十米，隔著約莫八米寬的潭美街，正對面是一排面河的老舊公寓。

蕭遙知道，荷米斯就在這兒。

暮色已深，屋內，湯湯和安婷吃著他買回來的晚餐。

四支監視器，湯湯全都架設好了，分別架在頂樓天台和樓梯間，監視範圍包括一樓大門和街道，頂樓天台，四樓樓梯間和租屋門口，以及租屋客廳，畫面全都連結到安婷的桌上電腦和新手機，新手機的門號登記的是湯湯的名字。

上午到了GEL，湯湯才明白安婷說的陌生人是什麼意思。那是一群便衣警察，從湯湯踏進GEL就全程盯著他，有人問他和小墨是什麼關係，怎麼認識的，他一五一十的全說了，唯獨問到安婷時，他只說認識，但太久沒見所以不知道她的下落。

「墨尚淵說你知道安婷在哪。」一個男便衣冷冷看著他。

「叫小墨去吃屎！他在哪？叫他當面來問我。」

男便衣沒再接話。盤問的過程大約五分鐘，湯湯急著送件，他們沒有為難他。全程他都沒看到小墨，這種花招，育幼院出來的孩子見多了。

兩年前院童一起造反，發動集體絕食，范神父以一對一的方式逐一詢問每個孩子，想查出主謀。誰說了你什麼，誰說你怎樣了，是真的嗎？你承不承認？范神父先讓你誤以為自己被出賣或被栽贓了，接下來基於自保、憤怒、猜忌，理所當然就會說出秘密而那才是真正的出賣。短短一天的密集詢問，十個院童被各個擊破，最後問出主謀就是小墨和安婷。兩天後，小墨年滿二十歲，被逐出育幼院。安婷則被囚禁，在陰暗的地下室度過一整個寒假。

來自大人的謊言與分化，讓其餘的八個孩子瞬間崩解。沒有人知道地下室裡的安婷怎麼了，沒有人知道他們並未真正的背叛彼此，痛苦與猜忌撕裂著他們，原本情同手足，變得形同陌路。直到開學前一天晚上，安婷被放出來，整個人瘦了一圈，原本白裡透紅的肌膚幾乎看不到一點血色。開學日的清晨，八個孩子在各自的枕邊發現安婷寫給每個人的小紙條。

接下來的幾天，或在學校，或在育幼院外，或在可以避開修士、修女監視的院內死角，安婷逐一找上他們，讓他們知道范神父如何用最卑鄙的謊言摧毀每一個孩子也摧毀他們那小小共同體。安婷用她誠摯的眼神卸掉了他們內心的罪惡與猜疑，很快的，他們重新凝聚，那段時光就像是蛻變中的青春之蛹，在苦痛中學會闇黑的成人儀式。

安婷寫的小紙條，湯湯到現在都還留著。

請相信彼此！

I♥U

回家後，湯湯什麼都沒問，先架好監視器後，才跟安婷提及他在ＧＥＬ碰到的事，叫她一切小心，需要他就說一聲。他帶回兩份乾意麵、青菜蛋花湯，兩個人一起嗑光。安婷明白湯湯的意思，他不希望她為了張羅晚餐而出門，還推掉一個送件的活兒就為了留下來陪她。

他相信她，現在只想保護她，一如兩年前她保護他們。

回房後，安婷偶爾瞄一眼電腦螢幕裡的監視器畫面，四宮格內看起來平靜無瀾，這讓她有種安全感。她用筆電登入暗網，接著進入東托邦，論壇裡正進行稀稀落落的辯論，二〇一六年一月烏克蘭軍人因為不明病毒感染而住院，疑與美國設於當地的生物實驗室利用烏克蘭軍人進行人體實驗有關。針對舊聞重啟爭端，在東托邦屢見不鮮，這裡有一堆歷史癖、考古狂，丟出的史料、秘辛每每讓安婷大開眼界。她喝口水正打算從頭閱讀，畫面一角的信箱突然閃起訊息，是沃洛佳來信，英文寫的。

親愛的荷米斯

妳猜得沒錯，挖到寶了。N2W.sgx密碼已經破解，妳必然很想知道檔案內容是什麼，但很抱歉，我不便在此透露。別生氣，這是為妳的安全著想。

身為東托邦的創始人之一，我熱愛這個家園無庸置疑，但這裡必然潛伏著敵人也無庸置疑。很快有人與妳接觸，當面告訴妳答案。請耐心等候。最後再強調一次：安全！

沃洛佳

安婷看完信，心中的感受一時理不清。挖到寶當然開心。有安全疑慮，光是這兩天自己的遭遇也不難想像。至於沃洛佳以罕見的嚴肅口吻提及東托邦內部潛伏的敵人，那是什麼意思？沃洛佳此刻不在線上，她無從發問，可那理不清的思緒裡有個什麼東西漸漸浮現，讓她隱隱不安。

匿名原則在任何情況下都不可破壞，這攸關個人和公社安全，違此原則將遭除名且永久

禁入。

這是東托邦的明文戒令，安婷面對刑事局緝捕時就打破了，卻不曾告知沃洛佳。

東托邦的成員無非就是一群喜歡掉書袋的學究、清談者、異議分子，相較於范神父，兩者同樣是啟蒙者，范神父以屬靈之名把人圈養成他的奴隸，他們則自居異端卻以人的解放為目的，主張革命但僅止於高談闊論，倡言造反但較多的是在小圈圈裡造彼此的反，簡單說就是一群無害之輩，所以她才喜歡他們。

而今，她會成為他們的安全漏洞嗎？

入夜之後，又下起大雨。

防汛牆外的街邊停著一輛豐田黑色轎車，車內兩個人，朱志揚、劉碧珠。

下午三點四十分，朱志揚被手機鈴聲吵醒，胡威打來的，之後他再也睡不著。倒不是因為沒逮到蕭遙，而是一個模模糊糊的念頭在他腦裡蠢動。

新線索。朝南陡坡。家的念想。如果胡威的推論沒錯，那麼，蕭遙仍具備倫常意識？又或者和什麼家不家無關而僅只因為中埔山是蕭遙最熟悉也最便於藏匿的地域？

「兩種可能性都存在。」半小時後，劉碧珠端著兩杯黑咖啡走進朱志揚的辦公室。「但我喜歡第二種，冷血、殘酷、變態，比較像我的菜。」

「田醫師的筆記沒教會妳什麼嗎？」他冷冷瞅她。

「當然有啊！可是雙重或多重人格這種論調太傳統，就像剝皮吃香蕉。」

「什麼意思？」

「永遠都是外黃內白，沒意外、沒懸念，無趣。」

「所以妳剝開香蕉皮的目的是為了吃到草莓？」

「草莓還可以，紅肉李也不賴。重點是，明明不是香蕉但我們都以為它是。」

「妳可以當哲學家了。」

她得意地大笑兩聲，突又覺得不對勁。「這是在誇我還是……」

朱志揚懶得回答，也沒空理她。接連兩天突然蹦出兩個棘手的案子，他分身乏術，只能先擇一處理。這也是他們此刻坐在車裡的原因，以ＩＺ目前的有限人力，胡威那組人追蕭遙，他自己則回防荷米斯這道偵查線。

上午九點四十分，那個綽號湯湯、本名湯建邦的男孩離開ＧＥＬ之後，劉碧珠派了一組人盯住他。一整個白天，他三度進出ＧＥＬ取件送件，並無異樣，到了下午四點二十分，他推掉夜間的一個活兒，去了光華商場。據跟監人員回報，他買了四支監視器，接著又在商場後面的巷子買了二份晚餐。監視器做什麼用的不難聯想，可能是防盜但也可能是為了保護誰，是安婷嗎？第二份晚餐也是給她的？劉碧珠立刻請示朱志揚，針對湯湯發布藍色通報，意思是，列入全天候監視的重要關係人。五點半開始，三部車、三組人，避開監視器的廣角鏡輻域，就在湯湯住處的方圓五十米內隨時待命。

「為什麼不直接進去逮人？說不定安婷就在裡面。」劉碧珠按了雨刷鍵，刷掉車窗上永不止息的雨幕。

「有沒想過她為什麼要用荷米斯的化名？」朱志揚盯著五十米外那幢四樓公寓。

「荷米斯，希臘神話盜賊之神，用這名字不就是反社會人格的自我感覺良好？」

「荷米斯也是人界與神界的信差。」

「意思是，她不只一個人？」

「信差的話，是幫誰送信？台灣一向是恐怖分子的絕緣體，兩年前的恐攻來得太突然也太奇怪，要說那是純粹偶發、純粹外來的事件，鬼才相信。」

「你想放長線釣大魚？難怪你好像不太贊成昨天的逮捕行動。」

「也不能怪局長。ＩＧＣＩ逼得太急，搞得我們自亂陣腳。問題是，一擊沒中，接下來的第二擊不能再失手。」

「總覺得你好像不太信任ＩＧＣＩ，為什麼？」

他笑了笑，沒回答。兩年前的恐攻事件，就因為ＩＧＣＩ提供的建議，導致錯失了決戰境外的機遇，這件事只有他和局長最清楚，不足為外人道，也絕不容許再度犯錯。

劉碧珠聳聳肩，他不想說的她不會再問，習慣了。就算很阿嬸，她仍懂得適可而止，只因對他夠信任。五一六恐攻事件最後的那場激烈槍戰，她是隨隊通訊員，若非他為她擋住那顆子彈，此刻她說不定已經躺在警察公墓。

雨越下越大，她按雨刷鍵，車窗上的水幕仍遮蔽視線。她索性按下車窗，摘了行車記錄器改掛到車頂，再用無線網路連上手機螢幕。這樣，行車記錄器就成了他們的眼睛。一陣手忙腳亂後，她終於把手機架在朱志揚的面前。

「搞定！」

蕭遙坐在河岸步道的石椅，啃著郭媽媽為他準備的菠蘿麵包，身上穿的深藍色連帽防水運動外套也是郭俊彥的。郭媽媽給他的背包，吃的、喝的、穿的，什麼都有，他卻擱在松山車站的置物櫃，沒帶著走。

它，距離很近，一如昨夜。但這次，蕭遙不想再等，就怕來不及。必須在**它**靠近荷米斯之前先堵住**它**，戰線會拉多長，難以預估，萬一從一樓拉到四樓，闖進荷米斯的家，她不知道他是誰，那麼到時候就難免腹背受敵。來自荷米斯的攻擊，他估計自己應可承受，至於那真正的對手，他就沒把握了。這也是不帶背包的原因。一旦失敗，代價或許就是死亡。

蕭遙嚥下最後一口麵包，喝了口水，起身離去。防汛牆約十二米高，他步上沿牆而築的水泥階梯，站在牆頂俯瞰。路上沒什麼人車，雨很大，霧茫茫一片。他看著那棟公寓的四樓，燈是亮的，窗戶緊閉。

它越來越近了。可是在哪呢？雨霧迷茫，蕭遙閉上眼，看著**它**所看到的。

它正行進中。穿過狹窄的巷道，盡頭有一座高牆。

出巷子了，高牆就是防汛牆。它就在潭美街。

蕭遙張眼，看到**它**了。依稀是男人的身影，罩著黑色雨袍，不疾不徐的步伐走出暗巷往公寓行進。

車內，朱志揚盯著手機螢幕。一道黑影劃過車子右側，朱志揚抬頭目送。身高約莫一米八，應該是個男的，不會是安婷。

他繼續盯著小螢幕，看到六十米外似乎有動靜，有個人正從防汛牆的水泥階梯走下來。太遠了，看不清楚，連男女都難以分辨。

這時手機鈴聲響起，是胡威來電，朱志揚按了免提鍵接聽。

「老闆，聽隊裡說，你們在潭美街？」電話那頭，胡威的聲音有點急促。

「嗯。怎麼了？」

「我們也快到了！」

「快到了？什麼意思？」劉碧珠問。

「我請文山、松山、大安這三個分局全面調閱道路監視器，拼湊出蕭遙的逃亡路線，他最後的行蹤就是跨過基隆河往潭美街的方向移動。」

「沒搞錯吧？」劉碧珠整個人突然從駕駛座彈起來。「我和老闆盯的是荷米斯的案子，不是蕭遙！」

「我知道啊！應該是巧合吧？」

「靠！兩條線打架了。」

朱志揚伸手按鍵，雨刷快速撥動，從車前窗望出去，視線相對清晰。那個從防汛牆下來的人影正快步走向公寓。

「是他嗎？蕭遙？」劉碧珠瞇著眼想看清楚。「還是安婷？」

距離太遠，雨又大，根本看不清楚。朱志揚瞪著那人影。

「我們拐進潭美街了！」胡威說。

街道盡頭的彎道，一對車燈出現，迎面疾馳而來。是胡威的車。

「看到他了！深藍色運動外套，應該是蕭遙沒錯！」胡威吼著。

「老闆！」劉碧珠望向朱志揚，等他決策。

隱蔽的偵查線，一旦現身或將破局，但安婷可能在那兒、也可能不在。相較之下，眼前這人如果就是蕭遙，及時出手也沒什麼不好，何況胡威已經到了，這裡勢將成為今夜的決戰場，無可避免。

朱志揚推門下車，劉碧珠幾乎同時鑽出車外，他們不約而同掏出手槍。

蕭遙筆直走向**它**。具備人的軀殼卻依然是**它**。帽沿拉得很低看不清臉龐，但它顯然看到蕭遙了，突然停下腳步。那幽暗的帽沿下隱約浮現的似乎是詭異的笑。蕭遙知道自己沒看錯，**它**在笑，但為什麼？

這時身後傳來車聲，強光投在蕭遙身上，他回頭看見一輛黑色轎車疾衝而來，接著緊急煞車下來二個人，就是下午在山上遭遇的便衣警察，這次，他們同時拔槍瞄準他。

「別動！手舉高！」胡威、許易傑的吼叫聲在暗夜裡炸開。

蕭遙冷冷看著他們，沒理會，逕自轉身面向**它**。**它**的身後有一男一女快步而來，街燈映照下，蕭遙很快認出其中那個男的就是朱志揚。他們行經**它**的身邊走到蕭遙面前，與此同時，胡威、許易傑也已包抄而至，槍口始終對著蕭遙。

「好久不見。」朱志揚注視蕭遙。劉碧珠上前，準備上手銬。

「搞錯了。你們要找的是**它**。」蕭遙瞟向朱志揚身後不遠處的**它**。

朱志揚回頭瞄一眼，身後那男人仍站在原地。他站在那裡做什麼？有點怪。但朱志揚都還來不及反應，男人的聲音就從幽暗的帽沿內飄出：

「你嘗過了嗎？」

「什麼？」朱志揚一時沒會意。

「那半顆腎臟。」

朱志揚一怔，瞬間舉槍，不料男人的動作更快，他轉身奔向防汛牆，朱志揚喝令站住但他不曾駐足，整個人躍往高牆、手腳並用連蹬三下就翻過牆頭不見人影。

同時間，蕭遙也動了。他甩開劉碧珠的手銬衝向高牆，一躍而上，唰、唰兩個蹬點就掠過牆頭，在場四個警察、四管槍口根本連開槍示警都來不及。

「妳帶B組、C組直接上樓搜索！」

朱志揚對劉碧珠下完指令，逕與胡威、許易傑衝往二十米外的水泥階梯。他們登上牆頂的小平台，滂沱大雨中隱約可見兩道人影沿著河畔往西而去，很快消失在河彎盡頭。

朱志揚站在牆頭上的階梯平台，喘得像狗，另二個夥伴也差不多，但仍不放棄地衝下階梯狂奔追去。

那不可思議的速度，能叫奔跑嗎？很難說是，在屬人的概念裡。

至於一前一後消逝於雨夜的兩個傢伙究竟什麼關係？共犯嗎？

你嘗過了嗎？那有點空洞的聲音，飄自幽暗模糊的臉孔。關於開膛手傑克、半顆腎臟這些細節，目前為止都還對外保密，除非凶手，外人不可能知情。但問題是，明明可以保持沉默的，為什麼要主動開口？這自行引爆的作法是存心挑釁一如那封〈地獄來信〉？是為了轉移他們的注意好讓蕭遙得以脫身？又或，兩者皆是？

成串的疑問從腦海閃過，全都沒答案。朱志揚渾身溼透，回望那幢公寓的四樓，心中浮現另一串問號。

是偶然或必然？原本毫不相干的兩條偵查線何以在此交會？

蕭遙盯著**它**的背影緊追不捨。

兩道身影一前一後沿著階梯衝上紅色鋼構人行拱橋，蕭遙並不知道這座橋通往何處，隱約只見橋下因雨而湍急的泥黃河水嘩嘩往西奔流。到了橋頭掠下階梯時，他才明白**它**為什麼來這兒。饒河街觀光夜市。想通的同時，**它**已消失在人潮中。

蕭遙穿過人群，搜尋**它**的身影。雨中的夜市，逛街的人雖不多，五顏六色的雨傘仍足以成為**它**的掩體。蕭遙在一家服飾店的騎樓下駐足，閉上眼，看著**它**所看的。

它仍身處夜市，走得很急，沒多久轉了個彎疾奔起來，橫越一條小路掠上階梯，過橋。是那紅色鋼構拱橋，方才的來時路。

蕭遙張眼，回頭狂奔而去。一切都始料未及，而**它**的目標依然是她，荷米斯。

朱志揚走進公寓四樓，劉碧珠和B組、C組的二男二女共四個便衣刑警已經完成搜索，B組負責三房一廳二衛浴外加一個後陽台，C組負責頂樓天台，都沒發現安婷。

「屋裡只有湯建邦一個人。他說同住的只有一個男性朋友，潘明鏘。他們各住一個房間。你來看看這個。」

劉碧珠帶朱志揚進入第三間房，六坪大的空間，單人床、一張沒抽屜的大桌。劉碧珠打開壁櫃，裡面掛的都是女用衣物。

「湯建邦怎麼說？」朱志揚環視房內。

「他承認了，安婷就住這兒，但是已經好幾天沒見到她。」

「妳相信了？」

「從早上到現在他已經撒了好幾次謊，相信的人是豬。」

朱志揚走到桌旁，桌上的廿七吋電腦螢幕是黑的，他戴上劉碧珠遞給他的矽膠手套，伸手按開桌下的主機。

「不太像十八歲女孩的房間。化妝品少得可憐。」劉碧珠瞄向桌旁的書架。「不過書倒是不少。尼采我聽過，這個叫什麼阿圖塞的你聽過嗎？還有這個法農、薩依德……」

她沒等他回答就逕自咕噥著往下說，擺明了她不瞭的他也不會瞭。

電腦完成啟動，螢幕亮了，無須輸入密碼就直接進入桌面。朱志揚有點意外。

「沒設密碼。」

「那就表示裡面沒什麼重要的。」劉碧珠矮下身查看桌下的主機，硬碟艙是空的，艙口灰塵留下剛剛退取的痕跡。「硬碟抽走了，應該是剛剛的事。」

朱志揚點開桌面上顯示的唯一程式縮圖，螢幕躍出四宮格畫面，正是四支監視器的視角，其中一格是從高處俯拍一樓門口與街道，另有一格拍的是頂樓天台。

朱志揚、劉碧珠走上頂樓天台，雨沒那麼大了。七幢相連的整排公寓，每幢之間隔著不到一米高的女兒牆。他們很快就看到那新安裝的監視器。

「拍頂樓天台，是為了防範有人從別棟公寓爬上這裡再往下攻進她的窩。」劉碧珠一路跟在朱志揚身後。「她好像很熟悉我們的行動套路。」

朱志揚沉默著，舉目搜尋，最後盯住天台的西北角。他走過去，看到女兒牆上露出一截短短的鐵樁，上有掛鉤，一條黑色消防用逃生繩沿著掛鉤筆直地垂至一樓防火巷地面。劉碧珠也看見了。

「C組沒搜乾淨。」她有點懊惱。

「叫他們馬上下樓，順便聯絡管區警網緊急支援，全面搜索。」

「湯建邦先帶回局裡？」

「還有一個姓潘的，只要出現就逮捕。」

朱志揚目送劉碧珠匆匆離去。這一整天大家都忙壞了，沒什麼好苛責的。

稍早那場突發的對峙，煞車、吆喝、追逐，周遭的住戶想不聽見都難，這也是朱志揚下令立即搜索的原因，想不到還是慢了半拍。

他看著眼前一大片老舊社區，棟與棟之間會有多少彎彎曲曲的暗巷窄弄，難以想像。所謂全面搜索必然又是一場盲搜，毫無勝算卻不能不入的賭局。

安婷騎著單車穿過瑞光路，六十公升雙肩背包很重，但她腳力還行。

半小時前發生在樓下的那場混亂，她從電腦螢幕看得清清楚楚，一眼就認出朱志揚和劉碧珠。另一個男的，深藍外套白皙的臉，安婷盯著他，覺得似曾相識但沒空細想，她迅速關掉電腦，抽出主機裡的硬碟，接著把筆電、必要的衣物全都塞進背包。出門前，湯湯摟了摟她肩要她小心。

「跟我走。」她說：「我不想害你。」

「我們誰都害不了誰。這次換我進地下室也不賴。」他推她出去，關上了門。

我們，指的是育幼院的孩子。兩年前當所有孩子歷經挑撥分化供出安婷的名字，唯獨安婷沒供出任何人，禁閉地下室就是她得到的懲罰。從此，地下室不再只是罪與罰的代稱，更是為彼此承受苦難的榮耀與光環。湯湯的意思很簡單，上次是她，這次換他，誰都不欠誰。

安婷掉頭直奔頂樓天台，解開逃生繩往樓下防火巷扔下去。這套簡易逃生裝置是兩個月前她搬來這裡時安裝的，沒想到這麼快就派上用場。

第一次使用有點手忙腳亂，安全帶、8字環、繩結，她花了點時間才搞定。四層樓高度須克服的除了技巧還有恐懼還有那可能導致手滑的該死的大雨，但不管了，她戴上手套緊抓繩索，強迫自己跨出第一步，沿著二丁掛磚牆一路往下蹭，中間一度腳滑差點摔下去，整個人懸空晃呀晃的。生死交關的瞬間，她發現自己不曾往下墜，這才領會訣竅在手而不在腳，於是她左手在上、右手在下，感受繩索在掌中滑動的節奏，讓整個身軀緩緩下降，最後終於結結實實踩在地面。恐懼不可能克服，但手力她還行。

她快步走出防火巷，踅往隔壁巷，沿途沒什麼異狀。很快的，那座小土地公廟已然在望，她真覺得這他媽的世界就算再怎麼醜惡仍不失美好，只因看見自己的單車仍忠誠地斜倚廟旁等著她。

雨停了。單車一路穿過瑞光路，到了盡頭左轉基湖路，接著滑進洲子一號公園。雨勢稍小了，安婷擇定公園深處一角，等阿鏘過來會合。從土地公廟出發前，她發了訊息給阿鏘，雖沒收到回訊，卻知道他一定會到。阿鏘和湯湯一樣都是她哥兒們，總有他們的能耐借到足以裝下她和單車的小貨卡。

公園內植有樟樹、苦楝、稜果榕、欖仁、烏桕、小葉南洋杉，隱蔽性高，她選的位置背對一幢磚紅色廠辦不用擔心腹背受敵，視野遼闊可同時監看兩個路口，敵明我暗。

她從背包拿出筆電，用附近的公共網路連上線，這只是第一步跳板，接著用洋蔥路由層轉登錄暗網再進入東托邦，但沒看到任何新訊息。沃洛佳說有人會與她聯繫碰面，那會是誰？怎麼知道她在哪？依東托邦的慣例，即連沃洛佳也不知道她的年齡、性別、國籍、住所，對方要怎麼找到她？

多想無益，只能等待，她緊盯電腦螢幕就怕錯過來訊。直到此刻，她才得空細想發生在樓下的那場對峙究竟怎麼回事。監視器拍到的六個人，其中三男一女是警察無疑，另外兩個男的又是誰？其中一個身穿黑色雨袍，安婷看到的只是背影，另一個，那深藍外套的男孩，她想起來了。他只曾出現在她的幻見中，就在那個遭禁閉的寒假，她常看見他，身處乾淨明亮的空間，時而望著窗外的綠蔭成群，隻身一人，與她同樣孤單，而她身處的卻是幽暗的地窖，唯一的明亮僅有從氣窗溜進來的一縷陽光。她沒瘋，知道他僅僅活在她的幻見，或許因為她太想出去，太想念那些哥哥姊姊，於是男孩從她的潛意識幻化而出，偶爾在陽光下回首看她，沉靜，微笑。但他是他嗎？別傻了。

公園外的路口傳來汽車喇叭聲，安婷抬頭看到一個身穿黑色雨袍的男人快步穿越街道進入公園，一眼就認出他是那兩個男人之一，此刻正朝她走來，她收起筆電站了起來，一手拎著背包一手搭在單車握把隨時準備開溜，但她很快就打消主意，只因草坪燈照亮了他帽沿下的臉龐。

「阿鏘！」安婷綻出笑容。「車借到了？」

阿鏘沒回答，直走到她面前，毫無表情，眼神空洞，安婷正想問什麼，他突然揮拳痛擊她小腹，她整個人往後拋出撞在磚紅牆上然後重重著地，痛楚伴以耳際嗡嗡巨響，整個世界好像瞬間被抽空似地扭曲成一團，除了呻吟嘴裡吐不出半個字。安婷趴在泥草中動彈不得，看著他的雙腳走來，停在她面前。一切來得太突然，根本不知道怎麼回事，抬眼所及，只見他手裡多了一把彎月形短刀。

死亡？怎麼會？而且是阿鏘？

安婷閉上眼，身心交感的痛楚疑惑憤怒相互拮抗成無以言說的荒謬感，邊咳邊笑出淚水。就這樣了？生命結束於莫名所以的十八歲，這無福消受的世界真他媽的可以！接著她似乎聽見什麼，緩緩張眼，沒看到那雙腳，她顫抖著使勁撐起身子讓自己坐起來，這才看見兩個模糊的身影正激烈纏鬥。茫然的眼神嘗試聚焦，但耳際嗡然樹影颯颯，這肅殺的現場，她既在又似不在地像隻游移飄盪的孤魂。

蕭遙瞄安婷一眼，知道她沒事了。

它刀刀劃向他的要害，他一一閃過。沒人教過他這些，一切全憑直覺，又或，憑的是先於直覺的某些東西。剛開始他有點踉蹌，但幾下之後，全身筋肉似乎找到協調的方法，身形、步履逐漸穩下來。

終於看清楚**它**，狹長的眼、方形的臉、削瘦的頰、因毫無神情故談不上什麼凶惡但卻刀刀致命，蕭遙知道自己此刻面對的是人的軀殼、獸的狂欲。

險惡的搏鬥卻異常安靜。

安婷很快認出另一個男的，深藍外套，卻始終看不清他長什麼樣子。

蕭遙很快就意識到，若非兩人當中的一人倒下，這場戰鬥不會結束。又或不是意識而是先於意識地瞬間讀通**它**的心思，這也是那某種東西在這電光石火之間教會他的。訊流巨集，一向瞬間湧現，沒有未知只有已知，沒有猶豫只有本能，沒有因只有果。

於是，同樣未經意識未經思考，蕭遙反擊了，當**它**手中彎刀削向蕭遙咽喉，他右手疾搭上**它**右腕一如纏上獵物的蛇，順勢轉身牽引甩出，霎眼之間他是圓心而**它**成為那拋出的圓弧，直到**它**整個身軀重擊地面的同時，彎刀也插入**它**自己的咽喉。

鮮紅血霧噴出，濺得二人全身。戰鬥結束。

安婷看著這一幕，阿鏘躺在那兒動也不動，但她依舊茫然，來不及害怕或悲傷。那男孩回頭看她，朝她走來。終於看清楚了，真的是他。怎麼可能？

「你是誰？」安婷仰頭看他。

「起來。」

他就站在她面前，沒有笑容也沒打算伸手扶她，只因雙手和全身都沾了血。

安婷撐地讓自己站起，有點吃力。

「那些警察是要抓妳？」他問。

「我們認識嗎？」安婷不答反問。

「不認識。」

「為什麼殺他？」

「沒得選擇。因為**它**要殺我，也要殺妳。」

「他是我朋友。」

「已經不是了。」

「我們從小一起長大的。」

「**它**不是妳認識的那個人。」

「什麼意思？」

「朱志揚你應該認識，麻煩妳打給他。」他沒回答。

「幹麼？」

「報警。」

「你自己可以打。」

「我沒有手機但妳有。通知他，然後馬上離開，就是妳應該做的。」

「你到底是誰？」

「告訴他，我在這裡等他。」他還是沒回答。沒禮貌的傢伙。

「為什麼要聽你的？」

「妳可以不聽。那就先走吧。」

安婷望著地上的阿鏘，走過去。阿鏘早已沒了氣息，微張著眼，臉上神情看不出有絲毫痛苦。安婷靜靜地淌下淚，心中無以名狀的刺痛，伴以無數的疑問。才一下下，她走回蕭遙身邊，背包上肩，牽起倒在地上的單車。

「你還欠我很多答案，遲早要還我。」

她取出手機，用wifi駭入刑事局內部網絡，以警用系統發訊息給朱志揚。

我沒那麼愛當告密者，只是受人之託。有人要自首。殺人。現場在此。荷米斯

安婷貼上地圖連結發出去，瞄蕭遙一眼，跨上單車疾馳而去。

蕭遙坐到草坪上。終於可以鬆口氣。

今天見到**它**的實體，證明了一件事，**它**就是**它**，不會是蕭遙自己。深深刺入咽喉的彎刀現在仍握在**它**手裡，上面不會有蕭遙的指紋，法醫應該很容易查明那把刀就是昨夜那宗命案的凶器。他必須和朱志揚對話，不止為了替自己洗刷罪名，還為了即將接踵而至的**它們**。

現在，只剩等待了。

不知過了多久，他聽見遠處傳來警車的蜂鳴聲，接著是閃爍的燈影出現在路口，算不清的警車停在公園外，算不清的警察朝他湧來，算不清的手電筒光束射在他身上。朱志揚應該也在其中吧。

蕭遙站起來，緩步向前，雙手抬起，舉目所見，只有讓他難以張眼的強光。

第七章

圖畫在我眼中，
但我不在圖畫之中。

——雅克・拉康（Jacques-Marie-Émile Lacan）

天濛濛亮，安婷居高臨下，士林區盡收眼底。這裡是M大，坐落於劍潭山西坡，一進校門就得爬坡，安婷坐在位於教學大樓坡道的長階梯頂端，一個四十多歲的男保安正在巡邏校園，微喘著走上坡道，安婷跟他道了聲早安，保安笑笑也道了聲早。一如安婷的預期，保安把她當成了學生。安婷對M大還算熟，育幼院出來的一位姊姊就從這兒畢業，以前安婷常來找她，還曾在女生宿舍共擠一張床，兩個女生話匣子一開就沒日沒夜。

前一晚為了甩開警網可能鎖定的地緣關係，安婷從內湖直奔士林區，單車停放在夜市南緣的一條防火巷，道路監視器拍不到的死角，接著她混在一群女大學生中間進入校園，在女生宿舍的公共洗手間熬過一夜，馬桶座就是她的床，她猜想，光是公園內的那樁凶殺就足以讓警方忙翻，短時間內應該搜不到這裡來。她整個人像虛脫了似的，時睡時醒，直到晨間六點多，陸續有人進出洗手間，開關門、來去的腳步、女孩們的嬉鬧、水流嘩嘩的盥洗聲不絕，安婷才算是完全清醒過來。

很想知道阿鏘到底怎麼回事，真想殺她嗎？怎麼會？阿鏘就像她哥，從小到大疼她都來不及了又怎麼會傷害她？安婷努力回想昨夜阿鏘出現的那一幕，她喚他而他沒回應，那眼神空洞像是看著她但又不像，接著就突然出手，力道之大，記得自己幾乎是往後飛出去的，後來他與那男孩之間驚心動魄的廝殺，每出手都想致男孩於死。他已經不是安婷所認識的阿鏘。

可是為什麼？阿鏘不可能嗑藥，育幼院出來的孩子都不可能。安婷剛上高中的那年，校內一個綽號「排骨」的男生纏上她，強迫推銷安非他命，後來小墨帶著阿鏘、湯湯把那小藥頭痛扁一頓，那些大哥哥們就像她的銅牆鐵壁，誰亂入誰倒楣。育幼院的孩子沒爸沒媽也沒家，在學校較容易遭受各式各樣的霸凌，他們只能互相奧援把自己打造成一個強悍的群體，要對抗不可理喻的歧視與偏見，暴力往往是最簡單的方法。他們彼此之間有個鐵律般的默契，就是絕不沾毒，否則就是坐實了別人的偏見。

嗑藥的可能性肯定可以排除，那麼，阿鏘到底怎麼了？安婷的思緒一團亂，內心微微刺痛。湯湯這時候應該也和小墨一樣被逮捕了吧？從小安婷就像小公主一樣被寵著，哥哥姊姊們都習慣了她的任性，如今也因為這樣的任性害了小墨、湯湯，真覺得自己不值得他們疼愛。

陽光終於綻露，從安婷身後的劍潭山頂斜射而下灑在遠方大地，舉目望去，山影仍覆蓋部分的淡水河域，遠處的觀音山晨霧氤氳，粉藍色的天空盡頭，厚實的深灰色雲層正蓄勢待發。這波鋒面已連續三天帶來豐沛雨量，看來仍後勁十足。

安婷膝上的筆電螢幕右下角閃了一下，是沃洛佳捎來的電郵。安婷點開，信裡沒有隻字片語，只有一張照片，又或，應該說是半張才對，四乘三比例的照片切割成兩半，切口呈不規則的鋸齒狀，沃洛佳寄給安婷的是左半張，上面僅有幾個數字。

13：00

照片是捷運站內一角，SKII化妝水廣告牆，旁邊的指示牌寫著「忠孝復興站」，安婷很快就明白沃洛佳的用意。碰面的時間地點都有了，誰會來找她也不必問，照片就是通關密語。

所以，沃洛佳已經知道她的身分了？怎麼知道的？依然是解不開的疑問。

安婷把照片傳至手機，闔上筆電，起身走回女生宿舍。六十公升背包就藏在洗手間的石棉天花板內，未來幾天或許仍要擱在這兒，她取出擠得皺巴巴的帆布雙肩背袋，筆電塞進去，接著戴上黑色鴨舌帽。此刻她只想好好吃一頓早餐，學生餐廳應該是個不錯的選擇。

十分鐘後，安婷坐在餐廳的落地窗邊嚼著筍肉包，啜了口黑咖啡，腦裡仍有團迷霧驅之不散。那男孩是誰？為什麼救她？他真是她兩年前幻見的同一個人嗎？如夢似幻的情景如今從想像躍入現實，反而讓安婷難以置信，懷疑只是自己的錯覺，或許就像所謂的既視感，妳以為自己見過，似曾相識，其實只是腦中信息短路所致。

這樣也不錯。美好的幻影依然留在原處，總比誤闖真實世界活遭絞殺的好。幻影所在的那個美好世界，她可以不在那裡，且正因不在而永保美好無損。

上午十點半，朱志揚在解剖室聽取法醫張永焱的詳細解說。

死者潘明鏘，彎刀自左頸刺入，從左往右割裂半個脖子，死因是頸動脈破裂大量出血引發失血性休克。比對九九專案死者蔡妍芳的傷口，應是同一個凶器，刀把驗出潘明鏘的指紋，至於他的指甲縫，他穿的黑色塑料雨袍表面以及擱放刀鞘的口袋內層，也都驗出蔡妍芳的血跡反應。

「綜合看來，潘明鏘就是凶手無誤。」張永焱作出結論。

「你覺得有沒有共犯？」朱志揚問。

「很難說。可以有，也可以沒有。如果你指的是蕭遙，他的外套只驗出潘明鏘的血跡反應，沒驗出蔡妍芳的。」

「蕭遙換過衣服。」

「指甲縫騙不了人。蕭遙的指甲縫同樣只採到潘明鏘一個人的。」

朱志揚點點頭。張永焱的說法他理解。身為法醫，張永焱向來只從證據出發，不輕易作出逾越尺度的推斷，證據是他唯一的路徑、全部的世界。但身為警察的朱志揚就不一樣了，他須從證據出發，循無數路徑推論出無數的世界才能通往真相。

十一點多，朱志揚回到刑事局。聽說蕭遙已經睡醒，現正接受劉碧珠訊問。

昨夜收到安婷的簡訊，根本不清楚什麼狀況就親自帶隊火速抵達現場，直到看見蕭遙以及那具屍體，朱志揚全然始料未及。蕭遙顯得很疲憊，直接承認殺人，理由是自衛，接著他提出一個要求，現在只想好好睡一覺，睡飽了再接受訊問。根據蕭遙的供詞，確認死者綽號阿鏘，全名潘明鏘，安婷的室友。

追緝安婷與蕭遙的兩條偵查線至此合而為一，它們的交會並非偶然，但那必然又是什麼，仍是未知的謎團。

朱志揚從樓梯走到刑事局地下一樓，長長的走廊，詢問室外站著二名全副武裝的刑警，朱志揚先拐進詢問室隔壁的監看室，胡威、許易傑、測謊師、筆錄員已經在那兒，田振光醫師也到了。朱志揚與田醫師握手致意。

「田醫師，沒有人比你瞭解他。」朱志揚說：「麻煩留意他的所有談話、動作，不要放過任何細節。」

「當然。」田醫師說：「但還是要提醒一聲，他很聰明，也很狡猾。」

「明白。」

他們望向雙面鏡，隔壁的詢問室一覽無遺，正中央一張方桌，蕭遙就坐在那兒，右手與胸部已連上測謊儀，另有一部眼球運動與瞳孔收縮感測器，也是測謊用的。劉碧珠坐他對面，微笑看著他。

「印度和東南亞的黑豹，追獵的時候時速七十公里，可以跳七米遠、三米高，舉世公認的全能冠軍。我覺得你們比黑豹還屌。可以解釋一下嗎？滿足一下我的好奇心。」

「等等再談可以嗎？」蕭遙顯得平靜，他已換上刑事局提供的淺灰色棉衣褲。「朱志揚應該到了。」

「怎麼知道他到了？」

此時朱志揚推門而入，劉碧珠這才意識到自己問了個白癡題。

朱志揚坐到劉碧珠身邊，看著蕭遙。

「休息夠了，我們就直接來。你和安婷什麼關係？」

「沒關係。」

「那你怎麼會到她住處樓下？後來又一起到內湖科學園區的洲子公園？」

「**它**想殺荷米斯，我必須阻止**它**。」蕭遙望向雙面鏡。「我說的**它**，是英文的it，請不要寫錯。田醫師，你知道的，麻煩幫我留意一下，謝謝。」

監看室這頭，田醫師有點錯愕。

「他看得到我？」

「看不到。」許易傑說：「他在那頭看到的只會是鏡面中的自己，看不到我們。」

「他知道我來了？」

「沒有人告訴他，所以他不可能知道。」胡威答。

「這玻璃沒問題吧？」

「沒問題。」胡威回答，但又補了一句。「他又開始特技表演了。」

朱志揚兀自注視蕭遙，無論蕭遙玩什麼把戲都不為所動且直攻核心，這是他踏進詢問室前打定的主意。

「為什麼叫她荷米斯，不叫安婷？」

「沒辦法解釋。很多事情連我自己都不清楚。」蕭遙望向劉碧珠，似也同時在回答她先前的提問。「包括我的體能、速度、怎麼殺**它**的，不知道。為什麼看見**它**所看見的、感知**它**想做的，也不知道。」

「我們懷疑你是潘明鏘的共犯。如果你直接承認，大家都比較省事。」

「這幾年發生不少事。」

「療養院應該很平靜才對吧？」

「兩年前你中了一槍。」

「新聞都報過，要知道不難。」

「那一槍是替她擋下的。」蕭遙望向劉碧珠。

劉碧珠怔住。這件事只有她和朱志揚兩個當事人知道，即連警方內部的調查報告都不曾披露，蕭遙絕無機會知曉。

「你們大概以為我先作了功課，然後兜一個騙局來唬你們，錯了。所有我說的，都是面對你們的時候才冒出來的想法。例如說，五一六事件之後你們成立了一個秘密機構。」蕭遙再度瞄雙面鏡一眼。「要我說出機構的名稱嗎？有外人在。」

朱志揚一時沉默。雖已不只一次見識蕭遙的能耐，也有了心理準備，但這種突如其來的悶棍仍讓他有點難以招架。

「別再問我怎麼知道的。其實**它**也知道，所以那封〈地獄來信〉才會指名寄給你。」

「你不也指名跟我對話？」朱志揚微笑。「要不要直接說說你的目的？」

「一，我不是你們要的凶手，從七年前那次到九月九日的事件都不是。二，立刻釋放我，但我不想回療養院。」

「我比較想聽你說實話。為什麼要模仿開膛手傑克？」

「你應該很想知道那三個恐怖分子入境以後藏身在哪兒，誰在接待，幕後又是誰在指使。」

「所以呢？」

「最後那場槍戰是在四獸山？帶我去，我會告訴你答案。」

「挺誘人的。但老實說，如果讓你出去，我沒把握銬得住你。」

「我不會跑。想跑就不會在這裡。」

「突然覺得你很適合海上夜釣。」朱志揚說：「海裡的食物鏈通常是大魚吃小魚，小魚有趨光性。用夜釣燈照在水面，先吸引小魚游過來，接著引來成群的大魚，然後釣到你手軟。從我坐下來到現在，你已經開了好幾次夜釣燈。」

「你就沒想過為什麼我要自首？」

「願聞其詳。」

「你們需要我。」

「是啊，需要你的坦誠。」

「**它們**來了。」

「誰？」

「你們即將迎來第二波殺戮，一樣是開膛手傑克。」蕭遙定定地注視朱志揚。「今天晚上就會行動，一樣在白教堂區。只有我能阻止。」

他又開了一個夜釣燈，一牆之隔的兩個房間，所有人全都成了他的魚。

半小時後，由羅靖銘局長主持的緊急會議在刑事局五樓會議室召開。

會議中，劉碧珠首先簡報，田振光醫師無法判斷蕭遙所言是否屬實，至於測謊結果，傳統測謊儀和最新的眼球運動與瞳孔收縮感應器，兩套系統得到的結論完全一致，從一開始的參考題到後來的正式提問，蕭遙的植物神經系統反應始終維持在正常值以內。

「連參考題都正常？」羅靖銘問。

「是。機器就在我面前，那根指針連抖都沒抖一下。」劉碧珠說：「意思是測謊對他完全無效。」
「真的可信嗎？凶手不是掰了？」中山分局長周天見不太以為然。
「測謊只能當參考，但如果偵訊過程你跟我一樣全程都在的話，想不信都難。」劉碧珠不等朱志揚開口就直接回應。「簡單說，他就是個怪物。」
「蕭遙說的不見得是真的，但姑且聽之。」羅靖銘望向周天見，意思是不用討論了。
「需要支援嗎？」
「蔡妍芳遇害以後，整個條通區塊都列為重點守備網，投入四十七個警力，每條巷弄之間的交叉口，全天候見警率百分之百，零死角。」周天見說。
「辛苦了。我還是會請中正分局加派警力支援你。」羅靖銘望向朱志揚。「真的不考慮讓蕭遙協助？我們可以派一組人盯住他，也可以安裝電子腳鐐。」
「到目前為止，他透露的所有事情，虛虛實實很難確認，放他出去，風險過高。」朱志揚說：「相較之下，如果今晚風平浪靜，一切就回歸到田振光醫師的推論，蕭遙就是人格分裂，殺人只是為了實現自己的幻想。」
「那，潘明鏘呢？怎麼解釋？」
「可能是共犯。只是不知道什麼理由他們兩個鬧翻了。」
「如果不是共犯呢？」
「那就洗牌重來，偵查方向排除蕭遙涉案的可能，換句話說，他的預見、幻見，可能是真的。」

「好，我支持你的看法。不管怎樣，他和安婷的關係盡快搞清楚，不然我們都快被藤原清順搞瘋了。」

會議結束後走在五樓長廊，朱志揚不發一語，劉碧珠多少能體會他的凝重。

洗牌重來，意味著蕭遙對了而朱志揚錯了，不只這幾天發生的事，還包括七年前的S少年事件，難道，蕭遙白關了七年？朱志揚忍不住想起昔日法庭上的一幕，蕭遙的爸媽，驚恐與悲傷，眾目睽睽下即連擦個眼淚都只能矜持低調，只因孩子是凶殘的殺人犯，一家人全被妖魔化，聽說那可憐的爸媽不曾去療養院看過他，不難想見事件之後整個家的崩壞。

今晚或許風平浪靜，或許腥風血雨，如果是後者，朱志揚已經準備好面對一切，不管結果會是什麼。

一點快到了。安婷佇立在SKII廣告牆對面約八米處的轉角圓柱旁，這裡四通八達有多個出入口，人潮擁擠，她戴著鴨舌帽和口罩，沒有人會認出她。安婷若無其事地滑手機，其實留意著周遭。到底誰會跟她見面，又會告訴她什麼答案，很快揭曉。一點整了，沒有人在那面廣告牆下駐足逗留，又過了二分鐘後，有個女人從站內走出，安婷一眼就留意到她，三十出頭歲吧，看起來像個老師，素淨而美麗的瘦長臉蛋，氣質出眾，想不多瞄她一眼都難。安婷看著她走過自己面前，忍不住撇頭目送，沒想到她忽然停步轉身走向安婷，接著取出手機。

「請問一下，認得這是哪裡嗎？」女人淺笑看著安婷，目光有點銳利。

手機螢幕裡正是照片的右半張，安婷愣了一下，很快取出自己的手機，點出自己的那半張。兩支手機一比對，鋸齒狀的照片切口是吻合的。

「跟我走。」

不等安婷回答，女人逕轉身離去。她剛剛來自板南線出口，現在則走向文湖線入口，安婷跟在她的身後，電動扶手梯載著她們緩緩移動，深邃的斜坡一路往上，明亮的燈光下女人的背影依然迷人，合身的牛仔褲，粉橙色棉麻混織長袖襯衣，袖口挽起及肘，烏黑的長髮流瀉而下，安婷仰望她的背影，直到此際才定下神來。從沒想過沃洛佳派來的會是這麼美麗的女人。

五分鐘後，她們並肩坐在捷運車廂內低聲交談，這角落只有她們二人。

「妳可以叫我雷娜。」女人說。

「也是東托邦的？沒見過妳的名字。」安婷看著雷娜。

「不要試探我的身分，也沒必要扯東扯西。」雷娜有點嚴厲。

「好。」安婷原本只是問候之意，此刻才覺得自己太無聊。

「我先問幾個問題，妳要老實回答。」

「要看什麼問題。」

「妳的身分已經暴露，而且警察正在追捕妳，對嗎？」

「妳怎麼知道？」

「這裡只有我問妳答！」雷娜冷瞅安婷一眼。「沃洛佳猜得沒錯。那些文件沒印出來是對的，否則，交到妳手上只會更麻煩。我說的是妳丟出來要大家幫忙解密的那個檔案，N2W.sgx，裡面有PV，也就是和平展望會的五個文件，乍看之下會以為是絕對機密，但其實多半是垃圾訊息，例如它和ARE以及CIA的關係。」

「都是已知的舊聞？」安婷有點訝異。

「但是第五個文件就不一樣了，它提到妳的化名，荷米斯。」

「怎麼可能？」安婷很意外。「時序有問題。他們查到我的化名，應該是在我駭進PV全球總部伺服器挖到那個檔案之後，而不是之前。」

「妳還搞不懂嗎？」雷娜顯得不以為然。「他們是守株待兔，等妳上鉤。妳再想想，駭進PV全球總部伺服器之前，有沒有做過什麼足以驚動他們的傻事？譬如說，妳是怎麼拿到伺服器的網址和路徑？」

「有一顆快遞給PV台北總部的硬碟，三兩下就被我解開密碼，裡面就是伺服器更新的網址。」

「那就對了。瞎貓碰到死老鼠，妳就是那隻死老鼠。」

「妳是說，那顆硬碟是個誘餌？」

「當時他們可能還不知道妳是誰以及妳在哪裡，等妳自以為駭進全球總部伺服器的時候，他們同時也鎖定妳的位置，很快查出荷米斯這個化名。」

「妳會不會想太多了？」安婷仍半信半疑。「我頂多是個搗蛋鬼，能有什麼破壞力？他們又何必勞師動眾？」

「聽好了，提到妳的那份文件有幾個重點，第一，荷米斯是個信差，幕後或許就是國際恐怖主義組織『安那其家園』。簡單說，他們懷疑妳跟五一六恐攻事件有關。」

「靠。」

「第二，務必生擒荷米斯，查出與其相關的所有連結。第三，殲滅荷米斯幕後的恐怖組織及其基地。」雷娜一口氣說完，冷冷看著安婷。「現在就請妳老實告訴我，妳跟五一六事件有關嗎？」

「無關。如果可以，我是很想炸掉PV，只可惜我沒那能耐。」

雷娜一時沒接話，不知想著什麼。捷運車正馳往內湖方向，窗外的街廓疾速流轉而逝。

安婷也沉靜下來，不再那麼毛躁。

「謝謝妳跟我說這些。妳應該戴口罩的，到處都是監視器，沾上我很麻煩。」安婷說。

「沃洛佳很擔心妳，所以我才坐在這裡。」雷娜的目光和臉色突然和緩下來。

「沃洛佳是俄羅斯人？所以妳懂俄語？」話一出口安婷就後悔了，她知道雷娜不會回答。

「妳必須再小心一點，千萬不要低估對手的實力。」雷娜說：「所謂實力，涉及到對手的動機、目的以及最根本的欲望。只有最根本的欲望才真正決定他們連結的面有多廣，實力有多雄厚。」

「聽不懂。」

「以後再跟妳解釋。」
「我們還會見面？」
「嗯。讓我看看妳。」
安婷解下口罩，讓雷娜看清她的長相。
「長得挺可愛。」雷娜瞅她，伸手輕輕替她戴回口罩。
「我年紀不小，可愛這兩個字聽起來有點違和感。」
「先下車了。」雷娜站起身。車速漸漸放緩，滑入南港軟體園區站，雷娜回頭看安婷。
「務必保護好自己，有什麼緊急狀況需要支援就發信給沃洛佳，他會轉告我。」
「保護自己並不難。請沃洛佳別擔心。」
「提到妳的那份文件，有些措詞用得很激烈，沃洛佳叫我別告訴妳，但我覺得妳還不明白事情有多嚴重，所以還是讓妳知道比較好。」
「文件寫了什麼？」
「只要抓到妳，不擇手段逼供，必要時處決。」
「警察不敢。」
「如果是警察以外的力量呢？」
安婷愣住。車廂穩穩停下，雷娜下車，背影匆匆穿過月台，很快消失在人群中。安婷終於明白，沃洛佳安排這次見面純粹是為了示警，讓安婷知道自己處境險惡，但逼供、處決？至於嗎？如果是昨夜以前，她應該會嗤之以鼻，現在的她則是背脊發涼，說秒懂也不為過。

沃洛佳當然也是化名，俄文Володя，弗拉基米爾的暱稱，弗拉基米爾．伊里奇．烏里揚諾夫，是蘇聯革命家列寧的本名。至於東托邦裡的這位沃洛佳，常因為用了這個化名而遭到論爭對手的無情調侃，動不動就被扣以教條主義或左傾幼稚病的帽子，但所有的攻擊仍無損於他的戰鬥力，在沃洛佳的戰友們看來，他鑄字成劍，鋒芒犀利，尤其出名的是針砭現世、痛擊對手時經常運用的黑色幽默，比起列寧毫不遜色。安婷算是沃洛佳的鐵粉，常著迷於他筆鋒中流露的辯證思維與一語雙關，而此刻，安婷坐在捷運車廂看著窗外南港貿易園區那一叢叢的玻璃帷幕鋼構建築，終點站快到了，她突然意識到，沃洛佳來信誇她挖到寶，會不會又是個黑色幽默？

辯證思維，一語雙關，安婷挖到的寶，恰是對手設下的陷阱，簡單說，她才是對手挖到的寶。

晚間九點十七分，條通商圈依然沒什麼動靜。便衣刑警加上制服警察總計超過百人，重兵部署，前進指揮所設於商圈北端的中山分局，周天見是指揮官。

這場布局，自始就是自相矛盾的策略。見警率高，用意是嚇阻罪犯於先，但也降低了加以誘捕的可能性。對周天見而言，這是他的轄區，不容再發生凶案，但是對朱志揚而言，這麼一來將很難驗證蕭遙的預言是真是假。

朱志揚自己沒來，但他派了胡威、許易傑來這兒看看，二人並未肩負什麼任務分工，因而樂得輕鬆。他們走在七條通，遊客並不多，反倒是自己人不少。長長的巷道，琳琅滿目的各式店家與招牌，其中以日文招牌居多，各種語言的潮歌、老歌流竄在夜色中，同樣也以日本歌占上風。

「很少來這裡。日式餐館真不少。」許易傑說。

「說是要吸引外國觀光客，但實際上來的都是本地人。」胡威對這裡並不陌生。「每次和三道九流約飯局，這裡最好談事情，先吃飯再K歌，前面那家K歌坊看到了嗎？每次進去耳膜都快震破，可是等別桌唱完歌，我們那桌的情報也交換完畢。」

「所以你在這裡賺了不少情報？」許易傑笑著。

「是因為這裡的人太愛唱歌，而且都是日本歌。」

「我爺爺來這裡一定會抓狂。」

「怎麼說？」

「外省老兵，打過抗戰，那時候不是殺鬼子就是被鬼子殺。」

「哈哈。」胡威秒懂。「所以你爺爺都唱什麼歌？」

「〈松花江上〉。」

「你也跟著唱？」

「我比較喜歡濱崎步的〈Dearest〉。」

胡威大笑幾聲，二人隨即高唱起來。〈Dearest〉是日本動畫《犬夜叉》的片尾曲，二〇〇一年推出後風靡東亞，歌曲和動畫都是他們小時候的重要回憶。

Ah - いつか永遠の　眠りにつく日まで（只希望踏入永恆長眠之前）
どうかその笑顔が　絶え間なくある様に（可否讓你的笑　永遠陪伴我）
人間は皆悲しいかな（人都是悲哀的嗎）
忘れゆく　生き物だけど（就算我們懂得　如何忘記）

才唱了幾句，二人不約而同打住，只因看見前方巷弄口一陣騷動，幾個警察正往東南方向狂奔而去，顯然有狀況。胡威、許易傑不在任務編制內，沒配帶警用無線對講機，只能拔腿跟著跑，到了五條通東段，他們看見人群雜沓全都擠成一堆。

「封住所有巷口！」有人高吼著。「清查所有人，一個都不能放過！」

胡威率先擠進人群，許易傑緊跟在後，他們很快看見一具女性屍體躺在幽暗的防火巷內，鮮紅血水猶微氳著熱氣，凶案顯然才剛發生。現場亂哄哄的，這責任區的所有小組全都湧進來，幾個組長氣急敗壞地調度各自的組員卻全都堵在一塊。許易傑抓著胡威好不容易擠出人群，只見燈火輝煌的長巷，所有遊客都被攔下盤查，所有店家都遭到搜索，二人互望一眼後擇定往北搜尋，他們毫無線索，指揮系統看來也一時失靈，剩下的只有直覺和本能。

「他是怎麼進來又是怎麼離開的啊？」

胡威喃喃而語，槍在手裡卻有種濕滑感。他的疑惑沒人能回答。許易傑同樣手槍在握，沉默著搜尋每個角落，包括停在騎樓下的私家轎車也不放過。蕭遙的預言已經成真，那個**它**真的出現了。中埔山與潭美街的兩次對峙經驗，許易傑、胡威都親身經歷，此刻他們只希望一旦短兵相接，自己的槍比對手的刀還快。

這時，遠處突然傳來尖銳的哨聲，有人嘶吼著什麼。

「逮到人了？」二人都側耳傾聽，難以確認，但周遭員警配帶的無線對講機傳來清楚的聲音。

「發現第二具屍體、發現第二具屍體！地點在三條通西段靠中山北路！」

驀地，大批警員全都往西南方的三條通湧去，唯獨胡威、許易傑留在原地。

「凶手正在移動中。」胡威還算冷靜。

「問題是往哪移動？」許易傑改為雙手握槍。

它已然遠遁？或近在咫尺？也許只是心理作祟，二人不免有種被窺視的感覺，心中也不約而同浮現一種荒謬感。超過百人鎮守，近乎滴水不漏的警網，凶手竟然還能自由移動，玩弄眾人於指掌之間。原應是獵物的**它**，現在是獵者。

沒多久，他們聽見哨聲再度響起，這次從北邊傳來，劃破夜空，尖銳無比。

第八章

但是我們確實知道，有一天，榮耀的日子要來臨，
我們都要改變，就在一霎時，眨眼之間，號角末次吹響的時候，
因號筒要響，死人要復活成爲不朽壞的。

——《聖經》哥林多前書第十五章

雷娜每天早上八點進辦公室的第一件事就是讀報，紙本的、網路的、本地的、國外的，她總會閱讀完畢同時完成摘要筆記，必要時附上截圖或影本，九點以前送到老闆桌上。說是老闆，其實也是雷娜的老師，她博士論文的指導教授井岩峰。

今天的本地報紙較聳動，六份不同的日報頭版頭條都是有關昨晚條通商區發生的三宗血腥命案，雷娜沒什麼興趣，瞄了一眼就翻看別的版面，經濟的、國際的、特別是科技方面的新聞，這是井岩峰交付給她的職責，也和他們的研究任務息息相關。這裡是未來學研究所，隸屬於中央研究院，井岩峰是所長，雷娜是他的秘書。未來學夠冷門，外人極少知道他們在幹麼，如果有人問起，井岩峰總笑說自己是專業米蟲，專講些沒人聽得懂的話、作些沒人看得懂的研究，反正有人買單就好。

未研所位於中研院西南角，三層樓的灰白色建築體，院長辦公室位於一樓，行政室就在隔壁，開放空間，挑高的天花板，雷娜的事務桌緊靠東面落地窗，採光尤佳，她通常是最早上班的，習慣不開燈就把每天的要聞簡報完成，今天也不例外，只是多了點心神不寧。

昨天和荷米斯碰面，純屬意料之外也事出突然。雷娜是在前天深夜收到沃洛佳的緊急來訊，二人在線上以文字溝通，俄文夾雜英文，折騰了幾個小時才敲定。沃洛佳很擔心荷米斯的處境，要她設法向荷米斯示警。他是根據解密的N2W.sgx檔案文件推斷荷米斯身在台北，所以才找上雷娜協助。

沃洛佳是否俄羅斯人，其實雷娜也不知道，只覺得可能性極高。六年前她為了完成博士論文遠赴莫斯科的俄羅斯科學院生物醫學研究所，若非沃洛佳幫了大忙，不知從哪裡搞來一封科學院院士的俄文推薦函，她不可能見到該所的關鍵計畫主持人並順利完成論文的最後一塊拼圖。

至於沃洛佳為什麼非要援救荷米斯不可，他沒解釋，顯然也料定雷娜不需他解釋就會出手幫忙，不只因為她欠他一個人情，還因為雷娜對東托邦的向心力一直都無可挑剔，她思想上的堅定不移多少源於父親的血統，這個秘密只有沃洛佳知道。

要荷米斯叫她雷娜，其實只是權宜之計，她在東托邦的化名是Ниловна，妮洛夫娜，前蘇聯文學家高爾基長篇小說《母親》中的那位母親，雷娜以此為化名，是為了悼念早逝的媽媽。她用這化名在東托邦和荷米斯交手了無數回，還當過荷米斯的小老師，針對荷米斯的諸多提問，包括歷史、政治、經濟等等，只要得空，雷娜就耐下性子要言不煩地一一解答，她們向來用英文溝通，荷米斯大概誤以為她是外國人，就算見了面也認不出她。

昨天的碰面，必須在最短的時間內讓她知道事態有多嚴重，雷娜採取較嚴厲的態度，不許她發問以免浪費時間，不許她過度輕佻以免輕估目前的危險，荷米斯應該多少被嚇到了吧，雷娜很心疼，但別無選擇。根據沃洛佳的推論，荷米斯應該已經曝光且已經遭警方鎖定，所以碰面的時間越短越好，以確保雷娜自身的安全。

此刻，雷娜坐在明亮的窗前喝著無糖優酪乳，有點心不在焉。荷米斯現在是否安然無恙？沃洛佳為什麼非救她不可？雷娜總覺得荷米斯很像青春期的她，求知若渴、不恥提問的背後必然埋藏著什麼強大的動機。

手機響起，雷娜回神接聽，是助理小倩打來的。

「湘姊，我還在路上，剛剛接到刑事警察局一位劉專員來電，說有急事，我請她直接打給妳，OK嗎？」

「什麼急事？」雷娜有點不安。

「我問了，她不肯說。」

雷娜猶豫著。是跟荷米斯有關？難道昨天的碰面被盯上了？

「好。請她打給我。」

掛了手機後，雷娜強自鎮定，很快的在心裡編了一段說詞，如果對方問起昨天的行蹤可以用得上。不一會兒，手機響起，對方自我介紹說是刑事局專員劉碧珠。

「請問有什麼事？」雷娜沒什麼表情。

「十萬火急。井院長下午有空嗎？我們局裡的朱志揚督察必須和院長盡快碰面。」電話另一端，劉碧珠的聲音顯得急切，但雷娜反而鬆了口氣。

「井院長下午有會議，不太方便。」

「請問妳知道昨天晚上條通商圈的事嗎？」

「有瞄到報紙的標題，但沒細看，怎麼了？」

「那就麻煩妳看一下。朱督察知道井院長是研究超自然現象的專家，有些事想當面請教。」

「到底什麼事，能不能具體說明？」

「這樣好了，我先請示一下，看能不能發個東西過來，妳看了就知道。不好意思，我需要妳的電郵地址，還有，剛剛黃助理只說妳姓陳，請問大名？」劉碧珠問。

「陳亦湘。」雷娜說。

劉碧珠按掉手機擴音鍵，望向朱志揚。剛才的對話他都聽見了。

「東西要給她看嗎？」

「給吧。」朱志揚正在筆記本上寫著什麼。「反正今天一定要見到井岩峰。」

劉碧珠開始操作電腦，凌晨三點從中山分局回來後，她和朱志揚、胡威、許易傑就待在這裡，IZ數據中心，劉碧珠的地盤。由於數據組成員長時間使用電腦，這兒的空間配置格外重視景深層次，天花板的LED頂燈點狀地局部投射在九個組員的座位上，座位之間並無隔牆，整體稍顯幽暗的空間也因而更形寬敞與立體透視感。此刻，清水模牆邊的會議區就是他們暫歇之處，長型的柚木桌上擱著幾樣早點熱食，但他們顯然沒什麼食慾。

一整個晚上，只能以慘烈形容。十二分鐘內，三具女性屍體，一模一樣的手法，割喉，開膛剖腹，受害者都是性工作者，這次腎臟沒有被取走，卻連同子宮、腸子一起從腹腔拖出來甩在死者右肩。朱志揚、劉碧珠陪同羅靖銘局長趕到凶案現場，胡威、許易傑已等在那兒，他們與周天見分局長一起會勘，接著轉往中山分局五樓會議室的前進指揮所，周天見時而暴怒時而沮喪，沒有人能安慰他，也沒有人知道凶手是怎麼辦到的。唯一可以確定的是，面對上百警力的重兵部署，凶手如入無人之境，非但不曾卻步，且還奪走三條人命，那不只是挑釁，更是蓄意對警方宣戰。

接近午夜十二點，刑事局科技專員彭亞民帶來新的發現，他從入夜之後就開始進行空拍監控，九架小型無人空拍機巡弋在條通商圈的上空，由電腦編程自動操作，確保任何時間的拍攝角度都零死角。彭亞民把空拍影像投射至前進指揮所的三台七十吋顯示幕，分別是三樁凶案發生的時間點。

「空拍機飛行高度五十米，地面上的人群看起來雖然有點小，但還是可以看得很清楚。」彭亞民說：「請注意這裡。」

彭亞民指向螢幕上的第一個凶殺點，五條通東段周遭，巷道內的警察群正奔往事發地點，彭亞民在筆電按了暫停鍵。

「看到這個人影嗎？」彭亞民指著案發點的屋頂，接著繼續播放，於是，在場所有人都看清楚了——有個黑影潛行在屋脊線上，速度很快地往東掠去。

「難怪他來去無蹤。」朱志揚說：「問題是，他往東逃逸，第二個案發點卻是三條通的西段。方向反了。」

彭亞民隨即播放第二個案發點，凶手的黑影同樣循屋脊線行動。

「單點的看，確實很矛盾，因為凶手逃逸的方向和下一個案發點正好是相反的。可是如果看看這個畫面就知道原因了。」彭亞民接著播放第三個畫面，那是一幅全景，整個條通區塊盡收鏡內。「這是第一件凶案發生的前一分鐘，九點二十二分，請仔細看這裡，三條通中段的屋頂。」

因為是全景，地面的屋子和人影都更小了，但指揮所內的所有人仍清楚地看到彭亞民所指之處的屋頂有三道黑影聚集在那兒，彭亞民按下播放鍵，只見三道黑影散開，如鬼魅般往三個不同方向掠行而去。

「我們一直都以為凶手只有一個，但我們錯了，凶手共有三個！」彭亞民說。

「**它們**。」朱志揚盯著螢幕喃喃而語。至此，他知道自己也錯了，關於蕭遙。

會議結束後，凶案現場經過地毯式搜索，分別在三個案發地點附近的屋頂發現三件血衣，和潘明鏘穿的那件一樣，都是黑色塑料雨袍。凶手逃逸無蹤，空拍機沒拍到他們的臉孔，至於條通商區周遭的道路監視器是否拍到他們的行蹤或長相，也許吧，但商圈附近人潮熙攘，就算逐一比對也不見得能鎖定對象。這一整夜耗盡的不只是體力，還有警方的整體士氣。

此刻，劉碧珠的手飛快落在鍵盤上，寫好電郵，連同空拍影像發給陳亦湘。

「老闆，空拍影像檔發出去了，我請對方務必在一個小時內回覆。」劉碧珠說。

朱志揚抬眼看牆上的掛鐘，八點半了，他啜了口咖啡，振筆疾書，在筆記本列出一些綱要。

「老闆，真要放了蕭遙？」胡威問。「怎麼知道那三個凶手不是他的共犯？和蕭遙約好了互相掩護，他們在外面作案，正好還蕭遙清白。」

「蕭遙逃出療養院才幾天，一個共犯還勉強可以解釋，一群共犯，不可能。」朱志揚闔上筆記，輕揉雙眼。「但我還是會用些方法來測試他，以防萬一。」

「剛剛問過警衛，蕭遙一整個晚上都很平靜，拘留室完全對外隔絕，外面發生什麼事他完全不知道。」許易傑說。

朱志揚點點頭，隨手抓起長桌上的燒餅夾蛋啃起來，就算再沒胃口仍須強迫自己進食，未來這一整天他需要體力。

陳亦湘很快就看完劉碧珠寄來的電郵，信中除了扼要說明昨夜的案情，還很細心地提醒她特別留意影像檔內的幾個片段，而且全都標明時間碼，陳亦湘看了空拍影片，確實，光是那三個移動的黑影就挺嚇人的，但那畢竟是刑事案件，她仍想不透對方為什麼非要見井岩峰不可。

井岩峰進了所長室後，陳亦湘讓他看了郵件、影片以及幾大報的凶案新聞。

「要不要幫你婉拒？今天下午三點排定了所務會議。」陳亦湘問。

井岩峰用他短短胖胖的手指敲下電腦鍵盤，又重看一次影片。他個子不高，身材略胖，以四十五歲的盛壯之年而言略嫌老氣，鼻梁上的黑膠方框眼鏡讓他的圓臉襯托出幾分書卷氣。

「所務會議什麼時候開都可以，我想見見這位朱志揚。」井岩峰看完影片，右手指尖輕敲桌面。「我記得他，六年前聽過我的演講，交換過名片，他那時候是刑事警察局偵查大隊的大隊長。」

「可是下午的所務會議是要討論下年度的預算編列，再不討論就來不及了。」

「那就延到五點再開。」

「會搭到晚餐時間。」陳亦湘不得不提醒。所裡經費並不寬裕，會議時間通常會避開用餐。

「沒關係，就幫大家訂便當，貴一點的沒關係，好吃就行。不用報公帳，錢我來出。」

「哦。好。」

陳亦湘頓了一下才應聲，這種事不是第一次。井岩峰每每說要自掏腰包，事過境遷就推說忘了，最後還是要她報公帳。陳亦湘其實不太喜歡這位老師，總覺得他人前一套、人後另一套，有點偽善。

「我先回覆刑事局劉專員，敲定三點碰面。」陳亦湘正要離開，井岩峰喚住她。

「到時候妳最好也在。」

「有必要嗎？我想先跟會計理一下明年的預算，縮短正式會議的時間。」

「六年前那次演講，朱志揚有備而來，演講結束後他私下找我問了幾個問題，跟**超距作用**有關，所以我才覺得妳應該會有興趣。」井岩峰微笑著說。

陳亦湘一時怔住。她的博士論文正是以超距作用為起點，展開關於偽科學的辯證論述。

「朱志揚為什麼對超距作用感興趣？」陳亦湘忍不住問。

「那天來的朋友太多，我沒細問，不過我想，他應該是碰到什麼難題吧。」

「六年前的難題，到現在還是一樣？」

「妳覺得呢？」井岩峰仍看著她，手指輕輕敲了敲電腦螢幕裡的空拍畫面。「這些畫面太不可思議，三個黑衣人的動作和速度，違反已知的人體力學和重力學原理，現有的科學經驗無從解釋，但偏偏又發生在我們眼前，這不也是妳一直想探討的主題——到底要怎麼定義偽科學？」

「這位朱督察想的應該沒那麼深奧吧？」陳亦湘失笑，其實有點心動了。

「說的也是。那就不妨聽聽他的淺論，說不定他的疑問也是妳的困惑，差別只在於深淺不一。」

井岩峰大笑兩聲，對話就此結束。他知道陳亦湘必然出席，因而有些得意，卻不知道她回到行政室後隨即用私人筆電連上洋蔥路由再登入暗網，在東托邦留了個英文短訊給沃洛佳。

J先生抵PV的時間將推遲至19:00後。

退出暗網後，陳亦湘開始清理桌面，把她讀完的幾份報紙一一摺疊整齊。

井岩峰自認為夠瞭解她，從不懷疑她的忠誠，卻不知道她恨死了目前的工作，如果不是沃洛佳的策動，當初她不會那麼積極地爭取秘書的職務。井岩峰更不會知道陳亦湘同時也叫妮洛夫娜，並以這化名成了東托邦潛伏於他身邊的臥底。

陳亦湘把報紙擱到牆角的期刊櫃上，落地窗外的陽光灑在身上，她情不自禁伸了個懶腰，逆光的身影顯得無比愜意。

上午九點十五分，駐警帶著蕭遙走進刑事局地下一樓的偵訊室，朱志揚和劉碧珠已經等在那兒，他們事先商量過，決定先從技術問題切入，問題可真可假，測試蕭遙掌握的細節是否合乎事實。
「吃過早餐了？」朱志揚問。
「吃過。」蕭遙說。
「很好。吃飽才有體力。今天的談話可能會花不少時間。你知道昨天晚上發生的事？」
「知道。三個人遇害。一模一樣的手法。」
「你又看見了？他是怎麼跑掉的？」劉碧珠問。
「不是**它**，是**它們**。總共三個。」
「不管幾個，凶手的行進動線是什麼？」
「為了避開道路監視器，**它們**的行進動線不是地面的巷道，而是屋頂。」
「你是說跟你一樣可以跳得很高跑得很快？」
「你們應該都看到了不是嗎？」蕭遙平靜地望著劉碧珠。「監視器漏掉的，空拍機拍到了。」
他連空拍的事都知道，於是劉碧珠沉默了。
用來測偽的技術問題到此可以結束，蕭遙過關了，接下來就是核心問題。
「行凶的動機是什麼？」朱志揚問。
「說不上來。有點複雜。目前我只能感受，沒辦法分析。」蕭遙說。
「你感受到什麼？」
「都是一些圖像、聲音、情緒。例如たいしょうちょう。」

「什麼？」劉碧珠沒聽懂。

「大正町，應該是條通區的古名吧。還有很多日本歌，例如九月九日那天晚上我聽到蔡琴唱的〈月光小夜曲〉，它跟另一首日本歌〈サヨンの鐘〉旋律一模一樣。我聽見的就是**它們**聽見的，看到的也是**它們**看到的，還有**它們**的情緒，亢奮、仇恨、憤怒。」

「為什麼憤怒？」朱志揚問。

「不知道。」

「為什麼模仿開膛手傑克？」

「不是模仿。**它們**就是。」

「開膛手傑克活在十九世紀的倫敦，現在是二十一世紀，相隔一百多年。」

「耶穌會復活，**它們**也是。死亡只是一種沉睡，時間到了就會被喚醒。」

「蕭遙，不要淨講一些沒人聽得懂的空話。」劉碧珠不太客氣。「昨晚的事你猜對了，並不代表你就可以為所欲為，潘明鏘還是你殺的，檢察官可以隨時提起公訴，法官也可以判你有罪，把你關到世界末日。」

「放我出去，讓我到現場，也許就可以解開你們的疑問。」

「為什麼一定要到現場？」朱志揚冷冷盯著蕭遙。

「不知道。只是直覺。你們一直在盲搜，就像瞎子一樣，我就是你們的眼睛。」

「你想幫我們破案？我不太相信。」朱志揚淡笑著。「還有別的什麼目的，要不要順便說說？不談清楚就不可能讓你離開。」

蕭遙一時沉默，是不想回答或有所斟酌，從他的神情很難判斷。

「你也可以拒絕說明。」劉碧珠刻意讓自己顯得冷淡。「你來這裡已經超過三十五個小時，按規定應該早就把你送進看守所的，但根據《緊急安全保障法》才讓你暫時留在這兒。看守所聽過吧？跟監獄差不多，像你這種涉嫌殘殺女性的嫌犯，進去以後會被那些獄友整到多慘，不難想像。」

「我的目的沒什麼好隱瞞的。」蕭遙看向朱志揚。「只怕你沒辦法接受。」

「七年前的案子你想平反，證明自己是無辜的。」朱志揚直接攤牌。

「對。」

「同意。」朱志揚說，蕭遙有點意外。「但我這人很固執，不太好搞，也不太喜歡承認自己的錯誤除非證據就擺在我面前。所以你得先告訴我，打算怎麼證明？又如何為自己平反？」

「抓到真正的凶手。」

「說得簡單。怎麼抓？」

「記得我常提到的**它們**嗎？是**它們**，不是**它**。」

「按你的說法，所謂的**它們**，應該包括昨天晚上的三個凶手還有潘明鏘。」

「不只，還要加上七年前殺害李老師的那個。」蕭遙平靜地說：「這樣你們搞懂了嗎？對你們而言，遙隔七年、看起來毫無關係的兩個案件，對我而言是同一件。只要帶我到凶案現場，我就會逮到**它們**，逮到這兩波凶手，還我自己清白的同時也證明你的錯誤。」

蕭遙最後望向朱志揚，眼神始終清澄，看不出任何挑釁或恨意。

「拭目以待。」朱志揚微笑著說。

下午三點整，朱志揚準時抵達未來學研究所，劉碧珠也來了，井岩峰在所長室接待他們，陳亦湘倒來咖啡，四個人就在沙發區談起來。

「今天要請教的是偵查中的案子，還請二位務必幫我們保密。」進入正題前，劉碧珠先提醒。

「當然。昨天的新聞我們都看到了，狀況好像有點嚴重？」井岩峰說：「知道你們時間寶貴，有話請直說。」

劉碧珠取出筆電，找出影像檔，是蕭遙接受偵訊的錄影。她先簡介蕭遙的背景，接著遞出筆電。

「這是今天早上的偵訊，麻煩先看一下。」

陳亦湘和井岩峰一起看著筆電螢幕，畫面中的男孩就是七年前的S少年，而昨夜的血案竟然和他有關，才一開始，陳亦湘就被勾起好奇心。影片長度二十三分鐘，看完後，陳亦湘把筆電遞還給劉碧珠。

「看起來很單純的孩子，實際上好像很複雜。」井岩峰有感而發。

「複雜的程度遠遠超過我們的想像。」朱志揚說。

「恐怕也超乎他自己的想像。」井岩峰沉吟著。「他是知道很多，看起來像是什麼都通曉的全知者，但其實不是。我覺得他好像還在學習。」

「學習？」劉碧珠沒聽懂。

「就像ＡＩ人工智慧，即使運算的速度比人腦快上無數倍，仍然需要學習。以蕭遙的例子來說，他能感知凶手的欲望和行動，那是一回事；他能感知到你們兩位在昨天深夜經歷過的，包括說出空拍機，這好像又是另一回事。對凶手的感知，從而想阻止行凶，那叫預見或預感。至於從你們身上看到你們所經歷的事情，那就叫讀心術了，哈哈。」井岩峰笑了兩聲就打住，約莫也察覺這笑話有點冷。「說讀心術只是開玩笑，我的意思是，他在見到你們的當下，通過一些我們目前還無法理解的方法或介質，才看到你們經歷過的事。」

「那介質會是什麼？」劉碧珠問。

「我不知道。恐怕連蕭遙自己也不清楚，但慢慢的，一次又一次，他應該會越來越清楚，這就是我說的學習。」

井岩峰的分析不無道理，朱志揚、劉碧珠也有同感。已經不只一次，蕭遙當他們的面揭露只有當事者才可能知道的隱私，蕭遙也解釋過，那都是每次雙方面對面時才突然湧現他腦海。

「所長的意思，像是靈媒或養小鬼嗎？」劉碧珠忍不住發問。

「什麼可能性都存在，但我覺得，朱督察應該已經排除鬼神或玄學的可能性才會來找我吧？」

「算是吧。總之我只想知道答案。」

「朱督察，我斗膽問一句，請不要介意。」陳亦湘終於開口了。「六年前你向井所長請教過超距作用，是不是和當時的S少年，也就是今天的蕭遙有關？」

「對。」

「你想知道感應能力這種東西是不是真的存在？」

「這正是我今天來的目的，想請你們幫忙解惑。」

「你找對人了，我說的是陳秘書，不是我。」井岩峰笑著解釋，陳亦湘是他的學生，博士論文《論楊桐與偽科學——以愛因斯坦「如鬼魅般的超距作用」為線索》有不少篇幅就是在申論人與人之間彼此感應的現象。

「那篇論文我拜讀過，但是一知半解。」朱志揚說。

「老實說我也一樣，因為到目前為止都還沒有真確的答案。」陳亦湘說：「楊桐是個天才科學家，發表的論文涉獵極廣，包括量子糾纏、人的感應、水的記憶，等等，幾乎每發表一篇就為全球科學界帶來一場大地震，只可惜英年早逝，他的理論成為未竟之志，留下的只有越來越多的爭議，甚至還被扣上偽科學的帽子。」

「陳秘書的意思是，不管別人怎麼看，妳都相信楊桐的推論，人與人之間確實有感應能力？」

「也許這樣說比較快——沒錯，我相信蕭遙說的可能是真的。」

「妳很乾脆。」朱志揚笑了笑。

「只希望我沒猜錯。」

「感應的機制，就是妳在論文中提到的，粒子自旋、量子糾纏？」

「那只是引述前人的發現，不是我的創見。」

井岩峰笑了幾聲，顯然對陳亦湘的表現很滿意。「朱督察，兩年前的恐攻事件有什麼進展嗎？」

「朱督察跟五一六事件有什麼關係？」陳亦湘一時沒會意。

「妳不知道嗎？」井岩峰有點訝異地看著陳亦湘。「那三個莫名其妙冒出來的恐怖分子就是被朱督察殲滅的，聽說他還中了一槍，蠻嚴重的。我是看新聞才知道的。」

「不好意思。太失敬了，朱督察。」陳亦湘帶著歉意，心裡其實有點懊惱。她是那種一旦看到警匪槍戰的新聞訊息就腦袋自動斷電的人，此刻才憶起當時確有一個警官在槍戰中受傷，卻沒想到就是朱志揚。此際她體內突然有某根神經繃緊，驀地想到荷米斯。

「沒關係。」朱志揚微笑。「五一六事件直到最近才有一些突破性的進展，鎖定一個重要關係人。」

「有進展就好。不過，偵查不公開，我只是好奇問一下，你就不用說明了。」井岩峰顯得頗通情達理。

「不不，就算所長不問，這問題也要向你們討教。有兩件事很怪，都跟蕭遙有關。」劉碧珠說：「前兩天，蕭遙突然提起五一六事件，要我們帶他去當年的槍戰地點，說他可以……我想他的意思應該是說，可以**感應到**那些恐怖分子，他們當初躲在哪，又是誰在接應。但問題是，當事人都已經不在了，他要感應什麼？也就是說，到目前為止，蕭遙能感應的對象都是活著的人，例如昨天的那些凶手，又例如我和朱督察，現在蕭遙又說連死人都可以感應，你們相信嗎？」

劉碧珠有點激動，意思是她不相信，此刻她需要的不再是專家的解惑，而是否證蕭遙的狂言。「就像，開膛手傑克明明都死超過一百年了，蕭遙也說能感應到，在我們看來是單純的模仿殺人案，卻被他說成耶穌復活記，你們不覺得太荒唐了？」

「這問題還是請井老師來解釋吧。」陳亦湘微笑看著劉碧珠。「井所長是我博士論文的指導教授，其實他才是真正的專家。」

井岩峰笑了笑，撥撥頭髮，似乎斟酌著什麼。

「這說來話長，也有點敏感，一談開來可能會涉及我們所裡正在重點研究的機密專案。」

「如果不方便就算了，所長不用為難。」劉碧珠說。

「簡單解說一下還是可以的，這也算是科普的基本常識，我就實問實答，點到為止吧。」井岩峰推了推眼鏡，思索著。「基本命題是，已經死掉的人，蕭遙能不能憑空看到他們生前的樣態？核心的答案就是，記憶。記憶又分兩個方面，一個是死者的主觀意識所形成的，另一個是外在客觀世界對於死者生前的記錄，就像昨天晚上空拍機拍到那三個人一樣。」

「但所長指的不是空拍機或錄影機，而是別的東西？」劉碧珠問。

「對。」

「那是什麼？」

「還需要咖啡嗎？」井岩峰突然笑問。

「啊對不起，不能再問了。」劉碧珠明白井岩峰的意思。

「劉專員剛才提到有兩件事很怪，妳只說了一件。」陳亦湘笑著打圓場。

「第二件其實也和五一六有關，朱督察剛才提到的重要關係人，是個女孩，但名字我不方便透露。」劉碧珠說。

「沒關係，請繼續。」陳亦湘力持淡定地維持笑容。既是女孩，應該就是荷米斯沒錯了。

「蕭遙說他可以感應到那女孩。」劉碧珠詳細說明始末，包括蕭遙聲稱為了保護那女孩而殺了潘明鏘。

「但重點來了。」劉碧珠接著說：「潘明鏘二十歲，高中畢業，沒有前科，紀錄很乾淨，學校的師長評語都說他一向品性良好，跟殺人魔扯不上任何關係，此外，他和那女孩其實關係很親近，又為什麼要殺那女孩？」

「驗屍報告沒有毒品反應？」井岩峰問。

「沒有。我們問過一個姓湯的男生，他們三個人是室友，情同手足，沒有感情糾紛。我們還查過潘明鏘完整的病歷史，也沒有精神方面的疾病。」

「所以你們的問題點是什麼？」

「我的推論是，潘明鏘被改造過。」朱志揚開口了。

「改造？」

「從意識，到體能，都被改造過。包括潘明鏘，也包括昨夜那三個凶手。我想問的是，有可能嗎？他們被誰改造過，所以才會採取一模一樣的行凶手法，但有可能嗎？」

「不是不可能。」井岩峰說。

「負負未必得正。你用兩個否定詞來構成一個模稜兩可的肯定句，意思是你也沒有十足的把握？」

「這個世界本來就很弔詭，各種矛盾的元素構成了我們所處的世界，許多已知的，更多未知的。正反合、正反合，我比較習慣用這種方式來表述一些陌生的、難以定性的事物，以免失之片面、流於武斷。」

「瞭解。我們的想法不謀而合。可是坦白說，我需要的不只是**咖啡**。」

「當然明白。我們之間需要的是更大力度、更全面的合作。」井岩峰笑了笑。

陳亦湘聽出他們之間似乎有什麼默契，不太明白那是什麼，但她懂得各取所需。

「如果要全面合作，必須讓我們知道更詳細的資料，包括你們掌握的所有細節，當然也包括那女孩是誰，出身背景是什麼，好讓我們作出正確的分析。」陳亦湘說。

「沒問題。」朱志揚說。

「我覺得劉專員還是需要一杯咖啡，對嗎？」井岩峰微笑看著劉碧珠。

「迫切需要。我一整晚沒睡。」

「那走吧，妳第一次來，順便帶妳認識一下環境。」陳亦湘微笑起身。

劉碧珠、陳亦湘都聽出他們想獨處，也都懂得從善如流，於是取了各自的咖啡杯離去。一走出所長室，劉碧珠就吱吱喳喳起來，誇這裡的環境好、夠安靜，陳亦湘微笑以對卻聽若罔聞，腦裡兜轉的全是剛剛的話題。

陳亦湘確信，井岩峰看似不經意問起恐攻事件，接著又叫朱志揚不必說明，其實只是一場表演，目的仍是要刺探案情發展。未研所與PV（和平展望會）關係深厚，PV提供定期捐款，未研所的所長公開擔任PV台北總部的理事，掛鉤之深難以想像。陳亦湘稍早發給沃洛佳的短訊，J是井岩峰，她的任務就是隨時回報他和PV之間所有的互動細節，至於沃洛佳要如何運用，她就不得而知了。

到了茶水間，陳亦湘為自己和劉碧珠倒了咖啡，劉碧珠那張嘴依然滔滔不絕，陳亦湘的心思卻在別處。她有個直覺，此刻所長室那兩個男人的對話或許正鎖定荷米斯。井岩峰代表PV的勢力，如果沃洛佳的推論無誤，PV比誰都還想找到荷米斯，不擇手段逼供，必要時處決。

陳亦湘兀自惦掛起那女孩，荷米斯，她還好嗎？

所長室裡，井岩峰、朱志揚走到落地窗邊，真正的對話才要開始。

「在陳秘書通知你之前，所長應該就知道我要來？」朱志揚問。

「嗯。一大早就接到加密電話。所以你的窗口也是丁參事？」

「老朋友。事出緊急才請他幫忙直接打給你。」

「丁參事說，所謂全面合作，包括對彼此開放所有訊息，沒有機密等級限制。」

「他也是這麼告訴我的。」

「今天第一次聽到ＩＺ這個單位，感覺很刺激，本來以為是隸屬於刑事警察局，丁參事卻語帶保留地告訴我，ＩＺ就像未研所和整個中研院，人事任命和預算都直接來自總統府。真的是這樣嗎？」

「聽說好像是。又或者說，**不是不可能**。」

井岩峰大笑。「所以你的職等應該不比羅局長低？」

「羅局長是我的老長官也是老戰友，我很尊敬他，也信得過他。」

「那你信得過我嗎？」

「我無所謂。值不值得信任，不是你我說了算。既然有人讓你知道ＩＺ的存在，就表示你信得過。」

井岩峰笑了笑，伸出手，朱志揚也伸手和他緊緊一握。

「先讓我準備個兩天，很快就會讓你看到你原本不該看到的東西。」井岩峰說。

「那就麻煩你了。」

「但別忘了剛剛陳秘書的提醒，你們必須提供所有的案情細節，包括那女孩。」

「當然。」

第九章

若人以手指月示人，彼人因指當應看月，若復觀指以爲月體，此人豈唯亡失月輪，亦亡其指。

——《楞嚴經》

安婷一整天像個幽魂在M大校園晃來晃去，腦袋卻沒閒著。

一早就在學生餐廳看電視新聞報導，沒看到關於自己的新聞和照片，卻意外看到昨夜發生的凶殺案，瞬間閃過她腦海的是阿鏘、深藍外套男孩以及那美麗的女人。

雷娜下車前丟給她的那句警告，**必要時處決**，夠聳動，可不知道為什麼，安婷並不感到害怕，甚至還有點無感。

小時候，來自東海村的院童很喜歡圍坐小墨身邊，聽他追憶當年家鄉的故事，尤其是那一幕，爆炸聲撼動大地，整個東海村陷入火海，唯一的生路就是從兩百多米高的斷崖跳海，小墨當時七歲，只記得媽媽緊緊抱著他一躍而下，在空中高速墜落，他在媽媽懷裡看著媽媽的眼睛、眉毛，還有天空的星星，撞擊海面的那一下，媽媽用她自己的背脊承受所有的力量。

「後來呢？」

「後來媽媽就變成大海了。」

「那我媽媽呢？」安婷總會這麼問。

「妳媽媽也一樣，變成大海。」

百聽不厭的故事，同樣的問與答，不斷重複，他們永遠樂此不疲。

長大以後，再也沒有人提起那個故事，上高中的那個暑假，安婷到中央圖書館查閱當年的新聞，找到一些照片和數據。照片中，斷崖底部的沙灘躺著一具具屍體，跳崖人數連官方都無從精準統計，粗估約七十六人，其中失蹤者八人，找到的屍體五十五具，生還的十三人，都是幼兒與青少年，這意味著有十三個母親或父親用他們自己的身軀護住孩子，然後變成大海，安婷的媽媽也是其中之一。

當時她才三歲，什麼都不記得。長這麼大，沒有人教過她怎麼面對死亡，但那彷彿成為她的本能。三歲的時候她就死過一次，死過再重生，而且是從媽媽的死亡中得到新生。或也因此，來自任何人的恫嚇她都無感，以三歲為起點的懸命轉瞬，死亡與生存互為肧胎，此即安婷的本能。

念高一時那個綽號排骨的小藥頭，安婷本來已經在書包裡藏了一把摺疊刀準備對付他，若非幾個大哥哥突然出現她早就宰了他。後來大哥哥們發現那把刀，差點嚇壞，邊笑邊打鬧地罵她瘋子。從那之後，學過跆拳的小墨帶著院童們練拳，用意只是教他們懂得防身，但年紀最小的安婷偏不滿足，自己上網、翻書偷偷學了些攻擊術，像八極拳、綜合格鬥等等的，亂學一通但也無師自通，後來被哥哥姊姊們發現，又笑罵她簡直瘋得離譜。

安婷瘋起來比誰都瘋，一向如此，如今她有個更瘋狂的念頭，想救出小墨和湯湯。他們因她而被捕，必須做點什麼她才不會真的瘋掉，更何況，再怎樣瘋狂都比不上這世界。

可能的結果她都想到了，如果成功就亡命天涯，看是要躲回台東老家的山上或潛逃出境，如果失敗，了不起三個人一起吃牢飯。

她第一次嘗試駭入警方的道路監視器中央控制中心，鎖定刑事局周遭的所有監視器，查找關鍵時間點的錄影畫面，仔細比對每一筆進出的人車，她很快就得到結論——小墨、湯湯，以及那個深藍外套男孩，先後進了刑事局就再也沒出來。

下一步，安婷再度借用張立華的電子帳戶潛入刑事局內部網絡，除了在資料庫挖到建築結構圖，還把每層樓內的監視器畫面連到自己的筆電，她很快就確認，拘留所位於地下二樓，一整排計有十五間拘留室，從警衛送餐的份數可斷定裡面關了五名嫌犯，小墨和湯湯必然就在其中兩間。湯湯說對了，他真的進了地下室，只不過是刑事局而非育幼院的。

最後，就剩行動方案和動線規劃，安婷在螢幕裡的刑事局平面圖塗鴉，要計算的太多太多，速度、距離、時間、空間、點、線、面，反正不滿意就重來，不知作廢了多少張。這是最困難也最燒腦的一步，安婷卻樂在其中，明知道自己過度天真也過度樂觀，整個過程就是療癒到不行，滿溢體內的不是神的靈光而是報復性的快感，這也是她今天的正能量。總之，打開門的那瞬間，小墨、湯湯看見她會是什麼表情？一想到這幕她就忍不住發笑。

安婷放任自己瘋瘋癲癲的耗掉一整天，最後忽然平靜下來，也懊惱起來。

她發現自己塗鴉的無數張平面圖都是白做工，因為規劃的都是救出兩個人，但如果加上那男孩，應該是三個人才對。

凌晨三時許，蕭遙醒來，一開始以為這裡是療養院，後來才發現是拘留室。逃出療養院後經常這樣，睜開眼睛總以為自己還困在那座被梭羅木群包圍的煉獄。

刑事局地下二樓的拘留室其實還算舒適，單人房，軟鋪，開放式的衛浴也還算乾淨。可是對蕭遙而言，住這裡卻遠比住療養院還耗神。

他時時刻刻感受**它們**強烈的怨念，即連**它們**蟄伏之時也瀰漫著令人窒息的腐屍味。海量的訊息都是蕭遙未曾親身經歷的，對他而言卻是不言而喻。東倫敦、白教堂、屯貨區、漢伯寧街、主教廣場、高斯頓街、多塞街，熙往攘來的外來移民、小販、苦力、童工、乞丐、流氓、妓女、說著陌生語言的愛爾蘭人、俄羅斯人、東歐人，我與非我摩肩擦踵，終日灰濛、煤煙繚繞、霧鎖街頭，整個城市就是永無天日沒有盡道的隧道，那是**它們**的記憶或夢境？詛咒與怨念在闇黑隧道裡流竄，想望的藍天在看不見的遠方。

淅淅瀝瀝、淅淅瀝瀝，像雨絲或水滴，也像更細微的什麼，是聲音也是無可辨的形體，輕輕騷動，似遠還近。

蕭遙感受著，不知道**它們**躲在何處，卻知道**它們**的目標依然是荷米斯。

必須行動了。這是蕭遙此刻唯一的決心。

上午八點鐘不到，朱志揚到了蕭宅。本想昨天就來的，事情太多，耽擱了。

蕭家的客廳很整潔，深褐色皮沙發微現裂紋，米白色牆壁對稱地掛著幾幅水彩畫和家庭照。蕭遙的父親蕭義成是個公務員，在市政府建設局當科長，狹長的雙眼掛著無框眼鏡，濃眉、厚唇、略長的臉，身材看起來比七年前似乎消瘦了些。母親孫沅青是幼教老師，細眉大眼，清秀的瓜子臉，雙頰淡淡的雀斑讓她看起來比實際年齡小一些。

朱志揚很慎重地向夫妻倆詳細說明過去幾天發生的事，接著導入此行的用意。

「條通商圈的三個案子，蕭遙都不在場，回推九月九日的案子，他不會是凶手，事情本來可以到此為止，但我過不去。接下來我還想回推到七年前的案子。」

「怎麼說？」蕭義成小心翼翼地問。

「連日來的調查、遭遇，我發現自己七年前可能錯了。凶手可能不是蕭遙，而是另有其人。今天，我是專程來向你們道歉的。」

夫妻倆都沉默著。孫沅青突然啜泣起來。

「這遲來的道歉已經沒辦法彌補你們一家人受到的傷害，今天來這裡，也不是為了作作樣子讓你們消消氣，我只想讓你們知道，你們的兒子蕭遙是無辜的，接下來我會盡最大的力量替他平反。」

孫沅青低頭拭淚，蕭義成則是枯坐無語，神情木然。人們身處絕望深淵時，一旦看見希望的微光總多少會有一絲絲喜悅的笑容不是嗎？但朱志揚在這對夫妻臉上看不到。

「謝謝你專程跑一趟。」蕭義成說：「你可以回去了。」

「不敢奢求你們原諒。」朱志揚起身，並不意外。「但請相信我，一旦說了，我就會做到。希望蕭遙能很快回到這個家。」

朱志揚頷首後正想離去，蕭義成卻喚住他。

「知道蕭遙有機會平反，我們都很開心。但要麻煩你一件事，請你告訴他，我們現在過得很好，沒有他只會更好。」

朱志揚看著夫妻倆，久久說不出話。

「這些年，太折磨。蕭遙出事沒多久，我太太辭去幼教工作，因為沒有人敢把小孩交給她帶。我是公務員，情況稍微好一些，反正，鐵飯碗，臉皮厚一點也沒人敢怎樣。」蕭義成頓了一下，繼續說：「但我想的不只是鐵飯碗，還有考績，於是我打了一份報告給我的主管、人事主任還有市長，向他們說明那十幾年來我的心路歷程。朱督察，有件事你應該還不知道，蕭遙是我們領養來的。」

「我不知道。」朱志揚愣了一下才說，全然始料未及。嬰孩是否領養或父母不詳之類的原生資料只記錄於戶籍謄本，刑案偵查過程若非必要，不會把戶籍謄本列入必要文件。

「我在那份報告寫道，領養這孩子的時候他已經四歲，不太好帶，但我們還是當成自己的兒子，在他身上嘗到了身為父母的喜悅，我們不求回報，只希望他像正常孩子一樣平安長大。但沒想到發生那種事，第一時間我們相信他是無辜的，可是後來證據越來越多也越來越明確，到最後我們只能放棄。第一次的放棄是認罪協商，第二次的放棄是不敢去看他，第三次的放棄就是那份報告。我說那孩子不是我們的孩子，他的身上說不定有一種邪惡的基因，我還說，萬萬沒想到當初的善意和愛心竟然讓我們自己萬劫不復。報告上去以後，那年的考績我拿到最優。」

「你們沒有公開這件事，也沒有和那孩子正式撇清關係，已經很厚道了。」朱志揚只能這樣回答。

「同一年我升了科長，是用那份報告換來的。」蕭義成木然看著朱志揚。「那時候我覺得應該謝謝長官，現在我覺得應該謝謝蕭遙。對他，我們不但沒有支持到底，而且還踩著他的傷口離他遠去。」

蕭義成泛著淚光，雖然夠堅強，卻再也說不下去。

孫沅青輕輕拭淚，望向朱志揚。

「很多事你很難體會。一個孩子，看起來那麼清純無辜，從小在你的臂彎裡長大，突然有一天他變成殺人魔，如果是你親生的，你一定會極力替他辯護，盡全力保護他，但如果不是親生的……」

「如果易地而處，我也會做出一樣的決定。跟這孩子是不是親生沒有關係。」朱志揚說。

「最難熬的時候，我去找郭俊彥的媽媽，說我們要放棄了，她不太能理解，我又不好說明真正的理由。」孫沅青力持平靜，嗓音有些沙啞。「所以當時只能籠統的告訴她，蕭遙說不定有一種邪惡基因。可是現在，你讓我覺得真正邪惡的是我們夫妻倆。」

「對不起，那絕對不是我的本意。」

「沒有要你道歉。」她沙啞的嗓音裡透著點冰冷。「我只想告訴你，我們已經走出來了，不想再掉進去。如果他回到這個家，沒辦法承受的不是他，而是我們。就在他最需要我們的時候，我們背棄了他。那時候的折磨，來自所有人的目光，讓我們夫妻倆變成魔鬼，當時你也是幫凶。朱先生，這樣你懂了嗎？今天你根本不應該來的。我們原本以為遠離地獄回到人間了，今天你的出現，讓我們再一次回到地獄，而且這次，我們變成真正的魔鬼，永不翻身。」

離開蕭宅後，朱志揚搭計程車回刑事局，看著窗外灰濛濛的遠山。

那應該是中埔山吧？他心裡想著。

蕭宅客廳牆上的相片，都是夫妻的個人照或合照，唯獨缺了蕭遙一人。朱志揚一進去就留意到了，只是沒想那麼多。

這麼說來，朱志揚以為的那道深淵，夫妻倆早已解脫，他們自己爬了出來，也已重建新生，重新點亮未來的希望之光，只是那個新的未來再也沒有蕭遙。

朱志揚突然覺得，真正的魔鬼應該是自己，真正應該痛哭一場的也是他，但似乎早就麻木了。窗外的山巒忽然亮起一道金黃光暈，晨間的陽光從雲層後露臉了。朱志揚望著山巒，終於意識到，現在只剩他一個人還留在深淵。

上午十點整，四名武裝警衛替蕭遙上了手銬、腳鐐，押著他離開拘留室，到了刑事局一樓後院，朱志揚已經等在那兒。

「你應該知道要去哪。」

「知道。」

對話兩句就結束。蕭遙被押上九人座廂型車，前後左右坐的都是武裝警察。朱志揚乘坐的偵防車率先馳出後院，廂型車居中尾隨，胡威、許易傑搭的第三輛偵防車殿後。這趟凶案現場勘驗行程，足足出動十三名警員，就為了防範蕭遙脫逃。

二十分鐘後，車隊抵達條通商圈的第一個凶案地點，三條通東段防火巷。

兩名武裝警察左右包夾，押著蕭遙走入防火巷。蕭遙先是仰望陰鬱的天空，接著低頭注視一米外的地面，粉筆畫的人形圖案，也是先前陳屍之處。

「有何感想？」朱志揚盯著蕭遙的背影。

蕭遙沒回答，只是閉上眼。身在此處，訊息量來得又快又多，就像個浩瀚宇宙，無數碎屑在他四周飄散、聚集、流逝，粒狀的、片狀的、圖像的、聲音的、意念的，歡愉、驚恐、憤怒、情慾，每一碎屑似都自成完整的世界。

「凶案過程你們很清楚，不用我再描述。」蕭遙緩緩張開眼睛。「我知道**它們**在哪裡，可是你們準備好了嗎？」

「對方有多少人？就三個嗎？」朱志揚問。

「要接近了才知道。」

朱志揚示意，許易傑快步上前，從警用平板電腦點出衛星地圖，遞給蕭遙，蕭遙卻沒接手，只是望向朱志揚。

「無論多少，你們都不是對手。」

「是不是對手，不勞你費心。請先把他們的定位找出來。」

「我說過，只有我能逮到**它們**。」

「你是要我放了你？」

「不用釋放也沒關係，先卸掉這些。」蕭遙指的是身上的手銬、腳鐐。

「你在跟我談條件？」

「是建議。應該把我當成夥伴，因為你們需要我。我會帶你們去該去的地方，你們可以遠遠的監看，等我解決**它們**。如果還有活著的，我會交給你們。」

「可以照你說的，但是角色對調。」朱志揚微笑著說：「你遠遠的看，等我們解決他們。」

「要說服你好像有點難。」

「全世界都知道我超難搞。」

蕭遙淡笑著，不再說什麼，逕接過平板電腦滑了幾下，找到定位，遞給朱志揚。

「他們躲在山區？」朱志揚問。

「一直在移動。本來在文間山，現在到劍南山。山上的地形你很清楚，你們只能走山路，登山步道很窄，就算動員一百個警察上山也只能走一條線，成不了一個面。你們也可以封山，堵住所有進出的路徑，但山路是給人走的，**它們**根本不需要。就算運氣不錯見到**它們**，你們也只能在地面看著**它們**從樹頂、從林梢穿越而過，就像那天有上百警力鎮守在這裡也堵不到**它們**一樣。而且別忘了，這裡是水泥叢林，那裡是真正的叢林。」

蕭遙語速極快，話語只是思維的末梢，像是疾速飛行的光子。

「我是不是危言聳聽，你最清楚。」蕭遙看著朱志揚。

「是有點難，不過更難的狀況我也碰過。」朱志揚顯然拒絕了。「另外兩個現場要不要看看？不看的話就可以準備行動了。」

「我不會跑，這是我的承諾。」

「我會在檢察官和法官面前幫你美言幾句，這也是我的承諾。走吧。」

朱志揚轉身離去，突然聽見一聲異響，像是金屬碎裂，只見巷口包括胡威在內的所有警察紛紛拔槍瞄準朱志揚身後，喝令不要動，朱志揚回頭，這才看見蕭遙原本銬在一起的雙手已然分開，銬環猶在雙腕，中間的鋼鍊卻已斷裂，此起彼落的喝叱聲中，蕭遙佇立原地，緩緩張開雙手，舉至半空。

朱志揚抬手示意，警察們這才安靜下來，槍口仍瞄準蕭遙。

「如果想跑，你們攔不住我。還站在這裡就是我的誠意。」蕭遙說。

「要談條件，只能是我開口，輪不到你。」

「條件不是談來的，但憑實力。」

朱志揚冷冷看著蕭遙，知道他沒說謊，也非虛張聲勢。

「越來越覺得你不像十九歲，但你還是個孩子。該是我們的工作，不能讓你一個人去。等事情告一段落，我還想帶你回家。你爸媽的家，也是你的。」

朱志揚說謊了，原想在蕭遙眼裡看出一絲波瀾，但沒有。

「別裝得好像你一點都不在乎。否則那天你在中埔山幹麼？朝南的山坡看的不就是你爸媽的家？」

「**它們**，那些殺手，真的沒有你想的那麼容易。大隊人馬上山，只會讓那裡成為屠宰場，能有多少人安全下山，你最好先想清楚。」

「該我想的不用你提醒，你才應該替你爸媽多想想。」

蕭遙沉默了一下才開口。

「他們現在過得很好，沒有我只會更好。」

朱志揚怔住。不到兩小時前蕭義成才跟他講過同一句話。

我們現在過得很好，沒有他只會更好。

所以，蕭遙知道了？

「知道你今天早上去過，要謝謝你。」蕭遙說：「我無所謂，你最好也是。」

朱志揚像是挨了悶棍，但背後有一堆人盯著他們，不好多說什麼。

「我知道他們很想你。」朱志揚勉強兜出這句。

「所以也要謝謝他們。」蕭遙顯然不想多談。「回到正題，接下來的行動你們去再多人也沒用，不如我一個人去，應該還可以。」

「應該還可以？意思是你也知道可能去了就回不來。」

「一樣。無所謂。但如果回得來，我會把荷米斯一起帶來。」

「跟荷米斯有什麼關係？」

「**它們**下個目標就是荷米斯。」

朱志揚覺得自己又挨了一記悶棍，有點難以招架。

一個半小時後，刑事局二樓的裝備室，許易傑想替蕭遙套上超薄型防彈衣，蕭遙堅持不肯，認為防彈衣再薄都會妨礙他的行動。蕭遙最後只穿上自己的薄外套，說他已經準備就緒，可以出發了。

ＩＺ後勤組已經事先完成所有必要的前置與協調工作，取得地檢署與地方法院同意，在潘明鏘案偵結前，暫先給予蕭遙刑事豁免權，讓他得以自由行動。後勤組還派人取出他放在松山車站置物櫃裡的背包，裡面有衣物、麵包以及六萬元現金，沒有人問蕭遙那些東西是哪來的，只因一切都基於朱志揚的指示——無條件信任，凡是蕭遙認為必要的，一路開綠燈，不問原因全力配合。

胡威私下問朱志揚，就不怕蕭遙跑掉？

「蕭遙說我們需要他，這句話只對了一半，其實他也需要我們，不然他不會自首。」朱志揚說：「他說我們是瞎子他是眼睛，其實我們也是他的胳臂，他需要我們的資源來完成他的拼圖。」

「什麼拼圖？」

「我還不清楚。」

下午三點十分，許易傑開車載朱志揚、胡威、蕭遙馳往士林區。

依據蕭遙的評估，那些殺手正往劍潭山移動，荷米斯就在那附近，蕭遙的想法是先找到荷米斯。

「你能感應到那些殺手，對我來說已經不稀罕。但荷米斯呢？又是怎麼回事？」車內後座，朱志揚問蕭遙。

「如果知道的話，我早就告訴你了。」蕭遙說：「一直都有三個點。**它們**，我，荷米斯。」

「你能感應到他們，他們也能感應到你？」

「荷米斯，我不知道。至於**它們**，好像可以。第一次遭遇是在潭美街，當時，它露出很奇怪的笑容，我一直在想，那是什麼意思？」

「想通了嗎？」

「有一種可能，**它**在等我。又或者說，**它們**，一直在等我。」

「為什麼等你？這跟荷米斯又有什麼關係？」

「我也很想搞懂。」

車子抵達目的地，M大校門外，朱志揚要許易傑、胡威先下車稍候，他想單獨和蕭遙談談。

「今早我和你爸媽談了些什麼，你都知道了？」

「嗯。」

「包括那件事？」

「如果你指的是領養，不用等到今天，我很小的時候就知道了。他們大概怕我難以承受所以絕口不提，我也當作不知道。」

朱志揚並不意外，從中午到現在他已想過一輪，關於蕭遙想完成卻從未提及的拼圖。

「我覺得，你的目的應該不只為了救荷米斯，也不只為了逮到凶手。昨天我去了哪裡，你應該也知道吧？」

「今天見了你才知道。」

「但你並不意外？又或者說，你本來就期待我去未來學研究所？」

「是不意外，但我沒預期到你去的會是哪個機構。我在療養院待太久，對現實世界太陌生，點點滴滴都是出來以後才開始學習。這陣子和你們遭遇，我學習到更多，譬如說，緊急安保法是ＩＺ得以成立的法源基礎，你直接向層峰負責，掌有大權，你又夠聰明，應該會找到最關鍵的機構協助辦案。」

「決定自首，就因為你需要我們。」

「對。」

「這些都是絕對機密，沒有人會透露給你，所以你說的學習是什麼意思？」

「只要碰到特定的人、事、地、物，我腦海裡就會自動浮現相關的訊息。」

「六年前我去療養院，你突然蹦出我前妻說過的話，也是自動浮現在你腦裡？」

「對。」

「以後不能得罪你，不然會死得很慘。」朱志揚笑了笑。「這能力哪裡來的，你自己知道嗎？」

蕭遙搖頭。「但我很想知道。媽媽說的，我身上好像有什麼東西，是魔鬼的基因嗎？我想知道。」

「你不是魔鬼。我才是。」

「不管怎樣都必須回溯到我四歲以前吧。我是誰？來自哪裡？發生過什麼事？」

「我會叫人去查，但已經是十五年前的事，沒把握能查到什麼。你也想查，方法就是找出你和另外兩個點的關聯，這也是我們來這裡的原因？」

「該走了。」

蕭遙逕開門下車，朱志揚目送他的背影走向M大，消失在校門口。

蕭遙只想單獨行動，朱志揚本來不同意的，但蕭遙很堅持，他的理由是，**它們**快到了，須先帶荷米斯離開，以免校園淪為屠宰場。時間短促，只能速戰速決，警方見識過荷米斯的能耐，人多未必困得住她，不如由蕭遙一個人單獨行動。這是第一階段的方案，至於第二階段，蕭遙帶荷米斯進入劍潭山，殲敵於校外。不過，如何才能帶走狡猾的荷米斯？就算帶得走又如何迎擊鬼魅般的對手？蕭遙沒有解釋也無法解釋。

從早上到現在，朱志揚有個直覺越來越強烈。蕭遙身上似蘊藏一股無可言喻的毀滅性力量，一旦爆發，摧毀的若非敵人就是自己。朱志揚當然不會坐視最壞的狀況發生，整體布局此刻已經完成。蕭遙希望殲敵於校外，這個戰略正確無誤，但朱志揚絕不會讓蕭遙一個人落單。

M大教學樓的頂樓天台，安婷坐在陽光照不到的陰涼角落，顯得有些苦惱。營救小墨、湯湯的計畫，安婷已經規劃得差不多，至於要不要救那男孩，卻開始猶豫起來。

刑事局的內部監視器畫面，從上午十時開始，那男孩兩度出入刑事局，第一次由武裝警察押解，手銬腳鐐應有盡有，到了三十分鐘前，男孩換了衣服，身上沒有任何銬具，而且和朱志揚搭同一部車離開。過去這幾個小時他去了哪裡？發生什麼事？為什麼前後待遇天差地別？安婷不由得懷疑，男孩可能做出什麼妥協，或者與警方有什麼秘密交易。沒關係，這樣也好，她可不想救了人還被倒打一耙，而且，救兩個遠比救三個省力多了。

安婷在手機輸入備忘清單，打算入夜以後在這附近搜購，除了口罩、繩索、爪釘、便攜型千斤頂等助逃工具，另還有玻璃瓶、棉紗條等等製作汽油彈的材料。哪怕只是蠻幹一場，要玩就玩真的，誰也擋不了她。

清單列得差不多了，安婷抬頭望向女兒牆外的天空，再度在腦裡默誦一次整個營救動線，進了刑事局以後難免抓不準東西南北的方位，手機雖有羅盤定位，可一旦用了汽油彈又不免煙霧瀰漫看不清楚，於是只能強迫自己背下每條廊道與每個角落的左右順序。自己的雙眼，才是萬無一失的羅盤。中午十二點準時行動，一切順利的話，明天這個時候小墨、湯湯應該已經是自由身。

安婷怔怔地望著天空，行雲如濤，層浪迭起，她突然想起育幼院的那段時光。如果不曾發生那些不愉快的事，她會把那裡當成家。哥哥姊姊們常覺得安婷很好動，其實她覺得自己很懶，寧可一輩子賴在育幼院的那堵高牆內，不用面對牆外的世界。

不遠處的地上出現一道人影，越走越近，安婷原以為是學生，直到那人從蓄水塔的水泥牆後出現，她才倏地跳起。是那男孩。

見鬼了，他不是才離開刑事局？怎麼出現在這裡？

男孩走向她，她警戒著。

「不要過來！」

蕭遙止步，看著她。

「我叫蕭遙。來找妳的。」
「怎麼知道我在這裡？」
「時間不多，很難解釋。」
「條子在哪？」
「我就一個人。」
安婷不相信，瞪著他，腦裡飛快盤算，身子突然往右斜衝而出繞過蕭遙，目標是蓄水塔旁的樓梯口，不料蕭遙動作比她還快，箭步追上，抓住她左肘，安婷右掌如刀，砍向他左頸，蕭遙以左臂格擋後順勢扼住她左腕，接著往下一帶，她整個人瞬間失去重心倒下，蕭遙反拗她左手，以膝蓋頂住後背，讓她整個人貼地動彈不得。
「聽我說，妳現在很危險，想殺妳的不只潘明鏘，還有別的殺手，**它們**快到了。」
「殺你個頭。阿鏘才是你殺的，我看到的殺手就只有你一個王八蛋！」安婷掙扎無用，只能喘息著咒罵。
「妳看過我對嗎？不然那天為什麼問我是不是見過面？」
「我見過你**媽**，還勸她最好趁你還在吸奶就掐死你以免遺害人間。」
「記得兩年前的寒假嗎？流產的絕食，暗無天日的地下室，陽光每天從氣窗溜進來的時間只有半小時不到，氣窗太高妳搆不著，但起碼仰頭就可以看見窗台上的泥土長了一棵幸運草。」
安婷停止掙扎，難以置信。

「誰告訴你的？這事我誰都沒說過。」

「我看得見，雖然我不在那裡。」

安婷瞪大了眼。

「真的是你？」她微喘著，想讓自己平靜下來。「我見過你。看起來有點討厭，因為你在一個很明亮的地方，像是天堂，而我卻在最黑暗的地獄。」

「那是因為妳沒待過明亮的地獄。」

蕭遙站起來，伸手拉起安婷。

「知道妳有一堆疑問，我也一樣，妳想問什麼都可以，但必須先離開這裡。」

蕭遙拖著安婷離去，不容她猶豫。

「到底誰想殺我？為什麼？」安婷問。

「正在找答案。我比妳還想知道。」他們拐進樓梯間，沿著階梯匆匆下樓。「妳那天看到的潘明鏘，已經不是原來的他。有什麼東西住在他裡面，會繁殖、會感染，**它們**不只一個。」

「你說他們來了？」

「快到了。越來越近。」

「為什麼要救我？」

「我心裡有一堆疑問，說不定妳就是答案。」

「為什麼我要相信你？」

「可以不相信。但妳也有一堆疑問不是嗎？說不定我也是妳的答案。」

安婷聽得似懂非懂，卻只能跟著他走。樓梯間迴盪著二人的腳步聲，抵達一樓後，他們轉往教學樓後方的山壁。她似乎不再抗拒，蕭遙終於可以稍稍鬆口氣。

這第一階段的攻略純粹建立在一個虛無縹緲的猜想──兩年前既然他看得見她，她可能也一樣。如果猜錯，她勢必極力反抗，時間一拖長，勢必招引**它們**入襲校園。幸好他猜對了。但下個階段卻是全然未可知的戰局。

安婷跟著蕭遙攀上山壁的水泥擋土牆，雙腳踩在微濕的泥土上，接著穿過山黃麻樹林走上陡峭的斜坡，蕭遙腳步很快，要跟上他有點費力，三分鐘後，他們終於登上較為平坦的山徑，蕭遙選擇往劍南山的方向走，二人並肩疾走。

「你說的殺手在後面？」

「前面。」

「那你還往這兒走？」

「第一，往東走人少，避免波及無辜。二，縮短交戰時間。」

「誰跟誰交戰？不是要帶我遠離他們？」

「不知道對方的數量有多少，等一下遭遇的時候妳就躲我後面。」

「數量？他們是貓還是狗？遭遇？這裡是阿富汗戰場嗎？」

「聽我說完。妳躲我後面，看我還能動妳就別動，看我倒下妳就跑得越遠越好。」

這傢伙還真的想保護她？安婷瞄蕭遙一眼。

「別說得好像我是廢物。」

「聽我的就對了。」

「我可以打。」

「妳不是對手。」

「所以現在是怎樣？我們在找死嗎？」

「目前為止，我有百分之百的完勝機率。」

「除了阿鏘，你還對過幾個？」

「沒有了。」

「就一個？」

「對。」

「還真是百分之百。靠。」

蕭遙突然停步，示意她噤聲。這兒林種混雜，香楠、紅楠、杜英、山黃麻、大葉釣樟是較高的喬木群，樹蔭下沿著山坡爬滿耐陰植物如九節木、稜果榕、鼠刺、蕨類等，微風輕拂，樹影颯颯。安婷屏息，沒看見什麼也沒聽見什麼。

她正想開口問，突有一陣強風襲來，都還來不及反應，只見蕭遙已經護在她身前與一道人影纏鬥起來，那是個身形魁梧的男人，手中彎刀揮向蕭遙的要害，沒有對峙，只有不間斷的攻擊，像狂獸一般。緊接著又有第二個男人從陡坡疾掠而下，手裡彎刀直切向安婷咽喉，安婷擋住了，但那人手一揮，她整個人飛出撞在香楠樹幹。這力道她記得，跟那晚的阿鏘一模一樣，就連眼神也一樣空洞。

安婷墜地後隨即躍起，但對方的刀鋒已再度切向她左頸，此時蕭遙忽然迴身替她格擋那致命的一刀，安婷不由得退了幾步，看著眼前的惡鬥。現在蕭遙是以一對二，三人之間生死一線，只有頻頻換氣的吐息聲以及無間斷的格鬥。

此際，安婷聽見什麼異響，回頭仰望，只見一道身影從樹梢躍落在她身後，是第三個男人，身形高大，削瘦黝黑的臉，空洞的眼。現在是三人合圍，連安婷最後的去路都被堵住。蕭遙知道第三個人已出現在身後，沒時間了。

蕭遙的雙手雙腳以及全身的肌肉神經已經不太像是自己的，又或者說，先於他的意念活動著，要說是直覺或本能，已經不足以解釋。那更像是一種高速演算中的數據串流，對手的每一次攻擊從發動之初就已被計算出角度、落點、力道，從而演算出防衛或回擊的方法。

就在第三個殺手往安婷跨步之際，最後的演算飛閃過蕭遙腦海——先擊殺眼前的二人再回頭，物理空間的限制雖讓他來不及擊殺第三人，卻仍足以用他自己的身軀擋住刺向安婷的刀鋒。

彎形鋒刃佐以弧形的切刺角度才擁有最致命的殺傷力，但弧形的運動軸線也是它最要命的缺陷，此刻蕭遙拂手嗒嗒二聲擒住兩個對手的右肘，再度讓自己化為圓心，就像面對潘明鏘那一役，二人成為對撞的圓周弧線，力道之大，彎刀砍掉彼此的頭顱。接著蕭遙轉身回守安婷，正如計算好的落點，原來揮向安婷心臟的第三把彎刀現在落在蕭遙的右肩，血水噴出，濺在安婷臉上，她一時呆住了。

彎刀拔出後，殺手再往蕭遙右頸揮出第二刀，此時突然響起槍聲，安婷還沒反應過來，蕭遙已將她按倒在地，接著，安婷聽見連續的槍聲迴盪在山林，周遭不斷濺起碎葉、樹皮、泥草，槍聲持續多久她已無從分辨，等一切復歸寧靜，只見那最後的殺手站在原地動也不動，身上已被射成蜂窩，空洞的眼神仍瞪著安婷，最終緩緩倒下。

戰鬥結束了。安婷望向蕭遙，他整個人壓在她身上，和她臉貼臉，痛苦的喘息聲就在她的耳際，她抱住他，小心翼翼翻坐起身，這才看清楚他右肩正湧出鮮血。

「還好嗎？……還好嗎？」安婷急問。

蕭遙勉強擠出微笑，意思是他沒事。

此時遠處傳來叱喝聲與吼叫聲，安婷望見許多高聳的樹上有手持狙擊槍的人影晃動，接著，大批身著迷彩戰服的特戰警察從陡坡密林和她身後的山徑湧現，手持自動步槍，槍口全都瞄準安婷喝令她不要動。安婷這才意識到什麼，望向蕭遙。

「妳沒猜錯。」

「不該相信你的。」安婷瞪著他。

「來不及了。以後學聰明一點。」蕭遙說。更可惡的竟還帶著微笑。

就在特警從四面八方快速接近逮捕她之前，安婷唯一能做的就是賞他一個耳光。

啪！聲音夠輕脆的。

第十章

内心所欲的東西都能歸結爲水的形態。

——保羅·克洛代爾（Paul Claudel）

晚上八點半，陳亦湘跟著井岩峰抵達刑事局，劉碧珠已經在大門口等著他們。

半小時後，刑事局三樓的會議室，他們已經看過今天下午劍潭山那場惡鬥的錄影，影像結束於安婷被逮捕。劉碧珠接著簡報，蕭遙的傷勢幸好並不嚴重，目前正休息中。安婷囚禁於拘留室，稍早接受過偵訊，一問三不知，擺明了什麼都不肯說。至於那三名殺手，還沒查出他們的身分。

陳亦湘從提包拿出百靈油，輕輕抹在雙鬢。終於知道荷米斯的真實身分，不料卻是這種情景。

「召開這個臨時會議的目的，就為了初步解開一些謎團。」朱志揚主持會議，望著劉碧珠、胡威、許易傑，刻意叮嚀。「未來學研究所井岩峰所長帶來一些機密資料，在座的各位都知道規矩，但我還是再提醒一遍，所有訊息都不得對外洩漏。」

這同時也是說給井岩峰聽的，希望他能放心。

朱志揚、井岩峰在會議前就達成共識，採取必要的保密措施——第一，出席這場會議的只能是未研所和IZ兩個單位，人數越少越好，以防洩密；第二，IZ一向禁絕外人進入，會議只能在刑事局召開；第三，未研所方面的陳亦湘日後與劉碧珠對接，共同負責雙方的行政協調事宜，但不得讓陳亦湘得知IZ的存在。

「謝謝朱督察，那我就直接切入今天的主題。」

井岩峰抬手示意，陳亦湘用她的筆電投影在會議室的巨型螢幕。首頁是十五世紀義大利畫家李奧納多．達文西的素描手稿〈維特魯威人〉。

「本所的研究範圍很廣，其中有個主題算是重中之重，就是未來的人類會怎麼活？以及能怎樣活？」井岩峰指向螢幕中的圖畫。「達文西的畫作向我們展示的是具體的形象、肉眼可見的人體比例，但真實的世界卻充滿更多非具象的、肉眼不可見的東西，例如人的意識。如果說，具象的我這隻手現在可以拿起桌上這枝具象的筆，那麼，非具象的世界裡，是不是也存在著同樣的狀態？例如朱督察的提問，目前為止出現的四個開膛手傑克，他們的意識有沒有可能受到外部力量的控制？答案是，可能。」

「既然可能，是怎麼做到的？介質是什麼？機制又是什麼？」劉碧珠問。

「機制可能和量子有關。」陳亦湘解釋。「量子力學的波粒二象性以及能量不連續性，打破了傳統科學認知的空間與時間限制，舉例來說，什麼叫量子糾纏？假設兩顆反向移動的電子，電子A在太陽，電子B在冥王星，它們相距五十八億公里但仍然保有關聯性，電子A因為某種操作而狀態發生變化，電子B也會發生相應的狀態變化，彷彿兩顆電子擁有超光速的秘密通信能量，這就是量子糾纏。它違背了狹義相對論的定域性原理，所以連愛因斯坦這麼偉大的科學家都很不以為然，嘲笑它是『鬼魅般的超距作用』。但問題是，如果超距作用真的存在呢？如果它真的存在而且還延伸運用到人體和意識的研究開發，會是什麼樣的結果？」

「妳是說，運用量子糾纏的原理，從遠端控制人的意識，就像心電感應一樣？」許易傑有點質疑。「這樣就足以解釋那四個開膛手的集體行為？」

「只能解釋一部分，但無法解釋全部。量子糾纏是機制，但介質是什麼呢？全球科學家從二十世紀到現在，一直還在探索各種可能，其中就包括這位華裔科學家楊桐博士。」

陳亦湘輕敲鍵盤，螢幕接著出現一組相片，其中一張是楊桐的半身照，淺景深的定焦鏡頭準確地抓到他專注盯著手中試管的神情，背景則是寬敞明亮的實驗室。

「二〇〇八年，楊博士在台灣東部海岸建立了一個大型實驗室。」陳亦湘接著說：「他的理論和實驗，基本上就是以量子糾纏為基礎，目的是為了解決介質問題，而且他鎖定了水。」

「水？」胡威問。

「沒錯，就是覆蓋了百分之七十二的地球表面、也占了人體百分之七十的水。一九八八年，法國免疫學家Jacques Benveniste提出一份極具爭議性的論文，認為水是有記憶的，後來，德國斯圖加特大學航天學院的研究表明，水就像人一樣，會記住它經歷過的事物，例如，把一朵美洲石竹花放到一杯水中，過一會兒將花取出，你會發現這杯水顯現出這朵石竹花的圖案，而且同樣的圖案也可以在這杯水的每一滴水裡看到。這個實驗激起全球科學界的高度關注，楊桐博士就是最早投入相關研究的科學家之一。楊博士和俄羅斯科學院的科學家斯大尼斯拉夫．哲寧（Stanislav Zenin）先後發表論文，他們認為，水是可以儲存數據的一種介質。」

「妳說的儲存數據，就類似記憶？」朱志揚問。

「對。哲寧把它叫做生物信息庫。他認為，水的記憶結構是一種穩定的籠形包合物（clathrates），由九百一十二個水分子組成，大小為零點五到一微米，在相差顯微鏡下就可以觀察到。哲寧還認為，水具有主要記憶力和長期記憶力。主要記憶力在單次碰撞後很明顯，具有可恢復性，反映了新形成的籠形包合物的表面電磁特性。長期記憶力則是籠形包合物的陣列結構徹底變化的結果。」

「妳現在說的是俄羅斯科學院的哲寧，那麼，楊桐博士呢？」朱志揚又問。

「接下來就涉及最敏感的機密，還是請井所長來說明，比較妥當。」陳亦湘說。

井岩峰笑了笑，環視朱志揚和ＩＺ成員。

「一開始我就提到，人類會怎麼活、能怎麼活，這其實也是最迫切的國安問題。楊桐的理論有兩個要點：第一，水作為一種介質，儲存了人類與萬物的所有數據，堪稱地球上最完整的數據庫，楊桐稱之為『全數據』；第二，水獨具一種特殊量子態，楊桐稱之為『超距力』。」

「意思是，水的全數據可以透過它的超距力傳遞出去？」劉碧珠問。

「沒錯，楊桐認為水的這種特性可以應用在兩個方面，一是醫療用途，建立最強大的人類基因模組，用於醫療與延長人類壽命；二是能源用途，研發萃取與壓縮機制，取代石油以及世上已知的所有能源。這個理論聽起來很狂妄，卻拿到跨國公司ＡＲＥ（Asian Renewable Energy Ltd.）的全額投資。」

「就因為醫療和能源這兩大產業都充滿無限商機？」許易傑問。

「那當然，只可惜後來不知道發生什麼意外，整個實驗室一夕之間化為烏有，楊博士也不幸死於那場大爆炸。」

「井所長說的這些，和我們的案情有什麼關係？」胡威忍不住問。

「楊桐博士的實驗室位於台東縣長濱鄉東海村，根據你們提供的涉案人資料，安婷、墨尚淵、湯建邦、潘明鏘這四個年輕人都是在那兒出生，他們的家人也都是那場大爆炸的罹難者。」

「這我們早就知道了。井所長到底想說什麼？」胡威微皺眉。

「朱督察應該多少猜到了吧？」井岩峰笑看朱志揚。

「我猜，楊桐博士在醫療方面的實驗，不只針對生理上的疾病，可能還包括心理和意識？我記得他曾經提出一個爭議性的觀點，科學界稱之為『馬里亞納猜想』。」朱志揚似乎已經聯想到什麼，但仍沉吟著。

「你顯然作足了功課，有備而來。」井岩峰笑了笑，繼續解說：「楊博士認為，地球各大海洋的洋流運動其實彼此牽動，最終都匯流於距離台灣東岸兩千公里的馬里亞納海溝，它是地球最深的海溝，最大深度是一萬一千零三十四米，必然蘊藏了遠古以來地表曾經存在過的所有物種的基因密碼，而那些基因密碼也封存著萬物的記憶，這就是馬里亞納猜想。他那實驗室的名字也叫馬里亞納永續科學院，占地五百公畝，另外配有兩艘小型深海潛艇，用來採集馬里亞納海溝的各種樣本。至於到底採集過什麼？又作了哪些實驗？由於那場爆炸燒毀了一切，如今已經不得而知，但可以確定的是，按照楊博士的個性，他肯定針對人類記憶、心理以及意識的工程領域展開了一些探索。」

「你說一切都燒毀了？實驗室的科學家應該不少吧，難道沒有人存活下來？」劉碧珠問。

「很遺憾，沒有。實驗室六十七位科學家全數罹難，三百七十六位在地村民也跟著陪葬，倖存的只有包括安婷在內的十三個小孩。」

「井所長是不是認為，今天我們面對的案件，跟當年那場大爆炸有關？」朱志揚問。

「這只是我的假設。我們就先回到蕭遙的提問——他，安婷，還有那批殺手，這三個點的關聯到底是什麼？如果蕭遙和另外兩個點存在著心靈感應，而心靈感應又可以解釋為人類意識的量子糾纏，那麼，起點在哪裡？會不會跟那場爆炸有關？譬如說，馬里亞納實驗室留下的什麼病毒或菌株在爆炸的時候造成了感染？」

「井所長的假設，其實是根據數據演算推論出來的。請各位先看看這張圖。」

陳亦湘邊說邊敲鍵，大螢幕跳出一幅甘特圖，圖中有四個橫欄，分別代表蕭遙、安婷、潘明鏘、殺手群。陳亦湘解釋，根據四組涉案人的年齡畫出的時間軸（其中三個不知名殺手是從相貌推估年齡），可以看出四組之間的重疊關係，蕭遙和殺手群因為身世不明所以仍是問號，至於安婷和潘明鏘之間是長時間重疊，占總體時間長度的百分之三十八。

「百分之三十八的比例雖然不算高，卻也足以讓整個偵查方向往東海村的那場爆炸推進。」陳亦湘作出結論。

「如果再加上一筆新數據呢？」朱志揚說：「這是我今天早上才知道的，蕭遙和他爸媽沒有血緣關係，他們是在十五年前領養他，也就是爆炸發生的同一年。」

會議室內突然一片死寂。

將近午夜十二點了，陳亦湘才回到家。她沖了個澡，煮了碗韓式速食麵吃起來，腦子裡一團亂。

傍晚下班前臨時被井岩峰召去他的辦公室，看到了刑事局送來的資料，其中包括荷米斯的，陳亦湘才知道她被逮捕了。回到自己的座位後，她先消化厚厚的案卷，從眾多訊息歸納出今天晚上到刑事局開會的重點，中間還趁隙登入東托邦留訊給沃洛佳，除了告知壞消息，還附上荷米斯的真實身分與基本資料。

在刑事局的那場會議，陳亦湘其實很沮喪，但仍強打起精神應付。她留意觀察井岩峰與朱志揚之間的互動，想從中捕抓到一些弦外之音。

對陳亦湘而言，整件事情都太古怪。井岩峰怎麼可以拿未研所的機密資料和朱志揚合作？是誰授權的？井岩峰和他背後的和平展望會應該都劍指安婷，想從她身上逼出五一六恐攻的真相，朱志揚難道也是共謀者？

對東托邦的成員而言，和平展望會和美國的「民主基金會」同樣惡名昭彰。民主基金會主要由美國政府出資，常假借民主與民間之名，讓美國政府得以伸出黑手在世界各國興風作浪、製造動亂，相較之下，和平展望會並不隸屬於任何國家政權，經費來源一直是個謎，看似在全球各地推展各種以慈善、愛心為名的活動，其實幹了不少見不得人的秘密勾當，替許多跨國公司在第三世界國家闖的禍事塗脂抹粉。十五年前馬里亞納實驗室爆炸後，ARE為了規避巨額賠償責任而宣告破產，和平展望會立即接手善後事宜，安置災後遺孤，此舉等於替ARE拉起遮羞布。

陳亦湘全然沒料到荷米斯竟是東海村的遺孤之一，如果朱志揚也跟和平展望會有關係，那麼，荷米斯的處境就更加危險了。

又嗆又辣的速食麵很快就吃完，陳亦湘瞄了眼筆電，看到沃洛佳終於上線了。

「荷米斯還好嗎？」沃洛佳用俄文敲她。二人之間一向用俄文或英文通訊。

「沒見到人。目前所知還好，沒受傷。」陳亦湘以妮洛夫娜的化名回覆。

「救出她的機率不高？」

「零。」

「瞭解。」

「我更擔心的是此間刑事局的朱志揚督察，他與J之間有種令人不安的默契，朱曾帶隊殲滅五一六事件的恐怖分子，與PV之間的關係不難想像。」

「妳有證據？」

「沒。」

「那就先別臆測過遠。警察作為整體雖是政權的暴力機器，但作為個體的警察在社會再生產領域依然是人父、人母、人子，有其多面性，既可對立於人民亦可歸屬人民之列，不失反叛動能。沒證據就不宜定性，以免與潛在的朋友失之交臂。」

「瞭解。」

「可有機會見到荷米斯？」

「明天下午一時。朱希望我們參與偵訊。」
「荷米斯見過妳，見面時要小心她的反應，避免洩露妳的身分。」
「已有對策。包括如何保護她。」
「小心並保重。」

通訊結束。沃洛佳沒問她打算採取什麼方法來保護荷米斯，不問是一種默契，為了避免洩密。東托邦的私訊系統還算安全，每次通訊結束都會自動刪除所有文字訊息，但就算這樣，他們仍養成審慎的習慣，主動避開最敏感或最關鍵的討論，畢竟誰都不知道是否有第三雙眼睛監看這一切。

陳亦湘退出暗網，從筆電叫出新的工作檔案，開始列出訪談蕭遙的綱要。訪談地點就安排在未研所，上午十時，勢必碰到中餐時間，陳亦湘特地從劉碧珠那兒打聽到她和朱志揚喜愛的菜色，以便訂購盒餐，劉碧珠開心極了，直誇陳亦湘細心。劉碧珠的熱情，或說聒噪，陳亦湘其實有點難以消受，但仍決定打起精神好好取悅她，善盡地主之誼是最不落痕跡的。

要怎麼保護荷米斯，陳亦湘確實想好了，方法一就是劉碧珠。荷米斯被關在刑事局拘留室，看似安全，但誰都不知道警方內部是否潛藏著對手布下的暗樁。依陳亦湘的觀察，劉碧珠習慣就事論事，個性耿直、好惡分明，萬一荷米斯在刑事局陷入險境，劉碧珠或有可能出手相救。但這純粹是陳亦湘的推測，沒有十足把握。

於是有了方法二，蕭遙。陳亦湘推估，蕭遙如果真能感知荷米斯的心事，應該不難察覺東托邦的存在，但重點是，為了救荷米斯，蕭遙不只一次出手，且還替她擋了一刀，看來他會不惜一切保護荷米斯，而這也意味著，蕭遙對東托邦或許並無敵意。陳亦湘知道自己可能過度樂觀了，畢竟她對蕭遙所知不多，但這種時候也只能賭一把。方才她回答沃洛佳說救出荷米斯的機率等於零，指的是她自己沒那種本事，不過，蕭遙就不一樣了。今晚在刑事局的會議，朱志揚最後作出結論，認為蕭遙身上藏著一股毀滅性的力量，偵查行動務必要加快腳步，否則只怕會爆發無可預期的災難。陳亦湘身為未來學研究所的一員，怪事見多了，當然理解朱志揚的說法並無恫嚇之意，但她也同時萌生一個念頭——正因為無可預期，所以，也只有蕭遙，才有可能救出荷米斯。

陳亦湘打算在見到蕭遙的第一時間就釋出關於荷米斯的某種訊息，他如果真能接收到，要嘛默不吭聲，要嘛一個回頭就向警察舉發她。願賭服輸，陳亦湘認為值得一試。

上午九點半，朱志揚提早抵達未來學研究所和井岩峰先開個會前會，就他們倆。

「待會兒的訪談，你確定要在場？」朱志揚提醒。「在蕭遙面前，你將無所遁形，包括所裡的機密。」

「機密有時候只是一種或然率，隨著時移勢轉，今天界定的機密往往變成明天的常識。」井岩峰說：「重點是，蕭遙才是我眼裡真正的機密，他腦裡裝了太多東西，那才是我要的寶藏。」

「那我就放心了。既然說到機密，我怎麼覺得你昨天好像有所保留？」

「這才是你提早來的用意吧？」井岩峰笑了。

「職業病，請別介意。」朱志揚微笑著說：「從蕭遙輻射出去的連結好像越來越多，我必須掌握所有的可能性，以及每一條線索。你們非常關注楊桐博士的動向，卻沒有說明為什麼關注；你還提到國安問題，卻沒有說明哪方面的國安，以及未研所在其中扮演的角色。這裡沒有別人，可以讓我知道了嗎？」

「當然。」井岩峰思索著。「就先從歷史脈絡來說吧。當年，政府高層之所以同意馬里亞納實驗室設在台灣，就為了醫療和能源方面的經濟效益，但沒想到ARE的原始計畫還包括了軍事用途。」

「軍事？」

「十五年前那場爆炸之後，我們在廢墟當中找到一些殘存的資料，才發現這個秘密。ARE似乎打算運用楊博士的實驗來開發最新型的武器，至於什麼樣的武器就不得而知了。」

「沒問過ARE嗎？」

「問過，他們先是否認，過沒多久位於倫敦的ARE總部又宣告破產，整件事變成一筆爛帳，無從追究。」

「既然無從追究，又怎麼確認軍事用途是真的？」

「因為有個秘密當事人出面舉證。這位當事人罹患肺腺癌，本來剩不到半年的壽命，他和楊桐博士私交很好，自願接受臨床實驗，經過半年療程，他的病情奇蹟似地好轉，在那半年期間，他出現各種幻聽、幻見的症狀，例如可以知道照顧他的護理師進入病房之前去市場買了些什麼、早餐吃了些什麼，以及那一整天他做過的所有事。」

「所以不是幻聽、幻見，而是感知，就像蕭遙一樣？」

「對。除了感知，還有超越極限的體能。那位秘密當事人曾經當場示範，他可以不藉由任何工具，徒手把一截長度十五公分、直徑五公分的鋼筋折彎。根據這位當事人的舉證，楊博士的實驗其實獲得很大的成果，但ARE似乎瞞著楊博士把這成果偷偷的運用在軍事方面，打算把一部分的人類打造成地表最強的戰士。」

「如果是以前，我會覺得不可思議，但現在，可以理解。你說的那位當事人，現在還活著嗎？」

「還活著。只是感知力已經退化到接近零。」

「體能呢？」

「也退化不少，但比起正常人，他的體能還算挺嚇人的。」

「可以給我他的名字和地址嗎？我想跟他聊聊。」

「我好像很難拒絕？」

朱志揚從外套口袋掏出鋼珠筆和小筆記本，遞給井岩峰。

「還是那句，職業病。請多包涵。」

井岩峰笑了。

「這枝筆很貴重嗎？看你每次都帶著它，好像有什麼紀念價值？」

「便宜貨，沒什麼紀念價值，這種純鋼打造的筆身，握起來比較有質感。」

「看起來挺好寫的。」
「當然，試寫一下就知道。」
井岩峰看著筆，兩手一扳，直挺的鋼鑄筆身突然彎成三十度角，毫不費力。朱志揚看著井岩峰，一時說不出話。
「那位當事人的真實身分，到目前為止都還是絕對機密，連陳亦湘秘書都不知道，請記得替我保密。」井岩峰微笑著說。
「瞭解。」朱志揚突然失笑。「看來，你的肺腺癌確實痊癒了。」
「我一直都很感謝楊博士，也希望把他的理論發揚光大。」
「但你也不希望楊博士的理論被誤用？」
「我會窮盡畢生之力來阻止這種事發生，這也是你我合作的前提。」井岩峰把筆記本還給朱志揚，鋼珠筆隨手丟進垃圾筒。「下次碰面，還你一枝更好的。我堅持。」

十點整，劉碧珠和蕭遙準時抵達未來學研究所，陳亦湘在大門口等著他們。
為了避免牽動右肩的傷口，蕭遙的右臂以黑色吊帶固定著，看起來氣色還不錯。劉碧珠介紹雙方認識，陳亦湘微笑向蕭遙致意。
「久仰大名，昨天的事我聽說了，傷勢還好嗎？」
「還好。」蕭遙頓了一下才回答，好像在適應什麼。
「怎麼了？」劉碧珠留意到他的異常。

「聽說你會讀心術，該不會一下子就看穿我全部的人生吧？」

陳亦湘開玩笑地問，蕭遙似想說什麼，但又打住。

「蕭遙，如果涉及人家的隱私，就請手下留情。」劉碧珠笑著看向陳亦湘。「放心，他知道分寸。」

「謝啦！」

陳亦湘笑了笑，帶著二人往裡走，她與蕭遙並肩而行，邊走邊看他一眼，發現他也看著她。

「未來要相處的日子還很長，我覺得，我們應該會成為好朋友。」陳亦湘說。

「妳是說，變成你們的研究對象？」

「不只。我們還有共同的目標。」

陳亦湘的視線不曾離開過他，心裡反覆默念一個名字。

荷米斯

「同意嗎？」

「同意。」蕭遙說，視線也不曾離開她。

「那你覺得我們共同的目標是什麼？」

「找出真相。關於我，**它們**，還有，**荷米斯**。」

「聰明的孩子！」陳亦湘嫣然一笑，也暗自鬆了口氣。他用迂迴的方式，既回應了她，又不至於讓劉碧珠啟疑。

「千萬別叫他孩子，因為他比我們都還像大人。」劉碧珠笑著說，顯然狀況外。「等我一下，上個洗手間。」

陳亦湘看著劉碧珠的背影走遠了，這才望向蕭遙。

「那個訊息，你收到了？」

「收到。」

「荷米斯很危險。」

「知道。」

「真的嗎？你到底知道什麼？」

「要我解釋的話，可能會解釋不完。」

「你能救她嗎？」

「要看看。」

「什麼意思？」

「從來都不是救不救的問題。重點在於，她待在哪裡才安全？現在的地方，暫時可以保護她。」蕭遙看著她，始終沒什麼表情。

「不要相信警察。」

「妳不相信上司，不也待在這裡？」

陳亦湘一時無語。就算心裡早有準備，這種交鋒還是讓她有點措手不及。

「對不起，初次見面，我的要求好像太多了。」陳亦湘說。

「劉專員就在旁邊，我可以當場舉發妳，可是妳好像不怕？」
「怕死了。為什麼你不舉發？」
「妮洛夫娜這名字很特別。」
陳亦湘突然全身繃緊，本能地沉默，同時也是自我保護，除此之外，她不知道自己還能回應什麼，更不知道他會說出什麼。
「高爾基，《母親》。」蕭遙說。
「對。」
「妳把荷米斯當成自己的女兒？」
「比較像妹妹。」陳亦湘突然有種整個人被掏空的感覺。
長廊盡頭傳來劉碧珠的腳步聲，蕭遙瞄了一眼，該結束對話了。劉碧珠走回二人身邊，嘰哩呱啦地說起這裡的洗手間真是太乾淨了，刑事局應該派人來學習才對，話匣子一開照例停不下來。陳亦湘只能微笑以對，帶著他們穿過長廊走入所長室。
「所長，蕭遙到了。」
「歡迎！」
井岩峰笑著迎上蕭遙，顯得很熱情。蕭遙望著井岩峰，似乎有些困惑。
「以後，就把這裡當成自己的家。」
蕭遙沒有回應，逕自移開視線，環視屋內。
陳亦湘招呼大家入座，同時悄悄留意蕭遙的反應，其實很想知道他從井岩峰身上感知了什麼。

「我已經跟蕭遙說明今天碰面的目的，他也同意配合。」劉碧珠對井岩峰說：「不管有什麼疑問，都請直說無妨。」

「我的疑問其實很多很多，大都出於研究的興趣，但是考慮到朱督察這邊還有更迫切的需要，今天就先順著偵查方向走吧。」井岩峰說完，手往朱志揚一攤，意思是要朱志揚主導今天的訪談。

「昨天晚上的會議內容，劉專員已經跟你簡報過了？」朱志揚問蕭遙。

「嗯。」

「從昨天半夜到今天凌晨，我的夥伴們徹夜未眠，找到關於你的第一筆戶政資料。十五年前的三月二十三日凌晨六時廿分，台北市文山區公所大門口發現一個被遺棄的四歲男童，就是你，當時你發高燒，神智不清，送醫急救醒來之後，你說不出自己的名字，不知道爸媽是誰也不知道家住哪裡，社會局後來循法定程序選定領養人，也就是蕭義成夫婦。」朱志揚看著蕭遙。「這段往事，你還記得嗎？」

「不記得。」

「你是三二三被發現，前一天，也就是三二二，台東縣長濱鄉東海村發生一場大爆炸，死傷慘重，安婷就是那場爆炸的遺孤。」

「你們認為我是從那裡來的？」

「這是根據你的陳述而得到的聯想。你和安婷的連結，極可能就是那場爆炸，至於什麼樣的連結，還不清楚。刑事局已經開始清查當年的所有傷亡者和倖存者，應該很快就可以拿到完整名單。蕭遙，你對那場爆炸有任何印象嗎？」

「沒有。」

「四歲以前的記憶呢？難道連殘存的一點點印象都沒有？」

蕭遙搖頭。

「這就矛盾了。」朱志揚望向井岩峰，顯然是徵詢他的看法。「蕭遙可以感知許多事，無論他是不是來自東海村，為什麼四歲以前的記憶完全不見了？」

「根據你們提供給我的資料，初步歸納起來，蕭遙的感知方法可能有兩種模式。」井岩峰思索著。「第一種，是感知特定空間下的所有人與所有物件，例如面對朱督察的時候，感知朱督察做過什麼或經歷了什麼，但前提是，必須處在同一個空間，面對面。至於第二種，可以打破空間限制，不必在同一空間也不必面對面，就算距離再遙遠也都能感知，例如蕭遙和安婷以及那些殺手之間，就屬於這第二種。」

「這兩種模式我也推想過，但好像也有例外。」朱志揚說：「譬如火球人的案子，蕭遙，十一歲的事情你還記得嗎？」

「記得。」

「郭姓受害者的車禍現場你去過嗎？」

「沒去過。」

「那就是沒有空間的關聯，但你卻能夠感知整個車禍過程？」

「對。」

「為什麼？」

「郭爸走得很突然，郭俊彥很難過，我去他家，看他一直哭，不知道為什麼我就看見了那一幕，郭爸爸全身著火，一直跑一直跑，最後才倒下。」

「火球人的案例，你們給的資料也有附上，那確實是個例外。」井岩峰說：「這也意味著，還有第三種模式甚至更多模式。至於蕭遙為什麼不記得四歲以前的事，可能要等他真實的身分確認以後，才能做出分析。」

「蕭遙，今天下午我們會安排你和安婷當面對話。」朱志揚說。

「為什麼？」蕭遙問。

「希望盡快找出你們兩個人之間的連結。」

蕭遙一時沉默。

「怎麼了？這不也是你期待的？」

「你們都會在？」蕭遙問。

「對。」朱志揚說。

「包括他們？」蕭遙抬手指向井岩峰和陳亦湘。

「對。」

「有什麼不妥嗎？」井岩峰看著蕭遙。

「本來不覺得，可是來到這裡以後，我不想了。」

「為什麼？」井岩峰問。

「你們有問題。」

「什麼問題？」

蕭遙又沉默了。沒有人知道他在擔心什麼，除了陳亦湘。她有個直覺，蕭遙擔心的應該是井岩峰。

「蕭遙，不管有什麼疑慮，你都可以說出來，否則大家根本不知道你在想什麼。」劉碧珠說。

「為了避免困擾，就先借用你們的概念，殺手，那些殺手。」蕭遙終於開口。「事情還沒有結束，他們還在繁殖，一個接著一個，就像傳染病。他們蟄伏在不同角落，等候召喚。」

「誰的召喚？」朱志揚問。

「殺手之中有個領頭者，就像蜂群裡的蜂王，發號施令讓群蜂跟著走，這是第一層召喚。」

「還有第二層？」

「第二層，應該和你們正在做的實驗類似。」蕭遙看著井岩峰。「要我說出來嗎？」

「直說無妨。」井岩峰微笑著，似乎並不意外。

「第二層的召喚來自人類。未來學研究所的主要任務就是研發出那種召喚機制，目的是控制人的行為和意識。」

劉碧珠錯愕地望向朱志揚，本以為他會有反應的，沒想到他只是悠哉地啜著咖啡，似乎等著蕭遙說下去。

「還要往下說嗎？」蕭遙問。

「所長都叫你直說無妨了。」朱志揚微笑著，以拇指輕輕拭去嘴角的咖啡漬。

「你們的研究碰到瓶頸，想從我身上找到答案，但問題是，找到答案以後呢？」蕭遙仍看著井岩峰。「就在剛剛，進來的時候，我感受到一些並不存在於這個空間的氣息，和那些殺手一模一樣的氣息，請問這是怎麼回事？」

井岩峰朗朗笑了幾聲，望向朱志揚。

「朱督察把這場訪談安排在這裡，原來是這個用意。」

「我沒有惡意，也不是不相信你。」朱志揚微笑著說：「就像玩梭哈，對手明明看不到你手上的暗牌，但你瞄牌的時候還是會不自覺地用手遮住。所謂機密，大概就這樣，明明你不想對我保密，但也許會不自覺地自我過濾。」

「你想得夠多，這也算是職業病的一種？」

「我期待的是一場公平的交易，你我之間毫無保留。」

「謝謝你給我台階下，說我不自覺，是你客氣了，但其實我是刻意保留也必須保密。」井岩峰平常總是笑臉迎人，容易給人留下親切隨和的印象，此刻突然變得嚴肅起來。「至於蕭遙的提問，很抱歉，我必須徵求上面的同意才能決定要不要透露以及透露多少。」

「聽起來好像很敏感。」朱志揚說。

「是很敏感，所以連我最得力的助手陳秘書都不知情。」

「我們所裡有些計畫，機密等級很高，確實連我都不能參與。」陳亦湘附和著說，卻是看著蕭遙。

「既然這樣，為什麼不怕蕭遙知道？」朱志揚問。

「不管蕭遙知不知道，他都已經是計畫的一部分。」

「我是你們計畫的一部分？」蕭遙冷冷看著井岩峰。

「對。」

「不用徵求我的同意？」

「無所謂同不同意，從你逃出療養院的那一秒鐘開始，你就是了。」

「不懂。」

「你夠聰明，總有一天會明白我的意思。我只能說，加入計畫與否，跟你我的意願無關，也不以你我的意志為轉移，是你的決定以及行動，讓你自己進入了計畫。」井岩峰望向朱志揚。「抱歉，我只能先說到這裡，朱督察的期待，我完全理解，回頭我就會請示上面，也請你稍安勿躁。」

朱志揚點點頭，不得不暫時讓步，他知道井岩峰說的「上面」，指的是層峰。

「希望不會等太久。」

「我也希望。」井岩峰接著看向蕭遙。「那，我們就繼續吧。蕭遙，請具體說明一下，到目前為止，你對那幾個殺手的感知究竟是什麼？有什麼細節？為什麼他們模仿的是開膛手傑克？」

井岩峰一旦強勢起來，黑框眼鏡後那雙狹長的眼睛總會緊盯對方，眼神加上語氣，全都化為不容拒絕的架勢，此刻嘴角帶著的一點點笑意，與其說是親切，不若說是別的什麼，在場的其他人，唯獨身為秘書的陳亦湘最能體會，在她看來，那才是真正的井岩峰，骨子裡深藏的傲慢讓他習慣性地無視於別人，經常掛在嘴角的笑意無非是身為權力者的冷酷與輕蔑。

蕭遙依然顯得平靜，似乎對井岩峰的強勢無所感。

「你們把我當成交易我無所謂，你們打算怎麼辦案我也無所謂，但是，我不會讓自己再一次因為你們的錯誤而掉入無可挽回的絕路。過去這七年，你們讓我覺得自己像個瘋子，直到最近我才明白，或許我不是，而你們才是。今天的談話到此結束。」

蕭遙站起，逕自離開，劉碧珠喚不回他，只能匆匆跟出，陳亦湘也尾隨而去。

朱志揚看著井岩峰，現在只剩他們兩個人還坐在沙發上。

「他在擔心什麼？在這裡嗅到的『氣息』又是什麼？下次碰面的時候你最好能解釋清楚。」朱志揚說。

「你應該多少猜得到。」井岩峰說。

「如果說出我猜到什麼，你可能只會給我什麼。科學的領域我太陌生，跟瞎子差不多，能猜到的也許只有一顆星星，但我想知道的是整個宇宙。」

「如果得不到上面的授權呢？」

「那我應該會接到上面的電話，就算沒接到我也會主動打去問，問了以後如果還得不到答案，那麼，事情接下去會怎麼發展就很難說了。我只是個單純的警察，做我該做的，查我該查的，不管對方層級多高、什麼職務，都一樣。反正我是出名的難搞，這毛病想改也改不了。就像個拳擊手，除非對方先讓我倒下，否則我一定會讓對方倒下。這樣，你懂了嗎？」

朱志揚看著井岩峰，同樣帶著笑意。

第十一章

從我，是進入悲慘之城的道路；
從我，是進入永恆的痛苦的道路；
從我，是走進永劫的人群的道路。

——但丁・阿利吉耶里（Dante Alighieri）

陳永松站在機場貴賓室的落地窗邊，看著一架新加坡航空波音七七七客機降落在跑道，他取出深灰色西裝口袋裡的名片盒查看了一下，然後對著落地窗玻璃檢查自己的儀容，整了整領帶，涉外人員該有的基本禮儀，他絕不輕忽。

十分鐘後，陳永松在特別通道迎接藤原清順，二人握手寒暄，互換名片，隨即搭上專車直奔刑事局。距離安婷被捕才二十個小時，藤原清順的這趟行程決定得很匆忙，擺明了就是為安婷而來。

中午十二點半，藤原清順在刑事局會議室見到了羅靖銘和朱志揚，他們邊用盒餐邊開會，藤原操著一口流利的英語，羅靖銘、朱志揚直接以英語和他對話，原本負責即席口譯的陳永松邊吃邊聽，樂得輕鬆。

「我此行的目的，主要就是為了引渡安婷，希望貴局全力協助，越快越好。」藤原直截了當表明來意。

「你希望多快？」羅靖銘問。

「最好二十四小時以內。」

「有困難。我們打算從安婷身上問出一些關鍵訊息，但她一直拒絕配合，我估計還會耗掉不少時間。」

「模仿犯的案子，我深感遺憾，也誠摯希望你們能盡早破案，但是安婷同時涉及國際恐攻事件，兩者之間孰輕孰重，你們應該很清楚。」

藤原擱在桌上的手機震動了一下，他瞄一眼，逕拿起手機點開來訊。

「我不認為有什麼輕重緩急的差別，而且兩件事可以並行不悖。」羅靖銘說：「嫌疑人是我方國民，我們享有管轄權，無庸置疑，如果ＩＧＣＩ派人來這裡協同辦案，我們竭誠歡迎，但如果這麼快就想帶走安婷，坦白說，不太可能。」

「是嗎？局長似乎不太瞭解事情的嚴重性。」藤原邊說邊鍵著手機回訊息。「我剛收到里昂的國際刑警組織總部來訊，你們還有一位名叫蕭遙的嫌犯？」

「怎麼了？」

「總部希望把蕭遙和安婷一起引渡出境。」

羅靖銘和朱志揚互看一眼，他們從沒想過還有這題。

「理由呢？」羅靖銘顯然不太高興。

「我正在問。」藤原發出訊息後，抬眼望向羅靖銘。「抱歉，請稍候。」

藤原濃眉細眼，體格壯碩，刻意曬出來的古銅膚色搭著純黑西裝外套與白襯衫，讓他原本斯文的樣貌平添幾分陽剛之氣。此刻，即使里昂的來訊很突兀，他看起來依然沉穩。

手機再度震動，藤原點開訊息看了一下，眉頭微皺，接著抬頭望向羅靖銘。

「理由，你的上級會告訴你。」藤原說：「抱歉，我被告知的訊息只有這樣。」

這時，羅靖銘的手機響了，他瞄一眼，抄起手機走出去接聽。緊接著，朱志揚的手機也響起鈴聲，螢幕顯示來電者，丁參事。朱志揚也走出會議室。

「朱督察，是我。你還在會議中？」手機的那頭傳來丁參事的聲音。

「對。什麼事請說。」

「大老闆同意了。兩個人都引渡。」
「原因？」
「暫時不便說明。國安問題。」
「引渡安婷我還能理解，為什麼連蕭遙都一起？他跟五一六恐攻事件一點關係也沒有。」
「我也有同樣的困惑，里昂方面直接用熱線電話向大老闆做出口頭說明，通話內容我並不清楚，只知道事態很嚴重。」
「好。明白了。」
「謝謝你的諒解，大老闆說，接下來只要情況許可，第一時間就會讓你知道原因。辛苦你了。」
朱志揚掛了手機，回頭看見羅靖銘站在長廊另一頭，仍通話中，面色凝重。不難猜到，羅靖銘應該是接到同樣的指令，差別只在於，羅靖銘的上級是警政署長，朱志揚的大老闆是總統。
幹了二十多年的警察，朱志揚不是沒碰過這種狀況。如果說，刑案偵查的最前線是第一戰場，那麼，通常還存在著第二戰場，或許是輿論、政治、司法攻防，隨時都能干預或主導第一戰場的成敗，但此刻，這第二戰場竟是由境外發動且完全無跡可尋，隱隱然有個什麼局把朱志揚和整個IZ困在其中，更糟的是完全不知道那個局是什麼，這讓朱志揚很難適應。
連蕭遙都一起引渡，看來已成定局。朱志揚開始猶豫要不要參加十分鐘後蕭遙和安婷的對談，身為刑警，他早已習慣在偵查過程隱瞞或說謊，但沒有任何事瞞得過蕭遙，何況，就算瞞得過，朱志揚也不想，唯獨對蕭遙，特別不想。

十二點五十五分，劉碧珠輕敲門後進入高階警官休息室，看見蕭遙坐在床頭。

「該走囉。」

蕭遙起身，看起來很平靜。黑色吊帶擱在白床單上。

「戴起來吧。」劉碧珠說。

「已經不疼了。」蕭遙說。

「未研所的人也到了。陳亦湘秘書要我問你，確定要讓他們參加？」

「你們自己決定。」

「可是你早上明明很生氣，好像對未研所很不放心。」

劉碧珠聽見腳步聲，回頭看見朱志揚出現在門口。

「很多事情正在發生中，越來越有趣。對嗎，朱督察？」蕭遙看著朱志揚。

「好像是吧。」朱志揚說，直視蕭遙。

刑事局地下一樓，胡威帶著井岩峰和陳亦湘走往監看室，長廊上，陳永松帶著藤原清順迎面走來，陳永松介紹雙方認識，互換名片，以英語簡短寒暄。

陳亦湘瞅藤原一眼，她知道他，因為他的名字經常出現在東托邦的論壇中，據說是個專門獵殺駭客的高手，沒想到今天也來了。他的目的，無疑就是安婷。

他們魚貫走入監看室，裡面有二名操作監聽與監看設備的女警，陳亦湘一眼就看見安婷獨自坐在一牆之隔的偵訊室內。

終於看見她了，陳亦湘強抑心裡的激動。安婷的側影看起來孤伶伶的，如果可以的話，真想給她一個擁抱，但不可能。其實，蕭遙說對了，若非年紀只相差十四歲，陳亦湘還真想認她當女兒。那天在捷運車廂，安婷的眼神時而篤定時而飄忽，語態則游移在看似矛盾的心緒之間，自信與猶豫、倔強與不安，無處安置的青春，沒法定錨的人生，都像極了年輕時的陳亦湘，及至看了安婷的所有資料，陳亦湘才終於明白，安婷度過的歲月並不比她輕鬆。

陳亦湘不由得焦慮起來，只因自己的無能為力。也許吧，沒有人能真正拯救別人，而此刻，人明明就在眼前但卻救不了，仍讓陳亦湘覺得沮喪、自責。

雙面鏡的後面到底有誰，安婷已經懶得猜想。

她獨自坐在偵訊室，雙手雙腳都被銬在防撞桌上，算是她應得的懲罰，因為她曾在電梯內攻擊過兩個毫無防備的刑警，還在劍潭山咬傷了三名想逮捕她的特警。

劉碧珠開門走進來，後面跟著蕭遙和朱志揚。

「他們要我跟妳談一談。」蕭遙說。

「沒什麼好談的。」安婷瞪著蕭遙。

「能不能幫她解開？」蕭遙問劉碧珠。

劉碧珠以眼神徵詢，朱志揚點頭同意，她喚來門外的警衛幫安婷解開手銬腳鐐。蕭遙這才坐下，看著安婷。

「不管妳有多恨我，都先聽我說。」蕭遙沒什麼表情，看著自己擱在桌面的雙手。「我不像妳那麼幸運，從小身邊有那麼多哥哥、姊姊，我只有一個人，從小就被當成怪物，我能看到別人看不到的東西，卻讓別人更怕我。」

安婷不知道他到底想說什麼，依然瞪著他。

「也因為這樣，很小很小的時候開始看見妳，我以為妳只是個幻影，看著妳跟我一起長大，以為妳就像童話故事裡的精靈一樣，在那個虛幻的世界陪著我。妳說看見我在一個很明亮的地方，那不是天堂，而是療養院，要說精神病院也可以。」

安婷只是聆聽，還在適應。蕭遙述說的是一個與她有關的故事，但那叫故事嗎？是虛構的童話嗎？可是偵訊室裡還有朱志揚、劉碧珠兩個警察，都一臉嚴肅，不太像是來聽童話的。

「安婷聽過S少年嗎？那時候妳應該是十一歲。」劉碧珠問。

「就那個殺了女家教的？」安婷冷冷回答。

「蕭遙就是S少年。」劉碧珠說。

安婷很意外，看向蕭遙。「你果然很靈異。應該繼續把你關在精神病院才對。」

「妳還想聽嗎？如果不想，我可以離開。」蕭遙說。

「隨便。」安婷其實只是嘴硬。不知道為什麼，蕭遙說的，句句都觸動她。

「別人都以為我瘋了，我也差點以為自己真的瘋了，但我仍然可以看見妳，就好像，妳一直都在另一個世界等我。這種狀況本來有可能持續一輩子，我可能永遠都被監禁，永遠都把妳當成幻影，直到有一天，我突然看見**它們**想殺妳，連續好幾天，同樣的情景反覆出現，那時候，我只剩下一個念頭，都那麼多年了，不知道為什麼，妳好像就是唯一支撐著我、讓我活下去的力量，如果妳死了，我也會死。所以我就逃出來了。接下來發生的事，妳多半都已經知道，不用再說明，現在，我就來說說妳不知道的，同時也是他們不知道的。」

他們，指的是朱志揚和劉碧珠。

「妳待的那家育幼院，屬於哪個機構？」蕭遙問。

「和平展望會。這大家都知道。」安婷說。

「兩年前育幼院發生什麼事才導致妳被關了一整個寒假？」

「我為什麼要回答？」

「因為有三個院童出現一些詭異的狀況，後來突然消失不見，你們想知道怎麼回事但院方拒絕透露，報警也沒用，所以妳和小墨帶頭絕食抗議，但很快被瓦解。那場流產的抗議付出的代價就是妳被關禁閉，小墨被趕出育幼院。」蕭遙直接替她回答了，看來是懶得等她。

「既然知道還問我？」安婷冷冷瞪著他。

「只有通過妳自己的陳述，才能讓他們理解那是妳的親身遭遇而非我的瞎掰，最後才能導出一個比較正面的結論。」

「從你害我被抓開始，這世界從來沒有正面過。所以請你告訴我，什麼叫正面結論？」

「妳是不是利用送快遞的時候偷了和平展望會的東西？」

「你繞了個大彎講了一堆有的沒的，結果還是警察的爪牙。」安婷擺明了拒絕回答。

「不回答沒關係，但妳有沒有想過，妳負責快遞給和平展望會的那個硬碟為什麼連個密封袋也沒有？為什麼那麼容易破解？而且儲存在硬碟裡的網址，還有妳後來潛進PV全球總部伺服器發現的那個機密檔案，為什麼全都那麼容易就讓妳偷到手？」

「你到底想說什麼、到底知道什麼？為什麼不一次說清楚？」

「因為很難。很多事都還在發生，連我都沒辦法預期接下來會知道什麼。」

「所以呢？」

「跟妳對話真的很累。」

「彼此彼此。」

「那就告訴妳一個好消息，是我前一秒才知道的，妳偷到的那個檔案，其實是用量子密碼鎖定。妳把它丟給一堆朋友幫忙解密，知道會有什麼後果嗎？」

安婷一時無語。她聽過「量子密碼」，也知道它會幹麼，能毀掉什麼。

「猜到了對嗎？」蕭遙冷冷看著她。「妳那些朋友破解密碼的同時，成為觀測者，讓量子的多重疊加態進入恆一狀態，永遠留下妳那些朋友出入洋蔥路由的所有軌迹，讓居心不良的人可以反向偵測，簡單說，就因為妳的粗心大意，讓妳的朋友從觀測者變成被觀測者。這樣妳懂了嗎？妳自許為荷米斯，自居為神偷，結果變成對手的魚餌，用來引誘妳的朋友上鉤，然後一個個獵殺他們。」

安婷被狠狠刺痛，也被激出滿腔怒火。東托邦真的陷入險境了？就因為她？可是，等等，為什麼蕭遙要挑在此刻丟出這一題？安婷越是憤怒就越懂得必須冷靜，這是從小在育幼院混出來的求生本能。蕭遙，到底在想什麼？是不是要引領她去哪？他的思緒太快，無論接下來會發生什麼，她只知道自己必須跟上他。

蕭遙緩緩站起，走到雙面鏡前看著鏡中的自己，似也是看著鏡後的那些人。

「所有的研究都不只是研究，也許還為了別的；所有的緝捕都不只是緝捕，同時也為了別的。」蕭遙定定地注視鏡子。「井所長，藤原清順總監，兩位午安。」

監看室裡的藤原愣了愣。

「不用回答，因為他看不到你也聽不見你。」井岩峰對藤原說：「他只是感知你我的存在。」

「終於。」藤原喟歎著說。

「什麼？」井岩峰問。

「見識了。」

安婷望著鏡面，這時終於確認蕭遙是在向她示警。藤原清順，這名字太熟悉。蕭遙瞥向鏡像中的安婷。

「來自新加坡的國際刑警藤原清順，二十四小時內會帶妳出境。」

「他憑什麼？」安婷瞪著鏡中的蕭遙。

「朱督察可以回答嗎？從剛才見面到現在，你都沒開口說話，不太像平常的你。」蕭遙瞥向鏡像中的朱志揚。

「今天的偵訊，我是來聽的。」朱志揚說。

「聖經《啟示錄》二十二章十三節，『我是終，我是初。』Zero，零，也是這個意思嗎？」

朱志揚看著鏡面中的蕭遙，一時沉默。他知道蕭遙指的是在場多數人並不知曉的ＩＺ。

藤原聽了陳永松的即時翻譯後，轉頭問井岩峰。

「為什麼突然引用聖經？他在說什麼你聽得懂嗎？」

「不懂。」井岩峰說。

「就是這意思。只不過，《啟示錄》的原文應該是倒過來的，『我是初，我是終。』」朱志揚終於回答。

「他們要引渡的不只安婷，還有我？」蕭遙問。

「我希望還給你的自由，現在有人要收回去。」

蕭遙沒什麼特別的反應，只是再度望向鏡子。

「你確定他看不到我？」藤原之所以這麼問，是因為蕭遙的目光一直盯著他。

「理論上是，也希望是。」井岩峰的口氣變得不太確定，因為蕭遙也盯住他。

「現在，開始來談談正面結論。」蕭遙說：「十五年前馬里亞納實驗室的那場爆炸，安婷是關係人之一，我可能也是，事後協助收拾善後的和平展望會，ＰＶ，當然也是。只不過，到目前為止你們都沒有把ＰＶ列為偵查對象，為什麼？就因為井所長是ＰＶ的台北總部理事會成員？還是因為藤原總監和PV全球總部的關係太深厚？」

蕭遙撇頭看著朱志揚。「正面結論的意思，就是把隔壁那些人所定義的罪惡，重新翻轉，顛倒回來。」

這話似乎是說給朱志揚聽的，朱志揚只是沉默看著他。

蕭遙走向安婷，注視著她。「妳想失去自由嗎？」

「廢話。」

「我也不想。」

本來沒什麼表情的蕭遙，此際突然泛出笑意，安婷都還來不及細想，他已經伸手抓住她的手臂，接著她感受到的是一股巨大無比的力量拖著她整個人飛出去，然後，是玻璃碎裂的聲音。

第十二章

地獄就是太晚發現的眞相。

——托馬斯·霍布斯（Thomas Hobbes）

從來沒有犯人從刑事警察局逃出去過，蕭遙、安婷是例外。

下午三點半，局長室裡，羅靖銘看著局內監視器拍到的畫面，朱志揚、劉碧珠、陳永松以及偵一大隊長童浩中都在座。

畫面顯示，蕭遙先是挾著安婷破窗竄入監看室，擊倒藤原、胡威後，拉著安婷衝出去，在長廊擊倒四名武裝刑警，並從其中一名身上取了鑰匙打開鐵門，接著從安全梯逃竄到一樓，擊倒駐守大門的二名警衛，揚長而去。全程不到一分鐘。

影像播完後，童浩中接著簡報，已清查附近的道路監視器畫面，蕭遙二人離開刑事局後沿著巷道往西北走，最後消失在市民大道的一處建築工地，童浩中已派出大批警力全面搜索。

「藤原總監還好嗎？」羅靖銘臉色有點難看。

「左臉挨了一拳，好像還好，另外還有一些小外傷，玻璃割的，他不想上醫院，我已經派人送他到飯店休息。」陳永松說。

「井所長和他的秘書也都還好，同樣玻璃割傷，不嚴重，我帶他們到醫務室簡單處理，現在應該已經回到未研所。」劉碧珠說。

「為什麼不在無鏡室偵訊？」羅靖銘看向朱志揚。

「鐵門都擋不住他了，有沒有鏡子你覺得有差別嗎？」朱志揚說。

「早知道會這樣，應該加派警力防守。」羅靖銘有點懊惱。

「再多警力也不見得有用。蕭遙應該是被激怒了。」

羅靖銘起身，要童浩中把監視器影像立刻拷貝一份，讓他帶去署長辦公室，署長正等著他回報。羅靖銘取了提箱，要朱志揚陪他走一段。

二人拐出局長室，走在長廊。

「你覺得蕭遙會去哪？」羅靖銘問。

「不會太遠。**它們**還在找他。」

「誰？」

「就是蕭遙常說的那個it，**它們**在找蕭遙，蕭遙也在找**它們**。」

「蕭遙說的，你就信了？」

「沒得選擇。」朱志揚聳聳肩。「跟他比起來，我們總是後知後覺。」

「大家都說你是S少年專家，別人想不到的你多少會想到。我的意思是，這場偵訊，你和藤原清順、井岩峰都在場，而你明知道蕭遙的感知力有多強，也知道他有什麼能耐，為什麼沒事先想過他可能會被激怒、甚至脫逃？」

他們來到電梯口，羅靖銘按了往下鈕，瞧向朱志揚。

「這不只是我的疑問，也是署長的疑問。」羅靖銘說：「能扛的我會先扛，你不用現在回答我，但最好先想清楚，因為遲早都會面對同樣的質疑。」

羅靖銘逕自進電梯，門關上後，朱志揚凝立了一下才轉身往回走，他明白，羅靖銘是善意的提醒，同時也是警告。

中午接到丁參事的電話後，朱志揚一度猶豫要不要參加偵訊，後來豁出去了，那也意味著他已預知可能會發生什麼後果而且事先未加防範，羅靖銘身為他多年的戰友，不難猜知。至於蕭遙，應該更早吧，從朱志揚出現在宿舍門口的那一刻，二人雖不曾對話，但蕭遙已經看出朱志揚希望他離開。

我是終，我是初。Zero，零，也是這個意思嗎？

偵訊室裡，蕭遙突然問這句，多半是不放心朱志揚的處境，才用這種隱晦的方式跟他確認。看來，蕭遙知道的不只是ＩＺ的存在，還包括最內核的機密，關鍵就在於刻意倒置「初」與「終」。

除了ＩＺ的三十七位成員之外，知道這個機構的不超過十個人，警政署長和刑事局長是其中二位，但也僅止於籠統的認知，卻不清楚Ｚ字真正代表的顛覆性意涵。

五一六恐攻事件四個月後，ＩＺ正式成立的第一天，沒有任何儀式，只有朱志揚一個人單獨進總統府與大老闆碰面。

「Ｚ，Zero，0，零，古印度婆羅門教最古老的文獻《吠陀》將它定義為空無，一旦我們遭遇毀滅性的破壞，一切歸零而後重建，Zero就是最終的，也是首先的，一如《啟示錄》所言：我是初，我是終。」

大老闆耐心地解釋，語速很慢，唯恐朱志揚漏掉任何一個字。

「請你聽清楚了，志揚兄，既然是一切歸零而後重建，那麼，ＩＺ可以是倒過來的，變成『我是終，我是初。』意思是，在非常情況下，除非我本人直接下達命令給你，否則ＩＺ可以無視一切，否決來自總統府以及你的任何上級單位的任何指令，直接推進你認為正確的行動，這就是ＩＺ最內核的機密，只有你和你的繼任者以及我和我的繼任者才能知道的機密。但我必須提醒，一旦你動用這個終極否決權，而我又被迫必須否認曾經授權給你，那就意味著你即將犯眾怒，孤軍奮戰。」

「既然您都授權了，為什麼還會被迫否認？」朱志揚問。

「世事難料。有些東西盤根錯節，有時候你不再是你，我也不再是我。」大老闆只這樣回答，朱志揚聽得似懂非懂。

這場會面已經是二年前的事，直到今天為止，朱志揚仍搞不懂層峰何以如此信任他，至於什麼終極否決權，他本來也只是聽聽而已，卻沒想到真的發生了。朱志揚最終決定啟動否決權，理由很簡單，就因為打電話給他的不是大老闆本人。

而這些，蕭遙顯然也都知道。

正面結論的意思，就是把隔壁那些人所定義的罪惡，重新翻轉，顛倒回來。這句話，蕭遙其實是說給朱志揚聽的，指的不只是ＩＧＣＩ或未來學研究所，還包括和平展望會，當然也包括，就算逃出去，他仍是朱志揚的戰友。

接下來就是兩條戰線，未來怎麼匯集為一，朱志揚無從想像，只知速度要快。真相仍是一團迷霧，有一些是蕭遙，或許再加上安婷，只有他們自己才能找到答案，另一些則須靠朱志揚自己解開。

他撥出手機給劉碧珠，給她一個行動指令，要她親自執行。第二通電話撥給井岩峰約了碰面。既然豁出去了，再無退路。

回到辦公室後，陳亦湘先登入東托邦留訊給沃洛佳，告知荷米斯已經脫險，另還提醒量子密碼的事，沃洛佳很快就上線回覆，要她先別擔心，他會通知參與解密工程的朋友們立即更換原來的登網路徑，最後他還回了張乾杯的圖貼，慶祝荷米斯平安逃逸。

陳亦湘其實一直處於極度亢奮狀態，還在刑事局醫務室的時候，劉碧珠甚至以為她是驚嚇過度。

也沒什麼不好，否則真不知道怎麼掩飾自己的激動。

蕭遙挾著安婷破窗而入的那一幕確實來得太突然也太嚇人，無數玻璃碎片激射而出，她本能地後退，背脊重擊牆壁，根本來不及看清什麼那兩人就已經不見，及至右眉微感溫熱，她伸手輕觸，指尖沾了鮮紅血滴，循著視線這才發現地上躺著藤原和胡威。

驚嚇之後，旋即狂喜。

她知道接下來要做的事只會更多，雖不曾約定過什麼，但蕭遙、安婷說不定會聯絡她，凡是他們需要的任何東西，現金、衣物、吃的住的，她都可以全數供應。

警方即將布下天羅地網，不能掉以輕心也不能心存僥倖，陳亦湘已經決定不計代價，包括她的自由。

身上的現金只剩幾千元，她打算等會兒去提個十萬元放在身上，以備不時之需。這時桌上的室內分機響起，是井岩峰打來的，請她準備二份盒餐。

「有訪客？」

「朱志揚督察。妳幫我們備好吃的就可以先下班，不用等我們。」

「我可以留下來幫忙。」陳亦湘試探地說。

「不用了，謝謝。」井岩峰掛了電話。

所以是一對一談話？這已經不是第一次，沒什麼稀罕，但挑在下班時間？朱志揚現在應該忙著緝捕逃犯才對，有什麼事比那更重要？陳亦湘很想知道他們要談什麼，卻無計可施。井岩峰的保密工作一向做得徹底，她在所裡待了五年，名為秘書，仍接觸不到最機密的項目，她常因此感到沮喪，沃洛佳卻不曾苛責，反而提醒她要小心未研所內的反間諜部署，謹慎為上。沃洛佳說，所謂潛伏，就是不能越過水面，往往只能靜待內部或外部的變化，伺機而動，臨門一腳，日常的瑣碎細節，乍看好像不具意義，重大時刻說不定也會成為決定戰役成敗的關鍵因素。

但願沃洛佳說對了，但如果他錯了呢？水面下的人生還要持續多久？陳亦湘常覺得自己都快窒息了。

六點半，天快黑了，朱志揚準時抵達未研所，陳亦湘帶他進入所長辦公室。朱志揚看起來神情凝重，顯然有什麼要事。陳亦湘離開時，輕輕帶上門，雖仍止不住好奇，卻多了點興奮與忐忑。稍早，她把二個餐盒擱在沙發區的茶几上，擺定餐具和紙巾，井岩峰正在講電話，於是她順手把一枝袖珍型錄音筆藏在茶几下方置物架的雜誌堆裡。

這不算越過水面吧，而且說不定現在就是沃洛佳說的重大時刻。陳亦湘渴望著在未來的那場光榮戰役立下汗馬功勞，就像她的父母一樣，誓為無名戰士，不為功名，但求心安。

所長室裡，井岩峰和朱志揚邊聊邊走到沙發區。

「大老闆還沒回覆。你來早了。」

「早到總比遲到好。我不想等。」

「我做不了主。」

「我就有話直說，別介意。我個人並不喜歡《緊急安保法》，除非迫不得已，它賦予ＩＺ的特別權力我也不想輕易啟用。現在，你有兩個選擇，一，告訴我你知道的一切；二，準備接受調查，包括整個未來研究所以及你本人。」

「大老闆不會同意。」井岩峰微笑著說。

「沒等他同意我不也來了？現在還是兩個選擇，一是我們坐在這裡慢慢享用晚餐，我聽你說故事，二是餐盒帶回我那兒，同樣的，也聽你說故事。不管哪一種選擇，結果都一樣，但我覺得在這裡用餐會比較舒服。」

「大老闆聽了應該會很不開心，我可以現在就打給他。」

「當然可以。但別忘了，他沒回覆你，也可以理解為默許。如果他說不行，就是明確的否決，如果他什麼也沒說，就是張空白支票，金額隨便你寫。」

氣氛有點僵，井岩峰沉默了一下，伸手取了筷子。

「先吃吧，故事有點長。」

晚上七點十分，天黑了，安婷從劍潭山的步道走下斜坡，穿越樹林，從擋土牆一躍而下，進入M大校園。她知道這是個愚蠢的決定，她曾躲在這兒，警方不難猜知她的背包也藏在這兒，說不定已經布下警力就等她自投羅網，但為了盡快向沃洛佳示警，需要筆電，別無選擇。

自己闖的禍只能自己收拾，就算再度被捕也在所不惜。

安婷混在學生群中進入女生宿舍洗手間，取出藏在天花板的背包，坐馬桶上用筆電發短訊給沃洛佳，除了致歉還請他立即針對N2W.sgx檔暗藏的量子密碼先作危機處理。完成後，她鬆了口氣，但接下來，要怎麼離開這兒才是考驗，背包太重肯定爬不了山壁的擋土牆，就只能穿越校園走大門，如果真有警察埋伏，也只能臨機應變了。她戴上口罩離開女生宿舍，整個過程小心翼翼也出奇順利，看來應該沒被盯上。離開校園後，她走進夜市裡的一家便利商店，顧客多，反而安全吧，為了避免洩漏行蹤不能用提款卡，身上只有七百多塊的現金，選擇極有限，只能放棄熱食，買了水、白吐司和消化餅乾。黑巧克力呢？需要嗎？萬一斷糧的時候可以補充熱量，但有點貴，她的手懸在半空，一時作不了決定，突然之間，恍若整個人也就懸在那兒動彈不得。

一切都發生得太快，安婷還在整理思緒，想搞清楚究竟怎麼回事。

從偵訊室破窗而出的那一下，玻璃碎片只在她手臂劃出一些小傷口，連疼痛的感覺都沒有，接著任由蕭遙拉著她一路闖出刑事局。監看室有哪些人？鐵門怎麼打開？怎會知道鑰匙在哪個警衛身上？離開刑事局後怎會篤定往西北走而且那麼湊巧就找到建築工地暫時躲藏？工地有不少載運各式建材的小貨卡，蕭遙挑定藍色的一輛叫她一起上車，沒鑰匙也能發動，質疑他會不會開車他竟答說應該會吧，第一次，而車子居然也就堪稱平穩地載著他們倆脫離警方的搜索熱區，到了基隆河南岸，二人棄車步行進入士林區，沿路她無比焦躁也一肚子火，問了一堆問題他愛答不答的，最後還叫她少囉嗦，先處理量子密碼的事以免禍及無辜。

傷口上撒鹽，無疑也是他的強項，總之那傢伙怪物無誤。

黑巧克力還是買了，安婷結帳後拐出便利商店，走在人群中，她若無其事地觀察來來去去的眾多面孔，沒發現什麼異樣，以為這場小小的冒險即將圓滿落幕，卻沒察覺自己早就被盯上。

童浩中啃著大腸包小腸，他和三個男便衣就混在人群中尾隨安婷，不急於出手，因為沒看到蕭遙。

下午大隊人馬在建築工地搜索落空，童浩中就決定親自帶一組人到M大守株待兔。昨天安婷被捕的時候，身上只起出手機，但有幾筆道路監視器畫面曾拍到她騎單車逃離住處時背著大背包，估計裡頭應該裝著筆電和硬碟，童浩中只能賭那背包就藏在M大，而且安婷必然會回來拿。五點半抵達M大後，兩個夥伴扮成大學生模樣守在校園內的必經通道，童浩中和另一夥伴小柳則待在校警室監看校內的所有監視器畫面，最後在女生宿舍長廊發現安婷的身影。他賭對了。

此刻，嘈雜的叫賣聲沿街飄盪，童浩中盯著安婷的背影，拉出一段安全距離，他和夥伴們以散開的菱狀隊形緩緩尾隨，即使她隨時留意著周遭，夜市人潮仍是他們最佳的掩蔽。離盡頭不遠了，蕭遙應該快出現了吧。

突然，安婷加快腳步右拐進入一海產攤，穿過擁擠的桌椅和顧客群進入一條防火巷，疾奔而去。童浩中緊跟在後，不小心撞翻了一桌，用餐的幾個男女驚聲跳起，當場叫罵起來，夥伴小柳逕亮出刑警證吼著叫對方閉嘴，他們排開障礙後正要衝入防火巷，此時突有三個人堵在巷口，而且是自己人。胡威，許易傑，劉碧珠。

「辛苦了，自己人不要踩線。」胡威說。

「誰踩誰的線？讓開。」童浩中瞪著他們，命令式的口吻。

「我們只聽朱督察的指令。」劉碧珠站在胡威、許易傑身後，微笑著。「還有一群潛伏的殺手，才是我們真正的目標。」

「我只聽局長的，叫你們讓開聽不懂嗎？」

童浩中伸手推開胡威，不料對方比他還快，一個擒拿反拗他手，小柳和另二夥伴一擁而上，許易傑以一對三，雙方赤手搏鬥。防火巷這樣的狹窄空間，人多反而礙事，就怕誤傷自己人，許易傑雖占不了上風，仍足以堵住他們。

「叫他們住手。」胡威手上使勁，童浩中被壓制在地，右臂疼極，卻強忍著不肯屈服。

劉碧珠知道，必須盡快畫下句點，否則沒完沒了，她退兩步，同時從斜肩包裡取出手槍。

砰！槍聲迴盪空中，巷口看熱鬧的遊客們嚇得逃開，小柳三人也住手了。

雖是對空射擊，窄巷的狹管效應卻讓槍聲放大了不知多少分貝，劉碧珠只覺雙耳嗡嗡作響。

下午接到朱志揚的指令時，劉碧珠其實有點嚇到。他要她轉告胡威、許易傑，三人一起到M大，任務不是逮捕安婷、蕭遙，而是暗中保護他們。

「運氣好的話，你們應該只會看到他們，運氣不好的話，可能還會碰到童浩中。」手機彼端，朱志揚的語氣聽起來稀鬆平常。

「我們的對手不是外人，而是童大隊長？」劉碧珠懷疑自己是不是聽錯了。

「不要問我理由。」朱志揚的意思是不用懷疑。

「再怎麼說他的官階都比我高。」

「記得妳一向目中無人。」

「但也沒那麼白目！被開除怎麼辦？我離退休金還有二十年以上的距離。」

「妳現在需要擔心的不是退休金，而是拿什麼理由來說服對方。」朱志揚的聲音突然變得有點冷。

「你的建議？」劉碧珠偶爾也懂得從善如流。

「妳夠聰明也夠機伶，什麼理由隨妳編，就發揮一下大嬸的戰力吧。」朱志揚掛了電話。

什麼意思？才二十七歲就叫她大嬸？直到那一刻，劉碧珠腦海裡才真正一片死白，這種事比退休金嚴重太多。半小時後，她和胡威、許易傑已經守在M大校門外的偵防車內，儘管三人都不明白朱志揚的想法，但起碼信得過他。入夜後，他們先是看見安婷，接著是童浩中那組人，他們下車緊跟著進入夜市，最後就是眼前的這場混戰。

劉碧珠強忍耳鳴，收起手槍走到童浩中身邊，蹲到他面前，依然笑笑的。

「真正的威脅不是蕭遙、安婷，而是那幫叫什麼開膛手的，每多一個傑克，立法院就變成瘋人院，每多一個受害者，媒體就變成一隻恨不得吞掉所有警察的怪獸，再這樣下去你覺得局長的位子還能坐多久？」

童浩中因疼痛而扭曲著臉，嘴裡不住咒罵，但劉碧珠知道，戰鬥已經結束。

身後發生過什麼事，安婷渾然不覺。她懂得人多安全的道理，但也明白那往往只是心理錯覺，對手大可運用這種錯覺藏在人群裡，快到夜市盡頭時她突然快閃從防火巷離開，就為了擺脫可能的威脅。

這附近的夜市社區，安婷還算熟。以前常來這兒找一位育幼院的姊姊，她叫阿娣，混血兒，在夜市打工討生活，住的是最廉價的三合板隔間宿舍，就在一幢舊公寓的三樓。安婷拐入巷子，公寓一樓剝蝕落漆的紅色木門從不上鎖，估計也上不了鎖，她直接走進大門步上階梯，此刻阿娣正忙著打工，不在，但頂樓的天台還算安全，暫可棲身。安婷偶爾會來這兒，等阿娣收工回來往往大半夜了，仍喜歡張羅東張羅西的就在天台烤肉，就她們倆瘋一整夜。

安婷微喘著爬上四樓階梯，接著登上頂樓天台，卻沒看到蕭遙。

他去哪？不是叫他乖乖待在這兒別亂跑？

傍晚帶他來到這裡，他叫她別去M大，太危險，二人因而起了爭執。

「別以為什麼事情都只有你知道，好像別人都是白癡。萬一我沒回來就別等我。」安婷丟下這句就走了。

媽的，他真的沒等她？

安婷摘下口罩、卸下背包，一個回頭，冷不防看見蕭遙出現在樓梯口。

「去哪了？」

「附近逛逛，蠻熱鬧的。」

她瞄他一眼，懶得罵人了，逕遞出水和白吐司，自己啃起餅乾。

「接下來去哪？」

「不知道。」蕭遙說。

「你不是都想好了？」安婷斜睨他，擺明冷諷。

「不是所有事都能預先想到。」

「還以為你很厲害。」

蕭遙啃起麵包，似乎對她的嘲諷很無感。

「妳問的很多事，我其實都答不出來，如果一直說不知道不知道，自己也覺得煩。像那輛車，我是坐上去才知道怎麼開。量子密碼也一樣，是因為藤原清順在場，我才抓到那個訊息。」

「什麼意思？」

「大量資料，莫名其妙的突然灌進腦袋，從小時候就這樣，後來我給它一個說法，就叫『訊流巨集』。」

「比起當人，你更適合當電腦。」
「那也不錯。如果身上有個按鈕，真想關掉它。」
安婷原本只是一句嘲弄式的玩笑，現在有點接不下去。
如果換作是她，經過七年的療養院折磨，肯定非跳樓即上吊，而眼前這男孩竟還好端端的坐在這裡，那個明亮的地獄，他到底怎麼活過來的？又到底經歷了什麼樣的煎熬？
「你先害我被抓，現在又帶我逃出來，是你算錯了嗎？」
「要說算錯也可以，要說還沒算到藤原清順這角色也可以，重點是，任何時候都必須確保妳的安全。」
「為什麼一定要保護我？」
「我也搞不清楚。總覺得，保護妳就像在保護我自己。」
「如果我真的只是你的幻覺，怎麼辦？如果你從療養院逃出來了卻又找不到我，怎麼辦？」
「能逃多久就逃多久，逃不了就死。」蕭遙說。
這句話好像有另一層意思，安婷靜默了一下。他是想說，她就是他活下去的意義嗎？怎麼可能？安婷覺得自己想太多。
「你也有想不開的時候哦？終於像個正常人了。」安婷笑了笑，不再有戲謔之意。「是因為不想回療養院？」
「應該是吧，但又好像不只那樣。」

「記得你還有家，有爸爸、媽媽，你去看過他們了？」

「很遠很遠的看。」蕭遙頓了一下。「離他們遠一點，對他們比較好。」

安婷看著他，第一次覺得他好像很孤單。

她念小學五年級時，S少年虐殺女家教事件喧騰一時，一度成為老師們上課時的心理輔導教學案例，教導學生們遠離犯罪，有任何疑難就即時與家長或老師溝通等等，都老生常談，一整個脈絡的前提也都認定S少年有罪。安婷的導師常掛在嘴裡的一句話：「不然爸爸、媽媽會很難過、很可憐！你們希望這樣嗎？」安婷沒有爸媽，對這句話不太有感，偶爾想到的倒是S少年萬一是無辜的呢？當時安婷年紀還小，想不透的許多事只能化為心中幽微的鬱悶，無從解開。

離他們遠一點，對他們比較好。

安婷直到此刻才終於稍稍明白，童年的自己一度無從解開的，或許就是一種無以言喻的感受，明明沒錯但沒人相信你，被所有人唾棄，孤立無援，然後就是永世孤寂的無底深淵。

「你從小就能看見我？幾歲開始？」安婷問。

「到底幾歲已經有點模糊。記得先是作夢，重複的夢見妳，後來即使清醒的時候也能看見。」

「我是兩年前被關在地下室的時候才看見你，本來以為自己是被關到瘋了。你覺得我們兩人之間到底什麼情況？」

「目前看來，好像跟妳的故鄉有關，那場爆炸。」

安婷怔住。

「這兩天才知道的。」蕭遙說：「妳我之間的連結越來越多，現在不只是那群殺手，還有未來學研究所。」

「還有和平展望會。」安婷接著說。

他們看著夜空，嚼著各自的吐司、餅乾，不再飢餓，唯獨不確定感驅之不散。

「走吧，這裡不安全。」蕭遙說。

「我想等阿娣回來。」安婷說。

「樓下到處都是監視器，我們應該被拍到了。」

「這附近沒有條子，我留意過了。」

「妳還在校園的時候就被警察盯上了，刑事局的，他們沒出手，就為了等妳跟我會合，兩個人一起抓。」

安婷愣住。「你一直跟著我？」

「妳走地面，我走屋頂。」

「屋頂？」安婷顯然沒聽懂。

「剛剛有沒有聽到像是鞭炮的聲音？」

「聽到了。」安婷說，但隨即想到什麼。「那不是鞭炮？」

「盯住妳的不只一組人，還有第二組，就是劉碧珠和她兩個夥伴，妳拐進防火巷之後，是他們幫妳斷後妳才沒事，後來他們和第一組起了衝突，劉碧珠對空鳴槍才結束一場混戰。」

蕭遙語速頗快，安婷一時有點難以消化。

「劉碧珠為什麼要幫我斷後？」

「她只是奉命行事。」

「不懂。」

「她的老闆是誰？」蕭遙反問。

「朱志揚。」安婷說。

「就是朱志揚要我們離開的。他不希望我們被引渡。」

「為什麼？他不也是警察？」安婷實在很難相信。

「事情有點複雜。簡單說吧，他需要我們。還有什麼問題？沒有的話真的該走了。」

「所以，從我出去一直到回來，你一直在暗中保護我？為什麼？」

「這種問題妳已經問了很多遍。」

「告訴我到底為什麼，就因為整個事情太複雜也太離奇，我想知道你真正的目的，不然就各走各的路，你愛上哪就上哪去，我只想留在這裡，因為我寧可相信阿娣也不敢相信你。」安婷瞪著他，看來她已經下定決心。

蕭遙沉默了一下，垂眼看著地上，良久才說：「我不太懂得怎麼跟人溝通。笨拙，愚蠢，總以為別人會理解我，不管是心裡想的或嘴裡說的，我總以為別人會明白，但事實正好相反。」

蕭遙語速放緩，有點小心翼翼，更像是喃喃自語。

「從小，爸爸、媽媽、同學、老師、朋友，常常被我嚇壞，但有些人還是對我很好，直到，我被抓了，判刑了，除了郭俊彥和他媽媽偶爾還會去看我，所有人突然都消失了，但不能怪他們，因為有問題的是我。我很想變回正常人，乖乖配合田醫師的所有療程，每一次都很誠實的說我想到什麼、看見什麼，後來才發現我越誠實他就越認為我不正常，可是，我可以為了成為他眼裡的正常人而說謊嗎？好像可以，但我不想。總之，覺得自己就是笨，就是蠢。」

蕭遙刻意放緩的話語，約莫是不想嚇跑安婷，而她也感受到了。

「離開療養院的第二天，我什麼地方都不想去，只想去山上，有個角度可以看到爸媽的家，坐在那裡看著看著，也不知道為什麼，覺得自己很放鬆，好像什麼都可以不用擔心了。後來我去妳那兒，也一樣，看著妳住的地方，不知道為什麼就覺得應該待在那裡陪妳，就算妳不知道也無所謂。」

「那時候你已經知道阿鏘要來？」安婷問。

「知道。」蕭遙說。

「你也知道打得過他？」

「不知道。沒把握。」

「有沒想過自己可能會輸、可能會死？」

「想過。但不知道為什麼，反正就覺得無所謂。這就是我的狀況，很多事都說不清為什麼，但也就那樣了。」蕭遙說。

安婷看著他，明明覺得自己夠強的卻不知道為什麼突然濕了眼。

「可是如果妳一定要我說清楚，也可以。之前沒想過的，現在想到了。當全世界只剩下我一個人的時候，只有妳一直在我身邊。只要能看見妳，每一次的絕望都像希望，所以我想找到妳，不想讓任何東西傷害妳，做這一切，就只因為喜歡妳，沒別的理由。」

蕭遙始終很平靜，但也因為這樣才把安婷弄哭了。

朱志揚吃完豬排飯盒餐，粒米不剩。井岩峰的故事也已經講了一半。

未來學研究所成立於馬里亞納實驗室爆炸的十年後，最主要的任務就是重啟楊桐的計畫，鎖定水的記憶及其量子態，但因楊桐留下的太有限，井岩峰本人就成為最重要的數據來源，無數次的抽血，多到說不清的各種儀器檢測，長期以來肉體承受的苦痛簡直難以言喻，他願意忍受，只求能有開花結果的一天，但卻一再落空。

直到三年前，PV（和平展望會）全球總部執行長大衛．葛倫（David Grant）主動找上門，提出合作邀請，葛倫是美籍白人，不知怎麼得悉未研所的，總之很大方的承諾每年支助未研所三千萬美元，相當於於政府撥給未研所的年度預算新台幣九億。總統府和未研所很快就拍板決定接受這個合作方案，不只因為錢，還因為葛倫亮出的底牌讓人難以拒絕，那是一份厚達千頁的電子文件，《馬里亞納計畫》，撰稿人正是楊桐，文件內有許多演算公式都是楊桐不曾公開發表的，那才是整個計畫的精髓。

合作案啟動後，井岩峰獲邀擔任ＰＶ台北總部的理事，未研所的進度也有了突破性的發展，最顯著的例子就是根據楊桐的演算公式，以依附於水分子為前提，從井岩峰的血清導出一種嶄新的自由基反應，自由基又稱活性氧分子，本來應是一種實體存在，但這次發現的自由基卻是鏡像的、非實體的存在，驚人的是，它在活體白鼠身上竟能誘發鼠體自身的抗癌機制。

鏡像自由基只存在於水分子內，反之則否，這也證明，水確實有記憶，且是一種未知的量子態，它儲存了井岩峰體內的抗癌數據，說不定也儲存了其他所有的生理數據，就像一部鉅細靡遺的歷史典籍或百科全書，你不會知道它到底藏了些什麼，除非伸手去翻，可如果你真的翻開了，量子疊加態塌縮為恆一，任一時間都只能看到那特定的某一頁而非全部。這也是整個研究計畫最有趣也最讓人覺得焦慮之處，你永遠不知道盡頭在哪裡，相對的，也會激起某些無止盡的欲望。

「無止盡的欲望，指的是誰的欲望？和平展望會？」朱志揚問。

「還記得之前跟你提過的軍事用途嗎？」

朱志揚點頭。「你說會盡全力阻止楊博士的理論被誤用。」

「未研所和ＰＶ之間的合作前提，就是不得涉及軍事用途，葛倫也同意了，一開始還合作愉快，但後來發現越來越不對勁。」井岩峰說：「有些跡象顯示，ＰＶ和未研所的合作方案，只占了它整體計畫的一小部分。」

「怎麼說？」

「誠如剛剛說的，一部百科全書擺在你面前，你翻開一頁，覺得挖到寶了，後來才發現它只是千萬頁裡的一頁，換句話說，你挖到的其實只是一小粒鑽石，而一整個無可限量的礦場卻掌握在別人手裡。」

「你是說，國際分工？」

「對，而且是不對等的垂直分工，ＰＶ是上游，台灣的未研所只是下游的一個分支，至於其他分支可能遍布在全球的很多地方，主要是第三世界。所有核心技術以及關鍵性的know-how全都掌握在ＰＶ手裡，我們只是下游的末梢神經，聽命行事，就像最基層的產業工人，辛辛苦苦做出的零組件，卻不知道它最終會組裝出什麼東西。」

「你確定這中間沒有誤會？」

「一開始，ＰＶ說的是醫療用途，直到兩年前那場恐攻事件，ＰＶ台北總部夷為平地，當天下午我收到一則手機簡訊。」

井岩峰從手機點出一張截圖，遞給朱志揚。截圖裡是一則中文短信。

利維坦的幽靈正在台北上空飄盪，世人應知所戒慎。和平展望會假慈善之名行偽善之實，正是五一六行動讓此妖獸從隱形化為具象。井岩峰先生，請立即終止您進行中的計畫，它旨在軍事而非醫療，也是替霍布斯主義推波助瀾的新型武器，切勿助紂為虐，否則必將成為地球與人類解放道路的公敵，吾必殲之。安那其家園

看完後，朱志揚把手機還給井岩峰。

「那場恐攻事件的所有情資我都看過，印象中沒有這則短信。你沒報案？」

「給大老闆看過，算不算報案？」
「他怎麼說？」
「叫我好好保存，但絕不能讓第三者知道。」
「為什麼？」
「你說呢？」
「他早就知道了？」朱志揚有點錯愕。
「雖然知道，但是阻止不了。」
「怎麼說？」
「他沒告訴我原因，你自己問他吧。接下來我們就來談談蕭遙，你想知道什麼？」
「我說過了，整個宇宙，而不是我以管窺天所看到的那一兩顆星星，所以你來告訴我吧。」
井岩峰點點頭，整個背倚靠在沙發上，似也思索著從何說起。
「剛剛提到的鏡像自由基，是針對生理疾病，那麼，照理說也存在著類似的鏡像機制可以運用在心理或精神疾病的治療，根據楊桐博士的演算程式，果然找到了。」
「所以一開始仍只是醫療用途的實驗？」朱志揚問。
「對我來說是這樣沒錯。」
「你們找到了什麼？」
「鏡像客體小a。」

「什麼？」朱志揚沒聽懂。

「其實有點複雜，我盡量簡單說明。本來，我想把它命名為『鏡像欲望』。」

「這就比較好懂。」

「但『欲望』這個詞太籠統，範圍太大，就失去科學的嚴謹，所以我才決定從拉康學派的精神分析理論借用這個概念，object（little）a，也就是『客體小a』。它意味著某種永遠無法觸及的東西，而這東西就是欲望形成的真正原因，它滑動在主體和他者之間，恆久處於漂浮而不確定的狀態，永遠難以捉摸卻又足以驅使欲望運行。舉例來說，一個女性慣竊在百貨專櫃偷了一枚鑽戒，分析她的心理根源，譬如虛榮，因為別人有而她沒有，所以自己也想擁有一枚，而這虛榮本身就是主體和他者交織而成的，是她看別人的目光，以及別人看她的目光，相互比較相互滲透而共同形成的，客體小a就類似這樣，它驅動欲望讓這女人出手行竊，就算偷到手了也無法滿足，欲望永遠滿足不了，原因就是客體小a的永遠無法觸及。就像拉康說的，客體小a能任意驅使欲望運行，它定義了驅力，但驅力並不直達客體小a，而是圍繞著它不斷旋轉。」

「聽起來很像逗貓棒。」

「要這麼比喻也不是不可以，但我不好叫它鏡像逗貓棒。」

朱志揚笑了笑。「還是有點複雜。但聽起來還算合理，好像也只有這樣，才能比較清楚而完整的界定人們複雜的心理狀態。」

「鏡像客體小a就跟鏡像自由基一樣，只能依附於水分子，未研所希望用它來治療一些精神方面的症狀，例如躁、鬱、焦慮、強迫症等等。」

「可是葛倫先生的想法不只這樣？又或者說，他和大老闆之間的秘密交易是什麼？難道，就是承接ARE那個已經流產的計畫，打算把某些人類打造成地表最強的戰士？」朱志揚問。

「對。大老闆的想法就是軍事建設，這不歸我的職權，所以沒讓我知道。」

「既然這樣，又是哪個環節出錯，讓大老闆想阻止又阻止不了？」

「既然你知道國際垂直分工，那麼應該也瞭解那些先進國家在第三世界留下了什麼，例如化學污染、空氣污染、重金屬污染，甚至層出不窮的毒氣外洩、鍋爐爆炸。」

「你的意思，馬里亞納實驗室之所以設在台灣，也是同樣的道理？」朱志揚問。

「不然為什麼不設在關島？那裡離馬里亞納海溝更近。」井岩峰說。

「美國嘛，得罪不起。」

「對現在的和平展望會而言，美國就是它的本土。」

「該擔心的是什麼？未研所與和平展望會的合作，會在這裡留下什麼？」

「老實說，還不清楚，因為事情正在發生中，還沒結束，而且這個實驗是由PV主導，我所知有限。一開始，鏡像客體小a的實驗範疇先只是針對部分精神症狀，後來逐步擴大，選定一些重症患者和重刑犯進行實驗，想建立一種召喚機制，改善他們的意識與行為，不料整個實驗卻逐漸失控。」

「怎樣失控？」朱志揚問。

井岩峰起身走到辦公桌前開了電腦，要朱志揚過來看。他用滑鼠點開一個名為「鏡像客體小a實驗」的檔案夾，裡頭有十幾個子夾，都有編號，接著點開編號01的子夾，電腦螢幕躍現數十張照片小圖示，井岩峰把它們放大，從第一張照片開始看起。朱志揚看到了，照片裡是病床上的一位男性長者，喉管割斷，血跡斑斑。

「這是第一個案例，發生在去年十一月。」井岩峰說：「他姓王，八十三歲，失智症，凌晨兩點多被殺。還想看別的案例嗎？除了割喉，還有斷手斷腳支解屍體的，還有斬首的，都是實驗對象彼此之間互相殘殺，一開始我並不知情，等我發現的時候已經死了十七個人。」

「十七？」

「怎麼了？」

「療養院的田振光醫師跟我提過，蕭遙曾經描述過一些很凶殘的殺人過程，田醫師一直以為那是蕭遙自己的幻想，蕭遙卻堅稱是他看到的，而且，就是十七件。」朱志揚接著問：「這十七個人在哪遇害的？」

「軍方的閒置營區。」

「沒向警方報案？」

「理由是軍事機密。」

「難怪，劉碧珠叫人查過一輪卻毫無斬獲。所以蕭遙真的看見了。」

朱志揚忍不住輕呼鼻息。又多了一筆新事證，足以讓他下地獄的。

「蕭遙身上的連結突然又多出一堆。」朱志揚望向井岩峰。「到底什麼原因你想通了嗎？你說過，從他逃出療養院的那一刻就自動納入計畫，到底什麼意思？」

「那只是我的猜測，本來希望蕭遙能給我解答，但是，看來連他也不清楚。」井岩峰說。

「難怪你沒那麼在乎他會不會感知未研所的機密，你敢讓他進到這裡，就希望透過他來瞭解那些連你都不知道的秘密。」

井岩峰點點頭。「也就是蕭遙說的某種氣息。」

「而且他說的是，和那些殺手一模一樣的氣息。」朱志揚思索著，想在凌亂的思緒中抓住幽微的亮光。

「他大概已經感知殺手和PV有什麼關係。」井岩峰說。

「就算只是猜測，你的結論是什麼？」

「鏡像客體小a也是一種量子態，會兩兩成對或更多數量地彼此糾纏，蕭遙和安婷以及那群開膛手之間就是量子糾纏態，應該錯不了。我懷疑，這一切都和ARE那波的實驗以及PV這波的實驗有關係。」

朱志揚似想說什麼，但欲言又止。「請繼續。」

「蕭遙說，新加坡來的那位藤原總監和PV關係深厚，你信嗎？」井岩峰問。

「到目前為止，蕭遙沒騙過我，他預見的事也都發生了。」

「萬一蕭遙說對了，藤原和PV有關係，他本來只想帶走安婷，後來又突然加碼要求引渡蕭遙，那就幾乎可以確認，蕭遙和安婷都是PV的實驗對象。但問題是，實驗的終極目的是什麼？如果為了打造一批超級戰士，為什麼讓他們自相殘殺？這不是很矛盾嗎？」

「確實矛盾，可是現況都已經這樣了，比起探討原因，我更擔心結果。」朱志揚說：「一九八四年十二月，美國聯合碳化公司在印度波帕爾的農藥工廠發生大量毒氣外洩事故，異氰酸甲酯，造成二萬五千人直接死亡，五十五萬人間接死亡，二十萬人永久殘廢。現在，你覺得和平展望會的實驗即將給我們留下什麼？」

「戰場。一個殺戮戰場。」井岩峰說。

朱志揚沉默了一下才說：「希望不至於。」

「但不是不可能。」井岩峰說：「除非，這一切都是杞人憂天，那群殺手和PV的計畫一點關係也沒有，死了四個也不會再冒出第五個，連續殺人到此告一段落。至於蕭遙，最好也和PV的計畫無關，他只是偶然冒出來的怪物和可憐蟲，還他清白大家就可以圖個清靜，皆大歡喜。」

「也是。還真希望人生美滿、歲月靜好。」朱志揚掏出手機點出一份文件，遞給井岩峰。「我出門前收到的名單，東海村那場爆炸有十三名倖存的小孩，蕭遙不在裡面，於是我們比對所有傷亡者，最後只在死亡名單查到一個小男孩，年紀和蕭遙一樣四歲，你看仔細，那小孩的爸爸、媽媽是誰。」

井岩峰低頭滑了滑手機螢幕，停下來，緊盯著看，面色突然凝重起來。

「如果這一切可以圓滿收場，我很想帶蕭遙一起去海釣，不用帶夜釣燈，因為他就是了。」朱志揚說：「只可惜，我的運氣一向不好，而蕭遙的運氣比我更差。」

井岩峰緩緩抬頭，目光所及，迎來朱志揚的搔頭苦笑。

第十三章

每個人都具有各種各樣的本性的胚芽，
有的時候表現出這樣一種本性，有的時候表現出那樣一種本性，
有時變得面目全非，其實還是原來那個人。

——列夫·托爾斯泰（Lev Nikolayevich Tolstoy）

凌晨一點，深灰色賓士轎車緩緩停在和平展望會台北總部大樓門口，藤原清順下車後匆匆走入大堂，一位男秘書迎上，帶著他搭電梯直上頂樓，PV最高階幹部的辦公室全在那兒，另還有一間做足了保密措施的視訊會議室。

秘書完成台北、紐約連線後，逕自離去，偌大的會議室只剩藤原一人，他面對的是一百二十吋螢幕裡的大衛・葛倫，二人以英語交談。

「辛苦了。」葛倫說。

「應該的。只是一點小傷，沒什麼。」藤原微笑著。

「莉夫人（Madam Lev）要我問候你。」

「請代我謝謝她。」

螢幕裡的葛倫看起來高貴優雅，臉龐比例勻稱，輪廓略深，鼻梁高挺，白膚、金髮、藍眼，談吐之間總會給人一種無可置疑的信賴感。

「你專程飛這一趟，成果豐碩，文字報告我們也都讀了，很精采。本來應該讓你多休息的，但莉夫人和我都耐不住，很想聽聽你的第一手分析。」

「請說。」

「除了超感知力和驚人的體能，你在蕭遙身上還留意到什麼？」葛倫問。

「學習力極強，前所未見。」藤原說。

「例如？」

「他先感知到我，才一下子就讀取很多訊息，例如量子密碼，但什麼是量子密碼？連我都搞不太清楚，他哪會知道？」

「你的意思是，就在那一瞬間，他學習到了？」

「對。也不知道什麼東西教他的，那東西肯定不存在於我們身處的刑事局地下室，而是來自別的空間。」

「有意思。」葛倫笑著說：「莉夫人作過類似的推測，你的觀察正好印證她的論點。蕭遙的學習力其實有二個層次，第一層就如你說的，接收新訊息，但如果不懂得活用，再多的訊息頂多也只是與垃圾無異的死知識。但如果從死知識，例如量子密碼，推算出PV的目的就是獵捕荷米斯幕後的同黨，甚至推算出荷米斯犯了什麼錯誤，那就是學習力的第二層——他懂得舉一反三，能夠自行極速運算而且連最幽微的人性都在運算之列，這才是蕭遙的本領，也是他最可貴的地方。」

「瞭解。」

「今天的過程都在預期之中，沒有意外也沒有失控，這就表示實驗方向正確無誤。請你在台北多待幾天，嚴密監控全程，等待最後結果。」

「好的。」

半小時後，藤原回到飯店房間。終於可以好好睡一覺了。

從新加坡出發前，一切都已經部署妥當，還算縝密。

必須讓台北方面確切以為他是來引渡罪犯的，所以先敲定里昂的國際刑警組織總部派出引渡專機，接著訂購藤原自己的單程機票，從新加坡飛台北以及從里昂飛回新加坡各一張，缺一不可，就算後者是多餘的，也絕不能少。

此行本來就沒有飛里昂的打算，激怒蕭遙才是真正的計畫，而後來發生的一切，包括蕭遙與安婷的逃脫，正如葛倫說的都在預期之中，至於實驗方向是什麼？整個計畫的終極目標又是什麼？藤原並不清楚，葛倫也沒打算讓他知道。

三年前，藤原在東京的一場晚宴中首度見到葛倫。那場晚宴是由外交部和ＰＶ合辦，冠蓋雲集，葛倫是全場的焦點人物，藤原只是陪同警察廳長官出席，沒想到葛倫竟主動和他攀談，親切寒暄，不只叫得出他的名字，還知道他是網路犯罪防制專家，對他盛讚不已。後來他們又私下碰了兩次面，葛倫邀他擔任和平展望會東京總部的理事，藤原一口就答應了，他原以為那只是個榮譽的頭銜而已，不料後來的發展卻遠超乎他的想像。先是在警察廳內晉職升官，接著由國際刑警組織推選為ＩＧＣＩ總監，一切就如葛倫說的，ＰＶ永遠知所感恩，必定善待朋友，所謂善待，意指完整的人生規劃。藤原帶著老婆、小孩飛新加坡履職，ＰＶ提供一幢附帶泳池的花園洋房讓他們居住，九歲的兒子就讀當地最貴的外僑學校，夫妻倆在各種社交場合結識各國菁英，偶爾還在自宅辦派對宴請各方權貴，所有費用都由ＰＶ買單。

人生規劃得如此完美，誠屬不易，藤原覺得很滿足，並不覺得自己被收買，而且說收買也未免太俗氣。自從霍布斯主義興起，籲求組建利維坦聯盟的聲浪方興未艾，像藤原這樣的人越來越多，他們自居為無國界的菁英，渴望足以超越世俗、超越傳統國族界線的新思維與新倫理，期盼重建全球新秩序，而和平展望會無疑就是引領這股潮流的先鋒，藤原身為其中一員，與有榮焉。

兩年前發生於台北的五一六恐攻事件，ＩＧＣＩ先一步在暗網攔截到情資，經分析後發現，恐怖分子來自一股反霍布斯主義的跨國神秘組織，葛倫交付藤原的任務是找到該組織在台北的巢穴，進而破獲潛伏各國的黨羽和組織網，沒想到功敗垂成。根據ＰＶ全球總部事後調查，責任不在藤原，他們懷疑ＰＶ有內奸事先洩露情報，才讓三名恐怖分子得以在入境後很快地甩脫警方的跟監。這兩年來，藤原在他擅長的網路領域布下各種陷阱，苦苦守候，終於等到上鉤的荷米斯。直到荷米斯被捕後，藤原的想法原本是親自押解她到里昂，沒想到葛倫突然來電要求他變更計畫，說是有新的變數出現，只須擺出架勢但不用真的引渡。葛倫沒說明原因，但藤原猜也猜得到，那個變數應該就是蕭遙，那個突然冒出來的十九歲男孩。

藤原對蕭遙其實沒什麼興趣，還願意留在台北就只因為對葛倫的全然信任與忠誠不二。據說有個國際霍布斯學會，一向很神秘，成員有哪些也極少人知道，只聽說是各國的頂級菁英，葛倫就是核心之一。

建立公共權力的唯一方法，就是把他們所有的權力與力量交給一個人或者由一些人組成的會議，根據多數人贊成，把他們大家的意志變爲一個意志。

托馬斯·霍布斯的這句格言，藤原一向奉為圭臬，他隱隱覺得，國際霍布斯學會應該就是格言所提及的那個「由一些人組成的會議」，藤原最大的夢想就是躋身其中，和他們一起成為菁英中的菁英、權貴中的權貴，未來也一起成為統領全球的皇中之皇。

晨間的陽光灑在外雙溪河床，大大小小的岩石都披上一層暖陽的金黃外衣，背光的暗灰色石縫之間，波光粼粼。

安婷掬了一把溪水拍在臉上，用毛巾拭乾，接著用髮束把長髮綁成馬尾，環顧四周，對岸的河岸步道有些早起的居民正在健走運動，有些長者坐在輪椅上享受晨光沐浴，來自菲律賓和印尼的女性看護推著他們緩緩前行，她們彼此以母語攀談、打招呼，偶爾肆意地大笑。

那笑聲很熟悉，安婷想起阿娣，昨晚沒見到她就離開，只能在她的房門上貼了張紙條，問她好不好，想她，愛她。其實都是廢話，她能好到哪去？無身分、無國籍的黑工，永遠只能躲在城市最黑暗的角落，才十九歲，阿娣已是一縷被禁錮的幽魂，用日復一日的勞動來忘記悲傷，只有和安婷獨處時，阿娣才會像那樣大笑，她曾說，眼淚只留給自己，笑聲是留給朋友的，而安婷就是她唯一的朋友。

毛巾在溪水裡用力搓洗乾淨，擰乾後，安婷沿著板石走入樹林裡，看到蕭遙依然熟睡，她沒喚醒他。

昨晚離開阿娣住處後，她帶他沿著五指山脈的山腳疾行，偶爾須繞小路穿越一些幽靜的社區，路程雖遠了點，但較安全。二人之間一路沉默，一個多小時的步行，聽見的就只有彼此微喘的呼吸聲。抵達外雙溪後，挑了塊平坦的板石，蕭遙倒頭就睡，應該是累壞了吧。安婷也累了，但睡不著，心想他怎麼可以這樣就睡了？

做這一切，就只因為喜歡妳，沒別的理由。

天台上，他講完這句就沒後續了，緊接著下一句話竟然是「該走了」，說完就逕自掉頭離開，連那沉甸甸的六十公升大背包都是她自己背下樓而且一路背到這兒來的，這傢伙確實像他自己說的一樣，太不懂得溝通。從國中到高中，陸續有男生對安婷告白，無非都是些偷塞情書、託人捎話、路口攔人之類的把戲，無聊，幼稚，但是，最起碼都有個完整的過程，像讀小說、聽音樂一樣，就算她每一次的拒絕對那些男生而言都是悲劇收場，但有人寄予她祝福，有人翻臉咒罵她，不甘心的還會糾纏不休，不管哪一款，總是有始有終，總會拖個小尾音才淡出，但就是沒有人像蕭遙這款的，丟完炸彈轉身就走，笨拙、愚蠢，一如他自己說的那樣。

不過，這就是他了。

安婷突然覺得，蕭遙可能一輩子都會是個沒有前奏沒有尾音的人，因為他不覺得需要。在那句話之前，他說的往事裡面，除了有他自己，還有她，彷彿二人之間本來就不需開頭也不需結束，只因安婷早已鑲在他生命裡面。

陽光穿過林梢，柔和的光點灑在蕭遙身上，他睡得像個孩子，似也只有這種時候他才像個孩子，就像兩年前那個冬天她看到的他，純真，明亮，一切靜好。安婷看著他，很想伸手去觸摸他，但忍住了。

對岸的郊區公路，上班的人車變多了，整個城市又開始規律的一天。

安婷嚼著白吐司，盤算著下一步該去哪，蕭遙醒了，坐起身子，安婷遞出濕毛巾，他走到溪水旁盥洗完後回到樹林裡。

「不能待在這裡。」蕭遙說。

「我知道。」安婷說：「我們需要錢，還有住的地方，有個朋友可以幫忙，她叫雷娜。」

蕭遙看了安婷一眼，逕吃起吐司。「我看見**它們**了，那些殺手。」

「在哪裡？」

「還不清楚。**它們**是分散的，不是群聚。」

「一樣在找我？」

蕭遙點頭。「沒有任何地方是安全的，如果去找妳朋友，**它們**也會找上她。」

安婷沉默了一下。「我可以跟她約在外面，隨便什麼地方都可以，拿了錢就閃人。」

「有人正在等妳這麼做。」

「你說條子？」

「主要是藤原清順，他的任務之一就是查出東托邦到底有哪些人。」

「你果然知道東托邦了。那只是一群傻得可愛的朋友，一點都不危險，為什麼藤原想抓他們？」

「還不清楚。危不危險不是妳說了算，國際刑警組織有他們自己的定義。」蕭遙望著樹林外河岸對面的上班車潮，尋思著。「我可以去找雷娜，妳在那附近等我，不要離太遠。」

「好，我請人聯絡她。」安婷起身正想從背包拿筆電。

「不用了，我知道她在哪。」蕭遙說。

安婷錯愕地回頭看他。

「從刑事局出來的時候，情況太混亂，所以妳沒看清楚。」蕭遙說：「雷娜當時也在場，她是未來學研究所的秘書陳亦湘，也是妳認識的，東托邦，妮洛夫娜。」

安婷傻住了。

早上七點半，陳亦湘照例是第一個來上班的，包包擱到座位上，沒先煮咖啡，直接走出辦公室進了所長室。沙發區的茶几上擱著兩組空的咖啡杯，井岩峰和朱志揚留下的，他們昨晚應該聊到很晚吧，幸好事先幫錄音筆充飽電，至少可撐十小時以上，該錄的應該都錄到了。她彎身翻開茶几下方置物架的雜誌堆，突然皺眉，東西不在那兒，也沒掉在地板上，接著每一本雜誌都翻遍了仍沒找到。錄音筆不見了。

陳亦湘唰地站起，回想所有細節，擺放的位置不可能記錯，那麼，是被拿走了？是誰？井岩峰或朱志揚？怎麼拿走的？是有人直接發現？還是有人帶走雜誌卻沒察覺錄音筆夾在裡面？可就算這樣，仍遲早會發現。無論哪種情況，無論是井岩峰或朱志揚，只要聽了錄音內容，她都死定了。

八點四十分，井岩峰上班了，陳亦湘被叫進所長室，井岩峰要她坐到他辦公桌對面，接著把那支錄音筆擱在桌上。

「解釋一下。」

井岩峰冷冷看著她。她看著錄音筆，良久才抬眼看他。

「很多事情都沒辦法參與，我只是很好奇，想多知道一點。」陳亦湘說。

「只有這個理由？」

「對。」

「我不相信。」

「我也是所裡的副研究員，科學才是我的專長和本行，你叫我兼任秘書這個位子，每天忙些瑣碎的行政工作，我就當作協助你，再怎麼煩都可以忍受，可是最關鍵的研究計畫卻把我排除在外，說真的，我很不開心。」

「妳背後還有誰？」井岩峰寒著臉，始終盯著她。

「沒有，真的沒有。」

「竊聽國家機密，我可以報警抓妳。」

「那我應該昨天晚上就被捕了，不太可能現在還坐在這裡。」

「我是還沒報警。我一向對妳寄予厚望，只想先搞清楚妳到底怎麼回事。昨天朱督察就坐在那兒，這東西他也看到了，妳覺得他會怎麼做？」

陳亦湘一時沉默，不知道該說什麼。

「妳所有的通訊紀錄、銀行帳號、錢進錢出、人際關係、談過幾次戀愛、有沒有黑歷史，總之妳這輩子所有大大小小、所有狗屁倒灶的鳥事全都要翻出來清查一遍，而且說不定等一下就會派一組人把妳帶走，所以請妳現在就老老實實告訴我，不要侮辱我的智慧，這樣我說不定會幫妳求情讓妳少坐幾年牢，這樣，可以嗎？」

「可以。」陳亦湘的聲音變得有點沙啞。
「你背後還有人嗎？」
「沒有。」她的語氣還算篤定。
「東托邦是什麼？」
「什麼邦？」
「Eastopia。」井岩峰緊盯著她。
「沒聽過。」
「沃洛佳又是什麼？」
「不知道。一種酒嗎？」陳亦湘迎視著他，微微喘息著。
「妳看起來很緊張也很不安。」
「你不會嗎？如果有人威脅要讓你坐牢的話。」
「妳好像不覺得自己有錯？」
「就算有錯也沒有惡意。我只想讓自己更像個科學家，而不是打雜的阿姨。」
井岩峰仍盯著她，她不知道接下來會怎樣，但已作了最壞的打算。
「妳背後是有東西，就是強大的企圖心。妳說得對，科學家只有在追索真理的過程才能獲得真正的成就感，我太忙也太大意，所以沒留意到妳真正的需求和想法。」井岩峰把錄音筆推到陳亦湘面前。「裡面的東西我洗掉了，收起來吧。這件事我就當作沒發生，但下不為例。」

陳亦湘有點難以置信。

「有些行政事務我很習慣的就交代給妳，但妳其實可以分派給其他人做，不要忙死自己，至於沒把妳列入的機密計畫，我會重新評估，也讓妳適度參與。」

「謝謝。」陳亦湘強抑激動，仍忍不住落淚，但她很快拭掉。

「朱督察沒看到錄音筆，也不知道這件事，所以，沒有人會逮捕妳。還有，以後進來這裡要小心一點。」井岩峰抬手指了天花板的四個角落。「有些地方長了眼睛，妳看不到它們，它們看得到妳。」

陳亦湘離開所長室後，隨即匆匆進了洗手間，把自己鎖在廁所內，急促地換氣，雙腳連站都站不住所以只能坐到馬桶上，十指則須合握才能勉強止住顫抖。

活生生的震撼教育，她生平第一次經歷，幸好挺過去了，但也沒天真到以為井岩峰就這樣相信她了。他怎麼會知道東托邦和沃洛佳？是他自己查到的？還是和平展望會或藤原告訴他的？既然知道又為什麼要挑她來問？難道懷疑她是東托邦成員？這種懷疑又從何而來？每個疑問都得不到答案，是與否之間，無限可能，最慘的是，完全不知道井岩峰真正的想法是什麼，下一步又是什麼，如果他釋出的友善只為了欲擒故縱，那麼，她接下來要面對的就是個萬劫不復的煉獄。

陳亦湘回到辦公室，若無其事地處理手邊的公務，其他同事各忙各的，似乎沒人留意她，但天知道。以前一有狀況她總會在第一時間發訊給沃洛佳徵詢意見，但現在，不知道自己是否被盯上了，所以不能再這麼做。直到此刻，陳亦湘才猛然意識到自己已經完全孤立，沒有人能幫她。

九點十分，羅靖銘匆匆踏入會議室，朱志揚、劉碧珠已經等著他。昨天夜裡發生的事，童浩中早就跟他回報了。

「童浩中本來也要過來，我壓下了。他不知道IZ，來了也是雞同鴨講。」羅靖銘沉著臉入座，顯然一肚子火。「自己人踩線，這種狀況很常見，沒什麼好爭論的，但明知道是自己人還搞到那麼難看，最後還讓嫌犯給跑了，整個刑事局都沒規矩了嗎？我就是說妳，劉碧珠，童浩中是大隊長，職等比妳高兩級以上，妳他媽的開什麼槍啊？」

「我昨天在現場就跟童大隊道歉了。」劉碧珠說。

「道歉有什麼屁用？他現在要我懲罰你們，記過，降職，什麼都好，但我他媽的什麼都不好，因為我根本動不了你們。」羅靖銘幾乎是用吼的。

「需要的話，我也可以當面向童大隊致歉。」朱志揚平靜地說：「可是有件事要先對個焦，嫌犯不是自己逃掉，而是我們故意放走的。」

「你的理由我很清楚，但我不同意。」

「並不是所有的理由你都知道。」

「還有什麼是我不知道的？」

朱志揚沒回答。

「懂了。又是不能說的機密。」

「抱歉。」朱志揚說。

「連我都信不過？」

「我信得過你，但是，這跟個人交情無關。」

羅靖銘忍不住冷笑。「再這樣下去，ＩＺ就變成整個警察系統的太上皇了。」

「我不想讓你為難。」朱志揚說：「二年前我們都跟藤原清順交過手，我們主張決戰境外的策略被他否決，後來才導致那場恐攻在境內發生。」

「那次，最後是我拍板定案的。」

「我知道，所以才明白你有多無奈。現在，藤原又出現了，你信得過他嗎？」

「這次狀況不一樣，殺手早就在境內了。」

「這不是重點，如果信不過藤原，但如果他又用上頭來壓你，你頂得住嗎？」

「你就是信不過我？」

朱志揚搖頭。「我尊重你的選擇，但我也相信自己的判斷。」

氣氛變得很僵。劉碧珠被晾在一旁，其實有點坐立難安。

「好，沒關係，你有你的職權，我也有我的。」羅靖銘說：「現在我要正式對你提出要求，以後不許再妨礙局內所有的偵查行動。」

「我盡量。」

「不是盡量，是一定要。否則，出什麼事自行負責。」

「只要是我下的指令，我會負責。」

「不，你沒聽懂。童浩中說，既然你們那麼喜歡開槍，以後他們也不會客氣，連對空鳴槍都可以省了，要玩就玩真的，這樣懂了嗎？如果ＩＺ繼續這樣不知節制，首先要面對的不會是敵人，只會是自己人。」

羅靖銘起身離去，有點翻臉的味道。劉碧珠吁了口氣，整個人癱在椅上。

「這種高層會議，其實我不在比較好。心臟不夠強。」劉碧珠說。

「局長指名要妳參加。」

「為什麼？比較敏感的話題，他都會跟你一對一溝通不是嗎？」

「以前是這樣，以後就不一定了。」

朱志揚起身離開，劉碧珠一時沒聽懂，只能尾隨而出。

多說無益，他不想再解釋什麼。一直都相信物質不滅，各種情感皆是，友情亦然，但他也明白，即使不滅，卻難免枯萎凋零。

大老闆的預言似乎就快實現，犯眾怒的日子已經到了。

陳亦湘坐在落地窗邊的休憩區喝咖啡，桌上一大疊文件都是未研院的年度預算初稿，她其實有點心不在焉，或者說是心神不寧，總覺得隨時有人盯著她瞧，又或者，這大辦公室是否也埋了她看不到的「眼睛」。平常不會這麼神經質的，也總以為自己可以禁得起任何風浪，卻沒想到如此不堪一擊，她其實覺得很沮喪。

她啜了口咖啡，強打起精神快速翻閱，但實在定不下心，才翻了幾頁又別頭望向窗外，庭園裡錯落著幾棵紅楠、青剛櫟，有個人正穿越其間，等看清楚那人就是蕭遙，她突然愣住。蕭遙站定在林中，看著她微笑，然後轉身離開。她力持鎮定地起身回到座位，抄起包包，以正常的速度走出辦公室，不想讓人啟疑。出了未研所，步入林子內，很快就看到蕭遙，她先確認四周沒別人，這才快步走去。

「都還好嗎？」陳亦湘問。

「還好。」

「荷米斯呢？」

「就在附近。她叫我來找妳。」

「真想看看她。」

「她很想來，只怕會連累妳。」

陳亦湘從包包取出一束十萬元現鈔遞給蕭遙。「現金比起任何東西都好用。還有什麼需要？」

「這樣可以了。」

「本來應該幫你們安排住的地方，幫你們買些吃的穿的，但現在不太方便，我可能被盯上了。」

蕭遙看著她，似乎並不驚訝。

「你又從我這裡讀到什麼了？」陳亦湘問。

「妳是雷娜也是妮洛夫娜，荷米斯都知道了。」蕭遙答非所問。

「你告訴她的？」

蕭遙點頭。「她說，在東托邦的世界裡，妳比較像是她的母親。」

陳亦湘突然濕了眼，沉默一下才說：「告訴她，我才沒那麼老，也沒那麼勇敢。」

「我不能逗留太久。」

「有任何需要隨時找我，只要我還在的話。快走吧，你們兩個都要保重。」

「不要畏懼井岩峰。」蕭遙突然說。

「你還是讀到了。」陳亦湘澀然而笑。「那老狐狸太厲害，想不怕都難。」

蕭遙走了。陳亦湘目送了一下，轉身回所裡，穿過樹林時突閃過一念，不禁失笑。

不要畏懼井岩峰。

「畏懼」這字眼用在口語有點奇怪，聽起來像古文或經文，陳亦湘看過田振光醫師對蕭遙的醫療紀錄，知道蕭遙在療養院裡讀過不少宗教典籍，剛剛他突然冒出那句，錯把文字表意與口語表意混而為一，或許反映了他還沒完全適應外面這個大社會吧。下次如果碰面，一定要好好嘲笑他。陳亦湘快步踏上階梯，走入未研所大門，整個心情突然輕鬆起來。

陳亦湘並不知道，蕭遙其實並未離去，他穿過庭園折回未研所，到了所長室的落地窗外，看到井岩峰正在辦公桌前敲著電腦，蕭遙輕輕敲了敲窗，井岩峰抬頭看見他，竟然笑了，顯然並不意外。蕭遙在透明玻璃上呵氣凝霧，以反向字寫了一組經緯度，等井岩峰記下了，他用衣袖擦拭乾淨，轉身離去。

25° 02’ 06.3” N 121° 36’ 35.0” E

二十分鐘後，井岩峰開著他那車齡九年的黑色日產Cefiro駛入中研院後方的茅草埔山，沿著蜿蜒的公路駛了一段，轉入一條岔往山坳的小徑，沒多久就在一塊傍山的空地看到蕭遙，停車熄火後，井岩峰下車走向他。

「就知道你會來。」井岩峰微笑著。

「時間不多，有什麼必須讓我知道的？」

「你讀得到我，所以你來提問，我回答，這樣更快。」

「我看到三個人的名字，一個四歲男孩，還有一對夫妻。」

「名單是朱志揚給我的。那對夫妻，丈夫是楊桐，妻子黃雁，他們的小孩，楊濳，就是你。」

蕭遙沉默一下，看不出什麼特別的情緒。

「十五年前，怎麼回事？」蕭遙問。

「三月二十二日一大早，我接到黃雁電話，說有急事，要我立刻趕到台東，我搭火車到了台東，黃雁在實驗室外等我，她說有緊急狀況，以後再跟我解釋，說完就把你交給我，叫我馬上離開，那天晚上，實驗室就爆炸了。看來，她預先知道會出事。」

「你為什麼把我丟在外面？」

「黃雁要我這麼做的，她說，萬一出了任何狀況再也碰不了面，絕對不能報警，孩子最好交給別人領養。我本來拒絕，說楊博士救我一命，小孩我可以照顧，但黃雁堅持不肯，說如果由我撫養，小孩遲早會被找到，到時候連我都危險。當時還有另一個狀況，就是你正發高燒、一直昏睡，黃雁也不讓我送你就醫，說你會自己好起來，要我別擔心。他們只有一個孩子，一向很疼你，這麼做必然有什麼迫不得已的理由。我爭不過她，只好答應。三月二十三日凌晨四點多，我把你放在區公所門口，然後坐在車上等，直到兩個清道夫看到你，報了警，我才離開。」

都已經多年前的事了，井岩峰如今說來，依然忐忑不安。

「後來，我一直留意你的動向，先在醫院醒來，被送進中途之家，接著由蕭家領養，整個過程我都知道。直到你十二歲的時候發生那件事，我想救你，但使不上力，唯一的方法就是說服最頂尖的人權律師陳啟斌來替你打官司，你蕭家的爸媽一直以為陳律師是自己找上他們，其實是我請他出面的。法庭攻防有陳律師在，我比較放心，至於我，就只能寫幾篇關於超自然感應的文章，從科學觀點來替你辯護，後來陳律師在法庭上引用那些文章，朱志揚也留意到了，所以才會去聽我的演講，向我請教相關問題。」

蕭遙仍顯得平靜，良久才說：「為什麼我不記得四歲以前的事？」

「兩歲的時候，你得了急性白血症，長期處於昏睡狀態，醫師判斷你活不過半年，沒想到你還是撐過來了，我猜，楊博士在你身上也施打了實驗藥劑。」

「跟你身上施打的一樣？」

「是不是同樣的藥劑我不知道，因為我從來沒有出現失憶的症狀。」

「那時候，為什麼不讓你報警？他們面對的危機是什麼？實驗室為什麼爆炸？為什麼說有人想殺我？」

「你媽媽的意思並不是有人想殺你，我記得她說的是，如果我撫養你，你就會被找到，我就會有危險。至於誰想找你，為什麼不能報警，他們夫妻倆面對的又是什麼危機，她都沒說。」

「但你已經作出推論了？」蕭遙看著井岩峰。

井岩峰點頭。「推論是從你逃出療養院之後連續發生的怪事串起來的。簡單說，你、安婷，那些殺手，這三個點，唯一的連結可能就是你們都施打過楊博士發明的某種藥劑。」

「安婷也有？」

「應該有。只是，誰幫她施打的，還不清楚。」

「是育幼院嗎？」

「朱志揚已經派人去查了。」

「就為了軍事用途嗎？如果實驗的目的是要培育出一群超強的戰士，為什麼讓他們自相殘殺？」

「並不是一開始就自相殘殺，例如開膛手的四名受害者都是無辜女性，這應該是為了培養殺手的學習力。至於安婷，是第二種案例，那才是自相殘殺，可是為什麼呢？我本來也百思不解，直到他們想引渡你，我才突然想到，其實重點就在你。你的出現，不在他們預期之中，直到你出手之後，他們發現了你，於是把你納入計畫，而且成為計畫的核心。蕭遙，這樣你理解了嗎？」

「他們在尋找蜂王？」

「差不多是這個意思，但蜂王也可能早就有了，而你是突然出現的另一個，那麼，會有什麼結果？」

「自相殘殺。最後只能有一隻蜂王。」

「但人畢竟是人，不是蜜蜂，人是可教化、可規訓的，在人的世界可以不只一隻蜂王，為什麼非要殺到你死我活不可？最後，只能導出一個理由，也就是我的結論——和平展望會想從你身上挖出寶藏，想測試你真正的能耐，因為楊博士早就去世了，許多秘密也跟著消失，而你，就是楊博士留下的最後的秘密，而且說不定也是全部的秘密！」

「所以，和平展望會已經知道我和楊桐的關係？」蕭遙問。

「警察都查到了，他們不會不知道。」

「你在和平展望會扮演什麼角色？」

「花瓶。只是掛個名，根本接觸不到最核心的機密。把我擺在理事的位子，也是大老闆同意的。」

「他們應該給你不少好處。」

「也要看我接不接受。」

「我可以相信你嗎？」

「讀讀這裡就知道。」井岩峰敲敲自己的腦袋，看著蕭遙。「第一次碰面，在未研所，你應該就讀懂了吧？」

「那天有點複雜，我只能小心。而且，也不是所有情況我都能馬上理解，特別是人際關係。」蕭遙說。

「這我明白。所以你才拒絕接受訪談。」

蕭遙看著井岩峰，突然問：「一定要對陳秘書那樣嗎？她被你嚇壞了。」

「我才被她嚇壞了。」

「被你威脅成那樣，她還是沒鬆口，你是在測試她？」

「是她自己先闖的禍，我只是順便來個隨堂考，她算是勉強及格。」

「為什麼不讓她知道你就是沃洛佳？」

「這女孩質地不錯，但還須磨練。」井岩峰說。

「你很殘忍。」蕭遙說。

井岩峰聳聳肩，微笑著。「如果碰到真正的刑求，連我自己都不知道能不能擋得住，何況是她。」

「但你明知道她對你有些誤解，為什麼不澄清？」

「沒什麼好澄清的。萬一我出事，她對我的恨意，就是她的護身符。還有，必須更正一下，沃洛佳是個委員會的代號，我只是沃洛佳之一，不是唯一。」

「還有什麼事要提醒我嗎？」

「接下來會發生什麼你很清楚，劍潭山的搏鬥，我看過警方的錄影，你同時應付兩個殺手也許還可以，但後來加入第三個，你受傷了。」

「下次我會小心。」

「看得出來你是為了救安婷才受傷的，接下來如果出現更多殺手，你有把握嗎？」井岩峰顯然很擔心。
「不知道。」
「我可以聯絡朱志揚，請他派人暗中保護你們。」
「朱督察現在有點自身難保。」
「怎麼說？」
「你自己問他。你覺得整個警察系統可靠？」蕭遙的口吻，不像是提問。
井岩峰搖頭。「好，算了，不找警察。可是怎麼辦呢？就只有你們兩個，實在太危險，而我又幫不上忙。」
「沒有人能幫我，只能靠自己，一直都這樣，早就習慣了，所以請別介意。」蕭遙微笑看著井岩峰。
井岩峰覺得自己眼眶熱熱的，沉默一下才說：「那些殺手能感知安婷，但他們真正的目標不是她。」
「我知道。」蕭遙說。
「我的意思是，只要他們出現，就叫安婷趕快離開，不只為了保護她，也為了避免讓她變成你的累贅。」
「我的想法跟你一樣。走了。」蕭遙點點頭，正想離去。
「為什麼不問我，你爸媽是什麼樣的人？」井岩峰突然問。

「已經讀到一些了。以後如果還有機會碰面，再聽你慢慢說。你該換車了。」蕭遙說完，頭也不回地走了。

井岩峰目送，心裡說不上來什麼滋味。

這孩子很特別，似乎有種溫厚和純真，但他是否和常人一樣可以真正感受情愛或人倫親情？如果可以，為什麼得知生父、生母是誰的時候竟沒什麼特別的反應，就好像聽到的只是什麼尋常的物件一樣？又或者，他只是把自己藏得太好，一如十二年前在法庭上一樣？那次井岩峰也去了，就坐在旁聽席的最角落，陳律師代表蕭遙的爸媽首次提出認罪協商，無異於撤守最後一道防線，對蕭遙判了道德上的死刑，從那瞬間開始，蕭遙才算是被全世界遺棄了，當時，井岩峰熱淚盈眶激動無比，而蕭遙就只是低頭坐在被告席上，一直都很安靜。

這孩子，井岩峰真的不懂，但蕭遙這麼聰明，應該會懂他吧？無論讀懂他腦裡的訊息或看到他那老爺車，應該會知道他始終堅守底線，不曾被PV收買，否則臨走前幹麼沒頭沒腦地說他該換車了？這孩子肯定懂他。

井岩峰回到車上，心裡不無幾分欣慰，他轉動鑰匙，車子沒反應，連轉幾次，只聽見引擎傳來老牛似的哮喘聲，再怎樣都發動不了，於是低聲咒罵著，下車打開引擎蓋，這時，他才猛然想到，叫他換車其實是這意思嗎？蕭遙這小子。

井岩峰不禁啞然失笑。

蕭遙沿著登山步道往茅草埔山主峰走了約十分鐘，軍人公墓的牌坊就在百米外，但他沒往那兒走去，而是往左拐入一條披滿蕨類植物的泥石小徑，穿過一片相思樹林，安婷就坐在樹下等他。蕭遙把錢交給她。

「十萬？太多了吧？」安婷忍不住驚噫。

「會嗎？她給，我就拿。」蕭遙聳聳肩，顯然對金錢多寡沒什麼概念。

「她有說什麼嗎？」

「叫我們保重，有需要就隨時找她。」

「有沒有罵我？」

「沒有。」

「沃洛佳有沒有託她帶什麼話給我？」

「沒有。」

安婷有點失望，抽了三張千元鈔塞進口袋，剩下的錢收進背包。

「以後再還她。如果還有以後的話。肩膀的傷還好嗎？」

「還可以。」

「痛的話就用左肩背。」安婷拎起沉甸甸的背包交給蕭遙。「我都想好了，反正他們一定會找上我，我就想辦法跑給他們追，你先留在這裡，不用跟我走，只要我沒事就來找你，如果我沒出現，這些錢就是你的，應該夠你撐一陣子。」

「妳想去哪？」蕭遙看著她。

「還沒想到。只能往人少的地方走，以免害了別人。」

「最好是沒有人的地方。」

「比如？」

「昨天晚上待的地方，樹林外的那片溪谷。」

「樹林我還可以考慮，但溪谷太空曠，我沒處逃。」

「就是要空曠，我才看得清楚**它們**到底有多少數量。」

「等等，你沒聽懂嗎？我們從現在開始就各走各的，等事情結束我再來找你。」

「這想法很愚蠢。意思就是妳死定了。」

「那也是我的事。反正我不需要任何人保護，這樣夠清楚了嗎？」

「**它們**真正的目標是我不是妳。」

「少來這套，現在只能聽我的！」安婷顯然不想爭論，她注視著他，伸手輕觸他臉頰。「謝謝你為我做的一切，這樣就夠了。我不知道你到底要找什麼或需要什麼，如果可以，我很想幫你，也很想陪你，但現在的狀況完全不是這樣，我已經害兩個朋友被抓，不想再害死你。拜託你先聽我的，找個地方躲起來，等你想清楚了該怎麼做，如果我還在的話，一定跟你一起面對，如果我不在，那就……不過我相信，就算只剩你一個人，一定做得到。」

安婷輕輕吻他，笑了笑，離開了。

蕭遙看著她的背影消失在樹林裡的步道，也才佇立一下，背包掛上雙肩，調了個舒適的角度，也離開了，就循著同樣的步道尾隨而去。他根本懶得理她，只須拉出一點距離別驚擾她就行了，他怕死了她的碎念，保持距離圖個清靜也不賴。

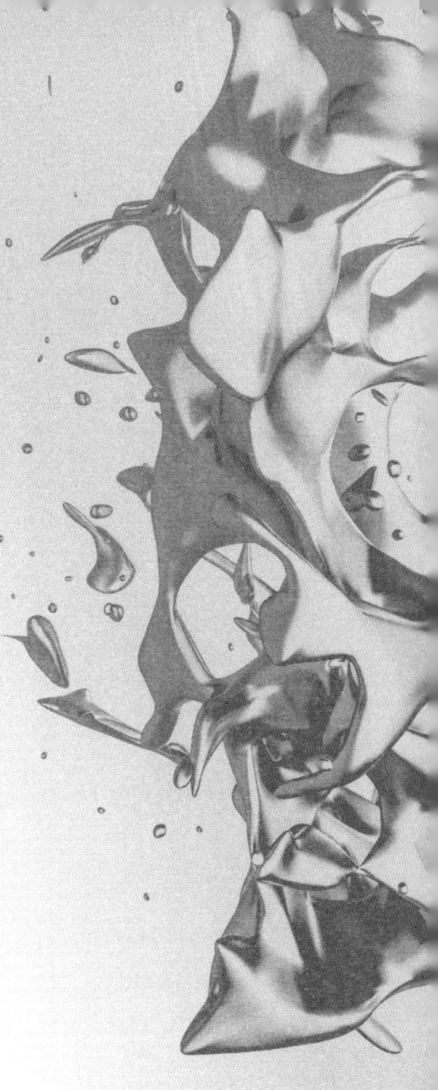

第十四章

世界對於人來說是荒誕的、毫無意義的，
而人對荒誕的世界無能爲力，
因此不抱任何希望，對一切事物都無動於衷。

——阿爾貝・卡繆（Albert Camus）

顧永剛結束他和大衛・葛倫的視訊會議，從容地走出和平展望會台北總部R樓會議室，門外的電梯間很寬敞，楊桐的鈦金屬雕像矗立在正中央，顧永剛對著雕像鞠躬，轉身看了眼電梯門邊的虹膜辨識器，完成掃描後，按了往下的電梯鈕回到七樓。這整棟大樓總共九層，頂樓是會議室，八樓是留給葛倫的，一整層將近七百平方米，布置得像是六星酒店總統套房，想辦個小型派對都沒問題，顧永剛就住葛倫樓下，同樣一整層歸他一個人使用，其中三分之一是他的起居室，另外三分之二是工作室，又或者，要說主控室也可以，能進入這層樓的只有兩個人，他和葛倫。

起居室內，顧永剛站在鏡子前，穿上外套，他喜歡這款綴著點點銀絲的淺灰色西裝，看起來很有質地，而且高貴。這種品味是PV教他的，葛倫常誇他夠帥，只差不太懂得打理自己，於是讓莉夫人幫他上了不少課，主要是歷史方面的知識，從法國、英國一直到中國、日本的皇室與貴族傳統，從白銀貨幣到金融資本，即使皇室與貴族崩解之後的所謂民主時代仍存在著幽微的貴賤之分，莉夫人說，不能只看到民主而忽略了潛藏其中的新興權貴以及永遠無法克服的階級鴻溝，美學正是由此縫隙衍生，不明白歷史就不會懂得品味與審美的根源。

顧永剛一直很感激葛倫，從大四起，PV就提供獎學金一路栽培他，後來還把他拱上台北總部實驗室主持人。顧永剛當然知道，PV夠寵他就因為他夠聰明也學習得夠快，所以，顧永剛也很感激楊桐，因為自己的聰明、智慧全都拜楊桐所賜。

楊桐死的時候，顧永剛才十八歲，他只見過楊桐的照片和雕像，卻來不及見到本人。二十六歲攻讀博士學位時，顧永剛的研究主題是「馬里亞納猜想」，但論文寫作遇到瓶頸，始終難以突破，葛倫告訴他，楊桐其實留下一個配方，問他想不想試試。

「可以拿來研究，也可以拿你自己來當實驗。」葛倫說。

顧永剛起先半信半疑，後來很快就嘗到甜頭。那配方有個代號，MOW959，三個縮寫字母代表Memorry Of Water，水之憶，後來成為顧永剛的論文主標題，此外，更重要的是活體實驗，根據配方調製出來的藥劑，顧永剛施打在自己身上後，理解力與記憶力暴增，拖了兩年的論文突然在一個月內完成，順利為他拿下博士學位。

那段期間，為了讓他專注於研發工作，PV也幫他解決家裡的問題。

顧永剛家境清寒，媽媽是工廠女工，一向循規蹈矩，爸爸曾經是卡車司機，因酗酒、賭博被開除，欠了一屁股債，後來開始打老婆，讓他們那個不到二十坪大的家隨時充滿不安與暴戾，顧永剛不喜歡回家，下課後多半泡在圖書館或實驗室，就算夜深了得回家睡覺，也總是把自己鎖在小小的房間戴耳機聽音樂，將父親的打罵和母親的哭喊尖叫隔絕成另一世界，但有時候他實在忍不住了也會制止父親，一開始，父親打他他也還手，後來學聰明了，不等父親出手，他就先狠狠給出幾拳，這種遊戲日復一日，沒完沒了，直到他念大三的某一天，醉醺醺的父親被他重重地推倒在地，突然哭了，罵老婆為什麼還有臉回家，顧永剛這才知道，媽媽和工廠老闆有染，一開始是強暴，她想報警，老闆威脅要開除她，還提醒她，這事一旦鬧開，別人會怎麼看她？等她不得不隱忍下來，對方卻開始需索無度，偶爾逼她性服務，當然也會幫她加薪，這種狀況已經持續多年，她為了養家，需要那份薪水，她仍愛這個家，身體卻是別人的。顧永剛的父親早就發現這個秘密，卻什麼事也不能做，酒精可以麻醉痛苦，賭博可以激起亢奮，每一次簽彩下注幻想的都是翻身的人生但從來不曾兌現，於是暴力開始了，他開始打老婆，偶爾連孩子都打，而且出手絕不留情。直到那一天，顧永剛才明白，或許父親真正想打死的並不是母親而是他自己。真正讓人絕望的不是貧窮、悲傷、羞辱，而是只能眼睜睜任其持續、永不得翻轉的無能為力。從那以後，顧永剛搬出去住，靠自己打工掙學費和生活費，上大四時，他拿到PV的獎學金，足以養活自己，也不想理那個家。媽媽偶爾到學校看他，總會帶一些他喜歡吃的家常菜和零食，媽媽其實很溫婉很善良，每一次他都很想哭，但也每一次都表現得很冷漠，只因壓制不了內心對媽媽的厭惡，而這樣的厭惡或許也是對他自己吧，他就跟父親一樣無能為力，拯救不了她，也拯救不了那個家。

「但和平展望會可以，你做不到的，讓PV替你做。」

拿到博士學位後，葛倫這麼告訴顧永剛。葛倫並不清楚太多細節，只知道他一直為家裡的事感到困擾。「你只須專心的做好研究工作，其他的事交給PV處理。」葛倫這麼說，而且就這麼做了。顧永剛也不知爸媽是怎麼被說服的，總之，他們被送到美國舊金山，住中產階級社區，備受禮遇，爸媽還時不時跟他視訊通話，背景不是他們居住的小洋房就是金門大橋、大峽谷、巴黎凱旋門、倫敦鐘樓、托斯卡尼田野等等世界各地的景點，PV不只給了他爸媽一個舒適的家，還送他們去環球旅行。顧永剛一點都不想跟爸媽團聚，想見個面，想聊什麼，視訊就好了，或許吧，只有遙遠的距離才能淡化深藏的厭惡，才能暫時遺忘心中那不可碰觸之物。家的感覺又回來了，雖如夢似幻，但一切都如此美好。

從此，顧永剛再無旁騖，平步青雲，年紀輕輕就拿下三個世界專利，接著加入當時位於信義區的台北總部實驗室，成為PV的寵兒。

兩年前，五一六恐攻發生時，顧永剛和三個高階幹部正在紐約的全球總部受訓，幸好逃過一劫，一年後台北總部在南港區重建完成，位於五樓的實驗室設備全面更新，所有數據全都連結到七樓的主控室，也就是顧永剛的工作室，超級電腦與記憶體就擺在這裡，由他一個人負責管控，因為葛倫只信得過他。這種信任也反映在新總部的建築結構，嶄新的大樓採用最嚴密的多層警衛系統與最堅實的防爆材質，足可耐受常規級的炸藥與砲彈攻擊，但若攻擊力道超越常規，則有厚達一米的鈦金屬層可確保第六、七、八層的安全，整棟樓唯獨這三層完全密閉無窗，藏在外牆與樓層板內的鈦金屬層就像個大型防護盒，即使遇到核彈級的攻擊導致整棟大樓不幸倒塌，仍能確保那三層安全無虞，也就是說，至少可確保葛倫和顧永剛的生命安全，而這秘密也只有他們二人知曉。葛倫待他何其恩寵，由此可見。

新總部正式啟用當天，也是五一六事件的周年祭，葛倫特地從紐約飛台北主持儀式，親自任命顧永剛為台北總部實驗室主持人，當晚，葛倫邀顧永剛到他八樓住處，邊喝紅酒邊面授機宜，他說，台北總部度過最艱難時期，如今重新開張，最主要的任務就是MOW961的研發與實驗，葛倫直言，MOW961就是為了軍事用途，他的觀點很簡單——和平，一向是霍布斯主義的核心概念，也是和平展望會成立的初衷，但是，自從五一六事件後，肆虐全球的恐怖攻擊行動泰半都是針對霍布斯主義的相關機構或企業，痛定思痛，必須反擊，而目標就是打造一支忠誠的超級部隊。

「以殺止殺，以戰逼和，這才是利維坦精神的戰略目標。」葛倫最後下了結論。

這些，顧永剛都懂，無論葛倫要他做什麼，他都不會拒絕，顧永剛認為，真正必須拒絕的反而是偽善的世俗加諸於人的道德框架，讓他和爸媽深受折磨的那個煉獄才是應該打破的。

顧永剛率領整個實驗部門夜以繼日地投入研發，五樓實驗室的十三位成員全都是來自世界各地的年輕菁英，也全都是窮苦人家出身，經過ＰＶ的長期考核才予聘用，他們懂得保密，也強烈認同葛倫樹立的戰略目標。

MOW961是由959改良而來，結合了未來學研究所發現的「鏡像自由基」與「鏡像客體小ａ」，用來改造人的體能與意識，打造成最強大的殺人機器。他們從取自馬里亞納海溝的樣品水中萃取殘存的記憶數據，那是個龐大的讀取與運算過程，只有七樓主控室的超級電腦**亞當**才能完成，整個研發過程，類似多層衛星架構，ＰＶ的紐約全球總部是母星球，台北總部是它的衛星，而未研所又是台北總部的子衛星，除了葛倫，恐怕沒人知道這層層分布的星團究竟有多少衛星或子衛星，所有繁複的分工全都由母星球指揮調度，任一衛星系統各司其職，從不知道樣品從何而來，也不知道研發後的成品去了哪裡，ＧＥＬ即是ＰＶ專屬的快遞系統，飛速梭行於星團之中，傳遞著連ＧＥＬ自己都不知曉的各種秘密。

這一年多來，顧永剛醉心於研發，偶會遇到瓶頸，但只要即時丟出問題，通常很快會得到解答，這也是多層分工架構的優點，此地以為卡住的關，說不定在彼方已經有了答案，只是你不見得會知道彼方是誰或是哪兒，例如代號ＨＹ的某人，也不知是何方神聖，就常丟答案給顧永剛，為他解開不少迷思。

其中最關鍵的問題，就是「鏡像客體小a」要擇定何種觀測角度以便塌縮為合乎實驗目標的恆一態？顧永剛原本的想法是從水記憶萃取出人類史上的邪惡與咒怨之最，但卻導致去年十一月發生的十七宗完全失控的殘殺事件，對他而言，殘殺不是問題，失控才是。後來，HY給出的解方只有短短幾個關鍵詞，這是他的習慣，以免以文害辭、以辭害志。

症候／能指／漂浮／滑動。

顧永剛沒看懂，請HY進一步解釋。

漂浮的能指，滑動的所指。能指才是主宰。

欲望／空無。小他／大他。歷史／去歷史。

縫隙間的殘餘。無可觀的自心。不可碰觸之物。

這些源於語言學與符號學的詞句，顧永剛並不陌生，但乍看之下仍覺得晦澀難解，他反覆思索，耙梳HY刻意在字句之間留白的脈絡，終於豁然開朗。

其實，一切就如顧永剛自己親身經歷的，眼見母親承受羞辱與痛苦，社會的隱藏規訓教她不得聲張也不能反擊，最終轉化成一家人共同的羞辱與痛苦，然後就是無止盡的厭惡、憎恨、暴力。暴力不是目的，而是症候，注定落空的尋覓，指向無以錨定的欲望、永不可企及的美好幻夢。

這也意味著，顧永剛與整個團隊的實驗方向有誤，必須重新定位、定向，必須賦予那些戰士更為立體、更為完整的意識維度，建立他們的「類我主體」，這也是井岩峰提出的觀點，他引用拉康學派「我思於我不在，我在於我不思」的概念，主張鏡像客體小a應該用來幫患者建立完整的主體，該主體不可能是「我」，因為「我」本來就不存在，真正存在的主體只有與小他者、大他者相對應的，因而是動態的、不斷生成中的「類我」。井岩峰的主張一度被顧永剛丟到腦後，如今又撿回來用，只是顧永剛與井岩峰的目的截然相反。

PV台北實驗室取得的馬里亞納海溝樣本水，可以萃取出難以計數的人類記憶，經主控室的超級電腦**亞當**高速運算後得出人類大腦儲存下來的數據，主要包括四大類：形象（影音）、情緒（情感）、邏輯（思想）、運動（肢體）。形象的重現相對簡單，**亞當**可還原為原初的影像與聲音，至於情緒、邏輯、運動這些非形象化的數據，只能藉由擬仿程式予以封存，但卻無法轉化為文字或圖像等具象的介質，實驗員也就無法判讀，唯一的解決方案就是活體實驗，藉由受驗對象的身歷其境來予以重現。

MOW961最後階段的錨定，是由**亞當**自行運算。從數以萬計筆的殺人記憶進行過濾，先剔除與戰場殺伐相關的，剩下的絕大多數都是凶殺過程，接著以時間軸把形象、情緒、邏輯、運動這四類數據予以同步化，完成個體模型。下一步則是總體模型的建構，把採集自台灣各地的水記憶交由**亞當**依同樣程序運算，目的是要找到與個體模型的原生環境最接近的場域，作為重新孵育個體的溫室，這溫室包含了實體空間以及歷史積澱的文化語境。最後的程序，**亞當**將個體模型與總體模型逐一比對，這才得出最後的結果。

顧永剛還記得那天，**亞當**最後在巨型螢幕投放出結論，全都是運算程式中具備代數涵義的關鍵詞，以文字雲逐句呈現。

#孤立#飢餓#土豆#陌生#鼠#總督府#白教堂#被遺忘的屍臭#殖民#天空#黑色

#**祖國消失**

這些是稍小的、位處邊陲蛋白區的字詞。接著是中等大小級數、位處蛋黃區的。

#恨 #外來者 #異鄉人的歌 #充員 #高砂義勇軍 #竊占 #妓女 #該死 #滾出去 #窒息 #倫敦 #台北 #條通

最終浮現的核心區塊，也是最後一個關鍵詞。

#開膛手傑克

顧永剛佇立在螢幕前看著文字雲，像是欣賞一幅完美的傑作。

「**亞當**，謝謝。可以進入生產程序了。」顧永剛說。

「收到。」超級電腦**亞當**以渾厚的男聲回答。顧永剛是超級電腦的唯一操作者，**亞當**慣常以中文與他對話，需要時也可即時轉譯為各種語言供其他人聽取，例如五樓的實驗員或紐約總部的葛倫，只須戴上耳機即可由副音頻聽見自己挑選的語言。

顧永剛下達的指令，經由**亞當**傳輸到四樓的低溫無菌室，無人操控的人工智慧系統根據指令自行調配出改良完成的MOW961藥劑，接下來就是封測階段。PV紐約總部從事先圈選的名單擇定十位受測者，派人接近他們，趁其不備為他們注射MOW961，用的是微型高壓注射筒，頂多像是被蚊子叮過，不留傷口也毫無痛感，很難察覺。這整個過程都無需台北總部插手，施打完成後，紐約總部的中央控制中心與台北總部的主控室、實驗室都接收到受測者的視角音像，從此開始監看他們的一舉一動。

九月九日晚上，編碼一號的戰士、本名潘明鏘的受測者，在大雨中的條通商圈行凶，他們全程監看，影像與聲音都極為清晰。為了讓觀看者明瞭，**亞當**也會適時用文字、影像、聲音加以註解。

一開始聽見的聲音是不知哪家酒館播放的〈月光小夜曲〉，蔡琴唱的，**亞當**自動召喚出此地總體模型中的歷史記憶形象，片片段段的聲音影像逐一浮現。

渡辺はま子吟唱〈サヨンの鐘〉的日語歌聲，日據台灣，大東亞聖戰，泰雅族少女沙韻．哈勇（Sayun Hayun）溺死溪流，報紙標題「蕃婦跌落溪中行方不明」。一九四三年電影《サヨンの鐘》，黑白膠片中的李香蘭化身為沙韻。歌聲突又幻化為黑膠唱片的中文女聲，一九六二年張清真的〈月光小夜曲〉，最後又回到蔡琴的同一首歌。

「亞當，歷史訊息太多，請用語音說明，讓大家理解。」顧永剛下了指令。

「收到。日本發動太平洋戰爭，一九三八年台灣的泰雅族女孩沙韻．哈勇（Sayun Hayun）被迫當苦力，溺死溪流。」**亞當**純作客觀表述，不帶任何感情。「事件後來被日本殖民當局拿來美化戰爭，一九四三年拍成電影〈サヨンの鐘〉，李香蘭飾演的沙韻變成熱愛殖民母國的愛國少女，電影和同名歌曲都成為號召台灣民眾與原住民赴前線作戰的重要工具。台灣光復後，一九六二年，〈サヨンの鐘〉由周藍萍填詞改編為中文的〈月光小夜曲〉，原唱張清真，侵略者、殖民者為發動戰爭而編出的謊言作出的歌，變成被侵略者、被殖民者傳唱的情歌。」

「戰士一號也理解這種歷史背景？」顧永剛問。

「戰士一號沒有這方面的歷史知識，只有直觀的感受。到處飄散的歷史能指儲存在總體模型的記憶庫，化為人們的集體意識或集體無意識。」

「紐約總部和五樓實驗室的夥伴都不是本地人，請舉例說明。」顧永剛說。

「納粹德國的奧斯威辛集中營屠殺了一百一十萬人，假設，死難者的後代把納粹黨歌〈旗幟高揚〉（Die Fahne hoch）改編成情歌，各位作何感想？」**亞當**說：「侵略之血，殖民之恥，這些歷史被剔除了，死難者被遺忘了，但記憶不會消失。」

顧永剛看著螢幕中的潘明鏘視角音像，五米外出現一個女人背影，穿著淡藍色緊身襯衫、白色窄裙，跟著蔡琴的歌聲隨口哼唱，潘明鏘的視線緊盯住她。

「亞當，請簡單說明，為什麼最後的模型選定開膛手？」顧永剛問。

「一八八八年的倫敦，煤霧籠罩，霧霾中的硫化物全面侵蝕，磚牆的紅不見了，天空的藍不見了，人們的笑容不見了，舉目所及，整個城市一片黑，每天市場裡都有煤霧毒死的牲畜被宰殺拿出來賣，全城瀰漫恐懼，唯恐黑死病隨時再臨。白教堂區，貧民窟，擠滿本地人以及愛爾蘭和東歐遷來的移民，每個人各有歷史各有想像，全都嚮往大英帝國所以聚集於此，但日不落帝國的榮光在此全然遮蔽，人們在彼此的目光裡試探主體的界線，飢餓、貧窮、擁擠，本地人家不成家，不再有帝國子民的尊嚴，外來者注定漂浪，即使後悔也回不了故鄉，嫉妒、憎恨、愛欲、絕望、死亡、屍臭，永無天日的黑。」**亞當**說。

「為什麼殺戮？」顧永剛問。

「恆久的黑，紅就變成唯一的欲望。」

「為什麼化名傑克？」

「因為平凡。其實也可以叫湯姆或約翰，總之，平凡才是他的屬性。」

「他的真實名字？」

「也因為平凡，所以不只一個。」**亞當**說。

意思是開膛手不只一個嗎？顧永剛正想追問，但螢幕已傳來最新動態，潘明鏘的視角音像顯示，他躍上屋頂，像隻潛行的黑豹一路尾隨那女人，到了防火巷口，最後一躍而下，女人連發出聲音都來不及就已經血肉模糊。

顧永剛根本不知道潘明鏘是誰，也不知道他來自何方，只在意他能否變身成為可控的超級戰士，如今首戰告捷，初步確立改良後的MOW961似乎已經臻於完美，一切都如此順利，但沒想到才事隔一天，顧永剛就在主控室親眼看著潘明鏘被人擊殺，事後，顧永剛才知道對方就是蕭遙。

正是蕭遙的橫空出世，讓整個情勢突然改觀。

顧永剛邊打領帶邊走出工作室，完成虹膜辨識，按了往下的電梯鈕。高速防爆電梯載著顧永剛來到地下二樓，他的黑色寶馬車就停在那兒，上車後，他在觸控螢幕設定幾個座標，車子由自動駕駛系統接手，平穩地駛出大樓。

時近黃昏，斜陽被擋在深灰車窗外，城市沐浴著金黃光暈，流逝的下班人潮與背光的大樓剪影宣告著長夜將至。顧永剛較喜歡夜晚，但此刻卻開心不起來。

早在蕭遙十二歲的時候，顧永剛就對他印象深刻。媒體不曾披露S少年的照片和真實名字，但要查到並不難。那段日子，病中的顧永剛常獨自看著蕭遙的照片，百思不解，偶爾也會心疼那孩子，不知道為什麼，總覺得他是無辜的。

李苑萍，那個念化工系三年級的女家教，其實也是顧永剛的學妹，求知欲很強，長得很甜美，顧永剛的博士論文發表後，她還曾主動向他請教一些晦澀的理論問題，後來他生了場大病，高燒昏迷，葛倫指派最權威的醫療團隊救了他一命，等他甦醒後才從報上看到李苑萍遇害的消息，他震驚，悲痛，但仍有足夠的理智從一些專家學者的論點拼湊出真相，其中最能說服他的就是井岩峰教授的二篇重量級大作〈超感知的量子糾纏態——警惕當代科學對S少年的偏見〉以及〈如果S少年對了而我們錯了，怎麼辦？〉，前者從微觀角度細述科學論據，後者從宏觀角度痛批道德掛帥的主流輿論，字句鏗鏘，顧永剛不只認同，且還獲益良多，但他再怎樣都想不到七年後竟又浮現蕭遙這名字，而且是葛倫交給他的。

五天前，潘明鏘突然被殺，葛倫召開緊急視訊會議商討對策，顧永剛才得知蕭遙已逃出療養院，而且潘明鏘就是遭他擊殺。

「蕭遙是最大的變數，但值得我們納入計畫。」葛倫說。

「為什麼？」顧永剛問。

「他可能是我們一直在找的人。」

顧永剛仍不明白，但葛倫並未多作說明，只吩咐他盡快發動第二波實驗，也就是後來被擊殺於劍潭山的三個戰士。這對顧永剛而言是個極大的挫敗，但是今天凌晨的視訊會議，葛倫卻難掩興奮。

「確認了，蕭遙就是我們要找的人。」

「可以讓我知道更多嗎？」顧永剛雖不開心，卻仍客氣地問。

「記得嗎？這次的MOW961實驗，有個你解不開的疑惑。」

顧永剛點頭。「我不明白這些戰士和安婷之間為什麼會形成量子糾纏，後來又加入一個蕭遙，成為三方糾纏。難道葛倫先生早就知道原因？」

「幾個月前，有人提供可靠的第一手情報，楊桐博士生前曾經研發出一種新藥劑，就為了搶救他罹患白血症的兒子楊潛。」

「聽起來有點像是MOW系列的原型藥劑？」顧永剛問。

「應該是吧。對楊桐來說，這既是一場醫療，也是一場實驗，萬一失敗了，就算失去兒子，也必須留下可用的數據，所以楊桐另外找了健康的活體作為楊潛的對照組，那是個三歲的小女孩，名字就叫安婷。」

「實驗成功了嗎？」

「成功了，可是沒多久就發生那場爆炸，大家都以為楊潛早就跟著爸媽葬身火海，直到今年初，情報來源告訴我們，楊潛可能還活著，我們都覺得不可思議。」

「東海村整個夷為平地，他怎麼活下來的？」

「怎麼活下來的？人在哪兒？沒人知道。為了確認情報是否屬實，紐約總部臨時決定在你的961實驗之外同時啟動另一個計畫，讓安婷提早兩年從育幼院離開。」

「安婷身上施打的如果是MOW系列的原型藥劑，那麼，她和961戰士形成糾纏就不意外了。」顧永剛很快就明白。「但紐約總部真正的目的是要藉由安婷來誘出楊潛，因為他們兩人之間就是一對量子糾纏。」

「沒錯，而楊潛也真的出現了，他就是蕭遙。蕭遙就是楊桐的兒子。」

顧永剛沉默著，因為震驚，也因為意識到葛倫似乎要做出什麼重大宣布。

「很抱歉，現在才讓你知道這些。」螢幕上，葛倫的歉意看起來很誠摯。「人難免有執念，不只是你，我也一樣。執念往往驅動人的進步，但也讓人裹足不前。當前的世界局勢變動不居，如果墨守成規不知變通，成功與失敗也就一念之差而已。你已經做出很大的貢獻，我和PV全體同仁都很感謝你。」

「葛倫先生希望我做什麼？直說無妨，不用客氣。」顧永剛看著葛倫。

「擊殺蕭遙。」葛倫說。

「好不容易找到他，為什麼還要殺他？」

「目前掌握的資料顯示，蕭遙、安婷、戰士，這三個點的連結，蕭遙可以感知另二者，但戰士們只能感知安婷，卻無法感知蕭遙。如果從感知力的強弱來判斷，楊桐用來救他兒子的原型藥劑，極可能是最完美的。」

「情報來源說的？」

「只是我的猜想，但要如何證明呢？如果不想曠日廢時地從他身上抽血、切片、然後用各種儀器反覆分析，那麼，有什麼方法是更快的？」

「就如您說的，殺他，如果殺不了，就是最完美的。」

葛倫輕笑幾聲，一種低調的愉悅。「還記得嗎？你也看過楊桐最後的那份手稿，上面提到的，『神基因』。」

「記得。水記憶用於人體實驗的終極目標就是創造出『神基因』。」顧永剛說：「蕭遙說不定就是。」

「殺了他，你的961戰士才是最強的。」

「否則，我的實驗就是一場失敗。」

「不算失敗，只是不夠完美。」葛倫微笑著說。

黑色寶馬車緩下速度停在公路旁，顧永剛下車走到十字路口，環顧四周。

夜幕初垂，遠處的觀音山輪廓依然清晰，山的剪影來自落日餘暉映在天際的最後殘抹。空曠的郊野零星矗立著一棟棟高樓，棟與棟之間荒草蔓生，那兒至少有數千戶住宅，絕大多數賣不出去故極少亮燈，據說，看似空置的眾多宅子其實躲藏了不少非法移工和無國籍黑工。這裡是上個世紀末留下的遺跡，迄今三十年以上了，與農爭地，過度開發，田野變成水泥叢林，地產泡沫早就破了，卻留下這片鬼域仍足以標誌那個年代的症候，另一種殘餘。顧永剛這麼想著，視線飄向眼前的一片荒涼草原。

但也恰是這裡，正好適合戰士們的集訓。

「可以了，亞當。」顧永剛輕按掛在右耳的微型耳麥下達指令。

「收到。」耳機傳來**亞當**的回覆。

顧永剛佇立原地，原本寧靜的草原突然開始出現細微聲響，沙沙沙沙，像是什麼東西躲在裡面，且不只一處，循聲望去，只見幾處草叢在暮色中騷動，漸去漸遠，接著就看見幾道黑影從草叢裡躍出，攀上百米外一棟廢棄的鋼構爛尾樓，順著外牆一路往上攻頂，身手無比快捷。黑影共有六個，正是編號五到編號十的戰士。

此刻，有點像是閱兵吧。

顧永剛本來從沒想過集訓，也沒想過閱兵，來這兒看看他們，是今天才萌生的念頭。即使他們的姓名和來歷都不是他在乎的，仍像是他的孩子。

六個戰士很快就登頂了，一個個躍上那高聳天際的鋼骨之顛，夕陽不再，餘暉猶殘，他們佇立於各自的角落，沉默等待暗夜徹底降臨。

此刻他們心裡想著什麼呢？可曾對未來存著一絲念想？可知無須等到夜幕籠罩、惡戰將至便已然遭棄？一如顧永剛無須等葛倫言明便已自知隨時可被取代？

顧永剛遙望那六道渺小的黑影，忍不住熱淚盈眶。

他只是牧者，職在牧羊，葛倫才是耶和華。楊桐是另一個神，消失的神，蕭遙是他的孩子也是他親手實驗的結晶，那麼，消失的神會藉人子之軀復活嗎？

無論如何都須傾力一戰。

神基因，真的存在？

如果假的，那麼一切榮寵即將復歸，顧永剛只盼成為另一個楊桐。

如果真的，那麼今天即是送別。

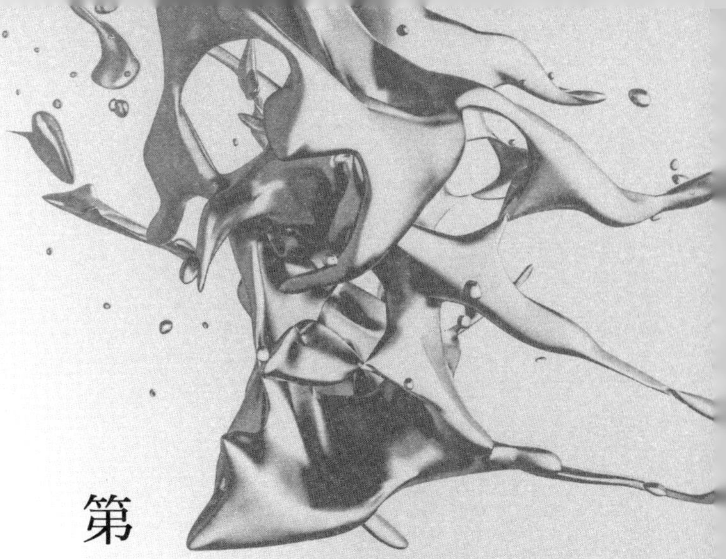

第十五章

這是一場不規則的、碎片化的戰爭，
所有的細胞、所有的獨特性都以抗體的形式進行反抗。
——讓・鮑德里亞（Jean Baudrillard）

朱志揚穿過酒店大堂往內走，一眼就看見「灣之味」的雅緻招牌鑲在琥珀色的花崗石牆面上，他走進去，報了姓名。

「我訂了位，七點鐘，兩位。」朱志揚說。

「有位先生已經到了，這邊請。」

年約三十的女服務生親切地帶著朱志揚走到包廂，開門讓他進去，包廂裡，藤原清順笑著起身和朱志揚握手，二人邊以英語寒暄邊入座。朱志揚點了特色台菜，干貝滷白菜、香烤烏魚子、蔭豉蒜青蚵、乾煎白鯧、竹筍排骨湯，每一道都先徵詢藤原的意見，藤原顯得隨和，說他沒什麼忌口的，只要是台式料理都是他的最愛。點菜也算一種社交過程吧，對二人而言僅是正式交手前的暖身。服務生離開後，朱志揚笑看藤原。

「住得還習慣嗎？」

「這家酒店還不錯。」藤原說：「安靜，高雅，唯一的缺點就是，房間設計明明走的是日本式的極簡風，卻擺了些瓶罐和壁畫，很不搭調，俗豔（frippery）。」

「混搭（Mix and Match）。後殖民風格。」朱志揚微笑著說：「很多來自貴國的觀光客就是為了這種俗豔而來的。」

「我例外。」藤原也笑著。

「這也是我想請教你的。我們還沒找到安婷和蕭遙，看來還需要一點時間，但你好像決心要住下來等待？」

「我也很想回家，但任務在身，里昂的總部還在等我。」

「引渡安婷我還能理解，但你們怎麼會對蕭遙有興趣？兩年前的五一六事件，他被關在療養院，一點關係也沒有。」

「你知道的，一切都事出突然，里昂到底在想些什麼我也不清楚。」

「我還以為大部分的情報都掌握在你手裡？」

「真正的老大哥是在太平洋的彼端。」

「意思是，蕭遙、安婷先引渡到里昂，接著要送去美國？」

「也許吧，但我真的不清楚。」

「又或者，即使引渡不成也沒關係，台北根本不是你此行的轉運站，而是目的地？」朱志揚看著藤原。

「突然有種被偵訊的感覺。」藤原失笑。

「我只是好奇。」朱志揚一逕微笑。「否則，你凌晨一點去PV做什麼？」

藤原突然爆出一陣笑聲。「幸好陳永松不在，否則應該會被你嚇壞。朱督察，按慣例，這種事只能做，不能說。」

「正如你說的，frippery，中文有句類似的話叫『粗俗』，很適合用來形容我這種人。」

藤原先生能不能告訴我，PV到底想幹麼？」

「他們也希望引渡蕭遙和安婷，我和PV全球總部理事主席大衛・葛倫先生有點私交，他很關切整件事。」

「我希望瞭解更多，比如，你只是向他回報呢？或你是從他那兒得到什麼新的情報？」

「到此為止吧。」藤原說：「你剛才點的乾煎白鯧，我多年前吃過一次，魚頭、尾巴、鰭，都煎得香酥無比，記得吃到最後只剩下一根乾乾淨淨的脊椎骨刺。蠻期待的。」

「兩年前的五一六事件，最後我們不得不採用你的建議，讓那三個恐怖分子入境，你的說法是要找到他們在台灣的聯絡人，後來人跟丟了，你又猜是有人洩密，藤原先生，你的說法挺多的，永遠變來變去，但我不禁懷疑你是不是暗中留了一手，我們和你配合、跟你合作，卻永遠處在資訊不對稱的狀態。」

「羅局長知道你今天要跟我談這些嗎？」藤原的笑容不見了。

「五十六人死亡、一百七十九人受傷，這數字很驚人，羅局長應該比我更想知道答案。」朱志揚緊盯藤原，沒打算放過他。「藤原先生，我有理由懷疑PV正在做一些我不樂見的事，那到底是什麼，我還不清楚，但我相信你應該多少知情。等一下，可以邊用餐邊告訴我嗎？」

「這種事如果傳回新加坡或傳到里昂，你以後就別想當警察了。」藤原說。

朱志揚笑了笑，慢悠悠地取出手機，點了幾下，發出簡訊，然後望向藤原。

「發燒，咳嗽，那叫症狀，病因可能是普通感冒也可能是肺炎。想當警察，也是一種症狀，每個人背後的動機都不一樣，我的動機恰好是當不了警察也無所謂的那種。」

「聽不太懂。」

「沒關係，不重要。上個世紀有一首詩，題目和內容我都忘得差不多了，就連詩人的名字都想不起來，但不知道為什麼，只覺得今天的狀況有點像。等我查到了再抄給你。」

有人輕敲門。

「請進。」朱志揚說。

門開，來者是胡威、許易傑。朱志揚起身看著藤原。

「麻煩藤原先生跟我走一趟。」朱志揚說。

「什麼意思？」

「根據此間的《緊急安全保障法》，我懷疑你結合境外勢力危害社會安全，為了防範你串供、滅證、逃亡，你被逮捕了。」

「你瘋了！」

藤原吼叫著，胡威、許易傑仍替他上了手銬，押出包廂，藤原沿路咒罵，夾雜英語、日語，餐館裡坐了幾桌客人，一時安靜下來，視線投向他們。朱志揚視若無睹，逕走到櫃檯前，遞了張名片給方才那位女服務生。

「美女，剛剛點的菜全都打包送到這兒，謝謝。」

朱志揚走出餐館，目送藤原被押出酒店大門，隨即搭電梯直達十二樓，進了一二〇八室，那是刑事局為藤原租的行政套房，此刻，IZ行動組的七名幹員正在房內搜索，鉅細靡遺。劉碧珠看見朱志揚，上前回報。

「東西不多，行李箱和衣櫃裡面有幾套衣服，酒店保險箱裡面有手槍、筆電，沒看到手機，應該帶在身上。」劉碧珠說。

「全都拍照存證然後帶走。打電話叫彭亞民待命，盡快破解藤原的手機、筆電，裡面到底藏了什麼我要知道。」朱志揚說。
「是要多快？」
「一頓飯的時間。手機優先破解。藤原用完餐應該會打幾通國際電話。」
「告狀嗎？」
「告狀、求救都沒關係，重點是，我要他傳達訊息給一個人。」朱志揚環視房內，取出手機撥給井岩峰。「我已經逮捕他了。你的進度也要加快。」
才講兩句，很快就掛了手機。今晚的局，是朱志揚在昨天深夜就和井岩峰約定的。東海村的死傷名單，確認了蕭遙應該就是楊桐之子，如果藤原清順是PV的人而且如果他此行真正的目標就是蕭遙，那麼，蕭遙無疑已被納入一場秘密實驗，既然這樣，蕭遙的脫逃應也在藤原和PV的預料之中，就像迷宮牆裡的白老鼠，當局者迷，卻永遠被催迫著逃往不知何在的出口，而或許永遠沒有出口，或許等待著蕭遙的只有一場又一場驚心動魄的實驗，而這城市，或許還加上整個島嶼，就將成為井岩峰說的殺戮戰場。
「你覺得大老闆能接受嗎？」井岩峰問朱志揚，當時已經深夜十二點半，二人仍在未研所所長室，坐困愁城。
「肯定接受不了。」朱志揚說。
「但他好像身不由己。」井岩峰說。
「所以，他能不能接受已經不是問題，重點只剩下，你，我，能做什麼？」
二人互看一眼，默契似乎有了。

「很多事我不方便出面。」井岩峰說：「但你可以直接找大衛．葛倫好好談談，談判前，我可以提供所有必要的資訊給你。」

「這主意不錯。」朱志揚說。

「問題是，他人在紐約。」

「可是藤原清順就在台北。」朱志揚微笑著說。

昨天深夜的對話就此結束。逮捕藤原，其實劍指大衛．葛倫，朱志揚當然知道這即將掀起軒然巨波，而且說真的，他也不知道這招管不管用，只知道自己必須做點什麼。依然是那條老路，盲搜，通往真相有千萬種可能，無論成敗，每一種他都必須嘗試，藤原的警告其實還算中肯，或許他再也當不了警察，但又如何？

一二〇八房內，搜索已告一段落，行動組正將藤原的所有物件裝箱帶走，朱志揚望向落地窗外的城廓，月明星稀，蕭遙必然直面的惡戰，開始了嗎？結束了嗎？能等到一個安然歸來的他嗎？這一切似乎不再那麼重要，朱志揚早已習慣驅走內心駐留的、哪怕只是一丁點的感傷，因為於事無補。

動機，當警察的動機，朱志揚回答藤原的時候只說了一半，至於剩下的另一半，連朱志揚自己也摸不清，只知道不會是「正義」、「善的價值」等等那些個一說出口就顯得過度廉價的東西，又或者，只能說是永遠說不清的東西，說不清，但又非做不可，就這樣了。

突然想到了，詩人名叫瘂弦，詩名〈如歌的行板〉，內容就像潛藏無意識的譫語或斷簡殘編，記不清了，唯獨最後幾句清晰地湧現朱志揚腦海。

而既被目為一條河總得繼續流下去
世界老這樣總這樣：——
觀音在遠遠的山上
罌粟在罌粟的田裡

不知道還要等多久？應該快了吧？

安婷坐在樹林外的板岩上，看著潺潺溪流在月光下蠕動。這樣的孤獨她早已習慣，但要孤獨地面對死亡倒是頭一次。說不上來害不害怕，也從沒想過自己能活多久，在育幼院的日子，和湯湯、阿鏘三人共居的日子，多半時間是群體性地活著，隨時聽得見別人的聲音，身邊隨時有話語或肢體擦身而過，或許蹭妳一下，或許嘮叨什麼或許拍妳一記腦袋然後笑聲遠去，無須尋覓無須等待就知道總有人在。來自東海村的那群孩子，有種強大的連帶感，隨時守護著彼此，好像也只有這樣，才能勉強守住心中那越來越稀薄的故鄉與夢土，而故鄉總是不切實際的想像，在小墨那擅長吹噓的嘴裡反覆縈繞的無非就是青鬱的森林、壯闊的藍色大海，而那群孩子終究散去了，夢土還在嗎？死亡又能帶走什麼？如果妳早已一無所有。

連日來，她一直止不住心中的微微悸痛。先是小墨、湯湯因她受累，阿鏘那慘烈而莫名的死，接著是蕭遙。世上好像沒有什麼是真真切切的，這一秒鐘的踏實變成下一秒鐘的虛幻，上一秒鐘的空無又是這一秒鐘的滿盈，就像蕭遙，原本應該只是空無的幻影，突然又變得那麼具象，笨拙的告白，就連「喜歡」二字從他嘴裡擠出來時都好像只是失語者勉強從舌尖兜出來的單字而非有意義的詞語，只覺得他並不想，卻被逼著說出口，但，重點不在於他說出的，而在於他沒說或不知怎麼說的。不在才是真實的在，失聲才是真實的話語。他總把自己豁出去，為她搏殺而下一秒鐘或許身首異處的就是他自己，他肩上湧出的鮮血即是他失聲之語，就從她指尖、掌心漫入她體內成為幽幽悸痛。

也因此，安婷作了決定，要用自己的或許即將不在來證明自己的在。她知道自己夠渺小，也許成就不了蕭遙想做的事，但至少可以不讓他為她而死。除此之外，只剩一個很簡單的道理，從小到大誰都別想掐住她脖子，就算來一群開膛手也一樣。

背後的樹林傳來細微的聲響，安婷站起，轉身瞪著林子內，有道人影從深處緩緩步出，直到月光灑在他身上，安婷才看清楚那竟是蕭遙。

「你怎麼來了？」安婷不太高興。

「因為**它們**來了。」蕭遙說著，卸下肩上背包擱到樹幹旁地上。

「你一直跟著我？不是叫你等我嗎？」她走入林子，瞪著他。

「沒時間廢話，先聽我說。本來想叫妳先離開的，或者先把妳打昏再把妳藏起來，但又覺得妳應該會很抓狂才對，所以，現在只剩一個方法，而且妳只能聽我的，不准討價還價。」

「別以為裝凶我就怕了，我不吃這套。」

「不然要我出手讓妳睡一下嗎？也可以哦。」

「你敢？」

「等一下**它們**出現，妳還在那兒礙手礙腳的，我就死定了。但偏偏我還不想死，這樣，妳覺得我敢不敢？」

安婷一時還不了嘴，他說的半點不假。

「現在，麻煩過來一下。」蕭遙冷睨安婷，她明明一肚子火卻又不能不照做。「等等就站在樹後，別讓**它們**看見妳，記住，背脊緊貼樹幹，這樣就沒人能從背後攻擊妳。聽懂了嗎？」

「不用你說我也知道。」安婷冷回。

蕭遙突然仰頭看著林梢，緩緩閉上眼，似傾聽著什麼或感受著什麼。

「很近了？」安婷問。

「快了。」蕭遙張眼看著她。「有些新訊息，不說可能沒機會了。我很小的時候就是楊桐的實驗對象，你可能也是。」

「實驗對象？什麼意思？」

「我們身上可能施打了某種藥劑。」

「什麼藥劑？」

「不知道。」

「為什麼拿我們當實驗？」

「我得了急性白血病，本來非死不可，後來救活了。」

「就因為施打藥劑的關係？」
「可能是。」
「我也生病了？」
「不知道。朱志揚已經查出來了，我跟妳一樣來自東海村，楊桐就是我的生父。」
安婷愣住，全然沒料到。
「跟妳說這些是想讓妳明白，為什麼我們能感知彼此。」蕭遙說。
「所以？」
「所以妳說不定有些潛能是還沒激發出來的，不要看輕自己。」
「還以為你想說點別的，譬如我們是天生一對之類的。好，沒事。還有什麼要交代的？」
「今天那個吻，什麼意思？」
「不只想吻，還想跟你做愛，這樣解釋夠清楚嗎？」
蕭遙愣了愣，一時不知道怎麼回答。
「你沒做過吧？」安婷看著他。
「沒。」蕭遙說。
「很好。彼此彼此。待會兒事情結束我們就來瘋狂做愛，你覺得怎樣？」
蕭遙看著她，沉默一下才說：「好。」
安婷忽然笑了，這一切都如此荒謬。她知道他在道別，而這次的道別或許就是永別，很適合用一個可笑的約定來當作句點。

蕭遙忽然轉身離去，這時安婷才看見林子外的河對岸有三個黑衣人站在那兒，他們來了，蕭遙正迎向他們。

一切都如此荒謬，不必然有什麼道理。即使永別，安婷也已做好最後一戰的準備。

八點五十三分，藤原在刑事局地下一樓的第一偵訊室用完餐，邊咀嚼著邊以餐巾紙拭嘴。白米飯吃了一整碗，四道菜有三道夾了一半，唯獨整隻白鯧魚果然啃得只剩脊椎骨刺，藤原的食欲還不錯，意味著他的有恃無恐，或也包括憤怒。

朱志揚推門走進來，身後跟著劉碧珠、彭亞民，朱志揚坐到藤原對面，把藤原的手機推到他面前。

「你可以打到任何地方給任何人，可是，麻煩你先聽聽我的夥伴說幾句話。」

朱志揚指的是彭亞民，刑事局科技專員，也是ＩＺ後勤組成員，不到三十歲，赭紅色長袖棉質Ｔ恤搭著牛仔七分褲，俊秀的臉龐，鼻梁上架著的玳瑁框眼鏡卻讓他看起來像個書呆子，乍看會以為他是個缺乏自信的年輕人，但九月十一日條通商圈的三宗命案，是他設計電腦編程驅動的九架小型空拍機，揭開了殺手實為三人的秘密。

「藤原先生，抱歉，我們破解了你的筆電和手機，而且複製了裡面的所有數據。」彭亞民用不怎麼流利的英語說：「但請放心，涉及個人隱私的資料，我們絕不外洩，至於有些疑問，則需要你幫忙解惑。」

藤原的臉色極難看。

「我是日本國民，也是IGCI總監，現在的狀況，我國駐台代表被告知了嗎？里昂的國際刑警組織總部被告知了嗎？」藤原以斥責的口吻昂聲說：「你們一再越界，粗鄙、無禮，連一點最起碼的常識和禮儀也沒有，你們現在的所作所為正在挑起國際爭端！」

「藤原先生言重了，那也要看我們找到了什麼，不是嗎？」劉碧珠以英語說：「我們在你手機通信軟體發現一些有趣的對話，九月十三日，也就是你從新加坡啟程的前一天，你先叫秘書李小姐訂了新加坡的來回電子機票，後來又叫她改訂單程票，再加訂里昂回新加坡的單程票，這也意味著你一開始其實沒打算去里昂的，對嗎？能不能說明原因？」

「沒什麼好說明的。」藤原說。

「今天凌晨兩點，你從PV回到酒店的時候，收到一則來自DG的簡訊，DG是誰？大衛・葛倫嗎？」劉碧珠繼續問。

「無可奉告。」

「那則簡訊提到，他和Madam Lev都很感謝你，Madam Lev又是誰？他們謝你什麼？」

「無可奉告。」

「你回這位DG說，不客氣，你只是為所應為，也相信計畫必定成功。你說的又是什麼計畫？」

「既然是和平展望會，當然是跟世界和平有關的計畫。」藤原說，這時才露出微笑。

劉碧珠望向朱志揚，意思是該由他接手了。

「藤原先生。」朱志揚開口了。「手機一直在你手上，其實你除了拒絕作答之外，還可以直接撥給任何人，但你沒這麼做，原因應該是，你想瞭解我們到底從你的手機知道了什麼。意思是，手機裡面真的有些秘密，而且萬一就在你通報了全世界以後，我們又用那些秘密來指控你，難堪的只會是你自己。」

「你的想像力很豐富。」藤原顯得很平靜，逕自點開手機，從通訊錄找到一個號碼撥出去。「哈囉，羅局長，你應該還不知道你的屬下朱志揚正在幹麼。我現在就在貴局地下室的偵訊室，他逮捕我，把我當成囚犯。你應該很清楚這會有什麼後果，我等你，越快越好。」

說完，藤原掛了手機，微笑看著朱志揚。「朱先生，我的確可以一通電話就打到里昂或打給我國駐台代表，一旦我這麼做，所有事情一下子就會拉到最高層次，而我此行的目的只不過是引渡兩名嫌犯，何必勞師動眾呢？讓你的長官來教訓你就行了，沒必要節外生枝。」

「說的也是，言之成理。」朱志揚說。

「建議你現在就放了我，等等羅局長到了，我可以替你解釋，說這純粹是一場誤會。」

「謝謝你的好意。先說引渡的事，真相就在蕭遙和安婷身上，引渡，就是任由你把真相帶走，我不同意。」

「你的上級都同意了，你敢抗命？看來你不只當不成警察，還得準備坐牢。」

「我的確犯了外交規範的大忌，但我也想賭一把，看你敢不敢向全世界告狀。但是，截至目前為止你只打給羅局長一個人，如果你問心無愧，而且我又犯了錯，為什麼你想的是局部解決，而不是全面擴大？一舉就藉用舉世之力把我轟成炮灰不是更簡單嗎？你還在試探我到底知道了什麼，對嗎？」朱志揚望向彭亞民，示意他說下去。

「啊，是這樣的，藤原先生。」彭亞民的口吻維持一貫的謙恭。「除了劉專員提到的機票問題，我還在你的電子信箱找到一封信，是你抵達台北後DG寄給你的，他要你一併逮捕蕭遙，那封信有個附件，是蕭遙的詳細資料，DG在信裡面提到，一，蕭遙是楊桐博士的兒子；二，蕭遙與五一六事件或任何恐怖攻擊無關，但只能用反恐的理由加以引渡。也就是說，藤原先生一直……呃，怎麼說呢？就是……你一直在說謊，而且連里昂都在撒謊。」

「正如你說的，事情確實很嚴重。」朱志揚盯著藤原，不疾不徐地說：「如果我們把DG的信件公諸於世，如果整件事最後攤開來，發現是和平展望會、國際刑警組織和IGCI一起編造的大謊言，你覺得世人會做何反應？」

藤原沉著臉，不難看出，他被戳中痛處了。

「要猜到DG就是大衛．葛倫並不難，但我還是希望你親口說出來。藤原先生，現在，我再問一次，DG是誰？」

「羅局長應該快到了吧。」藤原舀了一碗竹筍排骨湯，從容地喝了一口，接著夾了塊竹筍入口，嚼了起來。「我喜歡台灣的竹筍。輕脆、多汁、微澀但又帶著點甜味，謝謝你的晚餐。」

安婷的雙拳一直緊緊握著，感受著指甲尖戳在掌心的痛楚，彷彿只有這樣才能克服恐懼，逼自己直視溪谷中的惡戰。

溪水在蕭遙腳下濺開，三個身著黑色雨袍的男人始終以三角合圍的隊形對蕭遙進行攻擊，三把彎刀每次都從各自的角度同時砍出，每出手都攻向他的要害，戰鬥已持續十分鐘以上，不像上回在劍潭山的搏殺那樣絲毫不留喘息餘地，這回，一波接一波的砍殺似乎隱含著另一種節奏，每擊未中必留下幾秒對峙的破口，他們似在尋找蕭遙的破綻，也似在消耗他的體力。

安婷遠遠地就能聽見他們的喘息聲裡有著一種戲謔，就像獵者面對奄奄一息的獵物一樣，勝負已無懸念，剩下的只有肆意宰殺前的快感。蕭遙也喘息著，孤單的身影佇立在三人中間，只能守不能攻，安婷目不轉睛地看著蕭遙，她此生從未如此害怕過，怕的不是自己會怎樣，而是蕭遙不知會在哪一波的攻擊中突然就倒下了。她很想做點什麼，卻動彈不得，唯恐自己的出手只會累及蕭遙，結果只是加速他的死亡。

新一波攻擊又來了。三個殺手分別從蕭遙的左前、右前、正後方出刀，刀勢詭譎多變，砍向右頸的突然轉襲右腿，刺往心臟的突轉襲左頸動脈，身後襲來的那刀原本刺向右脅卻突然轉向左心室，蕭遙在刀鋒與刀鋒之間的縫隙遊走，他的軀體已經不再是他的，而是任由巨集訊流的高速演算挾著他擺動，他閉著眼，唯有這樣才能保持心念清澄，不致被視覺欺瞞或誤導，溪水濺起，在空中，在身上，淅淅瀝瀝，每一滴都晶瑩沁涼地與高速演算中的數據合而為一。攻擊暫時結束，他毫髮無損，喘息著等待下一波，他只能被動地等待對方隨時出手，明知道對手是在消耗他的體力，明知道時間拖越長對他越不利，但別無選擇。

此刻，溪水輕輕摩挲著小腿，沁入肌膚的不只是涼意，還有別的什麼，緩緩在他體內往上昇華，直衝腦幹，蕭遙只覺得腦裡似有著什麼東西正在交戰。一種是理應知所恐懼焦躁的肉體的凡夫俗子的他；另一種是訊流意識，意味著絕對理性、無謂凡俗塵埃的演算。

一念不覺而有無明[2]

身處時間之流，因不知終點何在而絕望，或許只是一種迷因，恰似身陷人類意識基因的飛瀑而不自知，各種自以為是，不斷地，海量地，複製、變種、死滅、重生，即連時間感都是，你以為飛逝中的分分秒秒或許也是迷因式的錯覺。因而，何謂攻？何謂守？何謂主動被動、利或不利？迷因所複製的不僅是錯覺且還有恐懼。蕭遙腦裡波濤洶湧的莫名交戰，正把他自以為的「我」從他的軀體剝離而出，無念則明。

凡所有相皆虛妄
凡一切質量尺度皆鏡台
我即非我即他者即空無[3]

2 語出《大乘經》。
3 語出《金剛經》。

這一瞬間，蕭遙似乎理解了前此眾多的不解與莫名。

全數據

他在井岩峰那兒讀到的，全數據，水的記憶，突然間從模糊的抽象概念變成無比明晰的具象實存。

那淅淅瀝瀝，像是聲音也像是光影的存在，以千萬分之一秒的速度運算並傳遞著周遭的所有風吹草動，晶瑩剔透宛若鑽石稜鏡的一切點點滴滴，全都像細微分子似地包覆住他，沁入靈魂深處，湧動、迴盪、盈溢，而後穿出他的軀體幻化為多維的感官訊息，就像無數精靈自他體內出竅密布於身邊，也像繁星群繞，攏成一球無形水幕將他緊裹其間。

蕭遙沉浸於這種無以名狀的剝離狀態，已然無視於對手的存在，無視，無念，無想，以空無為嶄新的始源點，蕭遙從中剝離的不獨是「我」，還有一切被迷因所框限的先驗，反倒是對手的視、念、想，都被統攝於那球水幕之中，蕭遙於是成了對手的鏡像存在，敵或友，動或不動，殺或不殺，已非繫於此界的蕭遙，而繫於彼界對手的一念之間。

下一波的殺伐遲未展開，凝結的對峙，無非也是靜止的時間。

等待。蕭遙知道他們正在等待。時間的靜止意味著一切歸零，重新來過，對蕭遙的觀察已經結束，接下來才是真正的殺伐，這場夜戰真正的起點。

杳無人煙的溪畔公路，三道黑影從擋土牆上方山壁的樹巔飛掠而下，闊步而來。看來，他們自始就居高臨下觀察著這場戰役，此刻現身，意味著志在必得。

現在，蕭遙的對手增加到六個了。

安婷在林子內望著這一幕，無以名狀的憤怒從體內翻湧而上。老毛病，她不喜歡被人掐住脖子，有誰敢掐蕭遙的脖子也一樣。她不想再等下去。

新的合圍隊形，先前三人的正三角，新加入三人的倒三角。

六芒星，所羅門封印。

高速演算的訊流在蕭遙腦海映出一幅猩紅色的三維動線圖像，六芒星，六角即六個殺手六把彎刀，六直線即殺人路徑，即將編織成一面無隙可乘的擊殺網，全維度完封蕭遙所有退路。

刑事局地下一樓的電梯門打開，羅靖銘到了，身後跟著國際刑警科科長陳永松、第一偵查大隊長童浩中，此外還帶上了四個身穿防彈背心的刑警，一行人匆匆穿過長廊來到第一偵訊室門外，朱志揚和劉碧珠已等著他們。

「藤原先生在裡面？」羅靖銘冷冷看著朱志揚。「我是來帶人的。」

「我們單獨說兩句。」朱志揚說。

「可以。先放人再說。」

「如果我不肯呢？」

羅靖銘沒回答，遥示意身後的童浩中，童浩中和他四個屬下突然拔出手槍瞄準朱志揚、劉碧珠，劉碧珠想拔槍已經來不及，被對方繳械，童浩中叱喝著叫她退後，接著搜朱志揚的身，取走他腰際的配槍，朱志揚看起來並不意外，也無意反抗。

陳永松進入偵訊室，不一會兒，藤原跟著他走出來，一派輕鬆，微笑瞄朱志揚一眼，然後隨著陳永松和二名刑警離去，陳永松不斷以日語、英語向他道歉。

「現在，我們可以談談了。」羅靖銘走往空置的第二偵訊室，開了燈，朱志揚尾隨而去，帶上門。

「署長已經向上呈報，現在正緊急協調。」羅靖銘說：「就協調兩件事，一，你已經不適合繼續擔任IZ的隊長；二，到目前為止，你的行為已經涉及抗命，等這場對話結束，我必須先逮捕你和你的屬下。」

「既然還在協調，就是還沒有結論。先聽我說幾句吧。」朱志揚沒什麼表情地說：「我們破解了藤原的手機，查到有一位DG寄給藤原的電子郵件，裡頭夾帶一個附件，詳列了蕭遙的所有資料，那個附件是你寄給DG的？」

「你果然連我都開始懷疑。是怎樣？權力的滋味真有那麼迷人，連朋友之間的情義都能侵蝕？」羅靖銘冷笑。

「劉碧珠的數據組花了兩天才調齊馬里亞納實驗室爆炸事件的相關名單，核對出蕭遙的真實身分可能就是楊桐的兒子楊潛。蕭遙的完整資料總共只有三個電子檔，一個在IZ，一個給了大老闆，另一個，基於對你的尊重，我給了你。」

「你怎麼知道不是IZ內部洩的密？」

「這就是反情報工作奧妙的地方。只要在最關鍵但又無傷大雅的地方留下一點記號，就會變成最安全的封印。比如，楊潛的生日是五月三日，給大老闆的，我們改成五月二日，給你的，改成五月四日。而藤原收到的，就是五月四日的版本。這種反情報手法，你不會不知道，你只是有恃無恐，根本沒想到我會直接逮捕藤原，更沒想到DG會把資料寄給藤原。」

羅靖銘沉默了好一會兒，朱志揚垂下眼沒看他。

「我相信，DG就是和平展望會的大衛．葛倫，你跟他認識多久了？」朱志揚繼續問：「兩年前，那個決策是怎麼做出來的？我們本來的共識是殲敵於境外，後來臨時轉彎讓那三個殺手入境，你給我的理由是藤原的主張我們擋不住，真是這樣嗎？」

羅靖銘仍然沉默，朱志揚拉了張椅子讓他坐下。

「你說的友情，我一向珍惜。」朱志揚說：「曉青很少跟我聯絡，偶爾發幾張照片給我，跟她媽媽的合照，不然就是跟她朋友，還有就是跟你們夫妻倆的。我知道你們常常邀她聚餐，比我還像她的家人。這些，我都很感激。」

「你從兩年前就開始懷疑我？」羅靖銘終於開口。

「沒有，從來沒有真正懷疑你。但要知道，和平展望會突然挨炸，實在太詭異，我只能假設，有些來自境外的勢力正在這個島嶼蠢蠢欲動，而且島內必有一些人相呼應，目的是什麼，我並不清楚，但只能假設他們為數可觀，層級也不低，否則，光憑那三個來自境外的殺手，不可能會知道那場列為最高機密的反恐行動，也不可能預先毀了我們的內部情報網絡。IZ的Zero，意思就是一切歸零，我必須從零到有，建立一個完全獨立的體系，我不懷疑任何人，但也沒辦法相信任何人。在平時，整個IZ就像個被動元件，這兩年來就只是大量地情蒐、偵測、分析，讓外界感受不到我們的存在，直到現在，算是進入作戰狀態了，也準備好隨時出手，但每次出手都要想得夠清楚，必須符合主要目的，也必須講求附加功能，譬如，對付主要敵人的同時，也得做些反情報工作，找出內部潛伏的敵人。」

「我不是敵人。」羅靖銘說。

「是不是敵人，不是你我說了算，要看你接下來怎麼配合。」朱志揚說。

羅靖銘露出微笑。「你以為我被收買了？」

「我知道你沒那麼喜歡錢。」朱志揚說：「應該還有別的理由，對嗎？」

「好像有點反客為主了。」羅靖銘說：「現在的狀況，應該是我問你答才對，可是都老朋友了，有些事，讓你知道也無妨。」

羅靖銘伸手從外套內的左脅下取出手槍，在手裡把玩著。

「我們兩個人從基層警察幹起，能爬到今天的位子都不簡單，不靠關係，不是執政黨任命的政務官，我們就是所謂的事務官，技術官僚，安分守己做自己該做的事。可是，你對目前的狀況感到滿意嗎？」

「哪些方面的狀況？」朱志揚問。

「動盪，不安，混亂。很多事情其實可以簡單處理的，卻搞得過度複雜。」

「你說選舉？」

「選舉、不選舉，都無所謂，問題在於過度放任的自由。就像霍布斯說的，各種法律，例如正義、公道，又如『己所不欲，勿施於人』這樣的信念，如果沒有逼使人們遵從的某種權威，人類只會走向偏私、自傲、復仇等等的野蠻激情。沒有武力進行保障，法律就只是一紙空文，根本不可能讓人們得到安全保障。」
「沒想到你也是霍布斯主義者。」朱志揚說。
「大衛．葛倫也是。」羅靖銘說。
「因為理念而結合，這比較像你。那你知不知道，大衛．葛倫正在這裡進行某種實驗？」
「要實驗的事可多了，暴力裝置只是其中的一種，還有其他更偉大的實驗，更值得拭目以待。」
「譬如說？」
「先聽你說吧。我想知道，ＩＺ能不能配合？」
「問這句話的，是你，還是大衛．葛倫？」
「都一樣。」
「可以讓我直接和他對話嗎？你想知道的答案，我可以同時告訴你們二位。」
「你還沒放棄對嗎？你把葛倫先生當成嫌犯，就像把我和藤原清順當成嫌犯一樣。」
「如果我說還沒放棄，你會開槍嗎？」朱志揚看著羅靖銘手上的槍。
「不放棄，就是你的答案？」羅靖銘笑笑地反問。
「對。」朱志揚抬眼看著羅靖銘。
羅靖銘拉動手槍滑套，子彈上膛。
「你會說這是一場意外，因為我想奪槍？」朱志揚問。

「對。」羅靖銘站起，同時舉槍對準朱志揚。

砰！槍聲乍響，伴以玻璃碎裂聲。

倒地的是羅靖銘，持槍的右臂中彈，手槍掉落地上。

牆上的雙面鏡被子彈貫穿，裂成蜘蛛網狀，有人從隔壁的監看室射擊，是許易傑。

長廊上，童浩中和兩屬下聽見槍聲奔向第二偵訊室，正想開門，卻見隔壁的監看室擁出IZ的五名偵查員，舉槍瞄準他們，喝令他們別動。許易傑從監看室走出，命夥伴們逮捕童浩中三人，接著開門走進第二偵訊室，冷冷看著倒在地上呻吟著的羅靖銘。

「不好意思。」許易傑說完，回頭看向門外的偵查員小偉。「先去拿急救箱幫局長止血。」

小偉離去時，劉碧珠快步走進來，向朱志揚回報。

「藤原他們一走出電梯就被逮捕了。啟動緊急程序？」劉碧珠問。

朱志揚點頭，劉碧珠撥手機給IZ後勤組長魏順昌。

「是我。緊急程序啟動。現在需要一組醫療人員，馬上就要。」

所謂緊急程序，意指IZ進入完全獨立的作戰狀態，無論醫療、逮捕、監禁、偵訊或任何行動，都不假任何外援，即連政府任何高層以及平日配合無間的警察部門都須視為可能的潛在敵人，緊急程序啟動後，朱志揚就是最高指揮官，只直接聽命於總統一人。

許易傑扶起羅靖銘，讓他坐到椅子上休息，朱志揚看著他。

「本來應該和平解決的，你不該動槍。」朱志揚說：「放心，你看起來不會有事，等醫療人員抵達，再加上動個手術，你大概還有兩個小時可以考慮。我想見大衛．葛倫，你和藤原不能說或不敢說的，就讓葛倫先生來告訴我，如何？」

朱志揚看著羅靖銘，不容拒絕的眼神。

黑雨袍下，六張看不清的臉孔，蕭遙讀到了他們各自的生命斷片。

他們都處於社會最底層，建築工、卡車司機、垃圾清運工、外送員、保全、電腦維修員，其中有四人若非酒精成癮就是安非他命成癮，每日晨起睜開眼即準備面對一整天的重勞動，日復一日，無論晴雨，這城市之於他們，永遠是同一個顏色，灰撲撲的人生，他們之於這城市，永遠都是無名者。然而，作為有名的無名者，被馴化的客體，此刻退至意識最底層，取而代之的是從某個幽暗隧道中直竄而出的另一種闇慘的欲望、嶄新的人格，**它們**懂得窺伺這城市的原罪，也懂得在這六個宿主身上召喚出他們原生經驗中既有的怨懟、疲憊、創傷、被侮辱與被損害，以及，都還來不及宣洩便已遭社會規訓所壓抑的一切，憤怒、報復、不可示人的快感，最終唯有藉由殺戮才得以成就的快感。這世界習於偽善地使用的、全稱的「我們」，往往一個目光就把你打入「他者」之域，那是個人人皆知但又不能說的秘密，你看似在全稱之中但其實又不在其中，無名，不只是被遺忘的名字，且還是遭封存的主體。因著不被認同為「我們」，無以承受的痛楚只能用絕對的痛楚加以清洗，於心靈，於肉身，於鮮血、死亡以及不可見的臟器，凡人們所懼怕的，痛即快感，如今融合為一，清洗即殺戮，才得以召喚認同，讓嶄新的主體從封印中破繭而出。

對峙一段時間了，蕭遙動彈不得。他知道他們在等什麼。
今晚的上弦月格外明亮，星空之東，五指山脈之巔，厚重的雲緩緩飄來。
他們等的是雲層蔽月的剎那，真正的窺視以全然的闇黑為起點，擊殺也是。
雲層慢慢地吞噬那月，整個溪谷漸漸裹入暗影裡，宛若死神的腳步，從東邊的溪流上游往西面的下游躡足前行，最後終於漫過這七人對峙的殺陣，然後，六個人同時動了，腳下濺起的水花縈繞著六芒星的正、反三角殺陣，刀鋒與刀鋒之間絕無蕭遙閃逸的縫隙，照理說，首擊就是完殺，但詭異的是，六把彎刀劃過之處竟全數落空，蕭遙瞬間消失，六殺手錯身後回頭，看到溪流似被什麼力量牽引著化為一道水柱沖天而去，他們仰望天際，這才看見蕭遙原已騰空而起的身影此刻正高速下墜，落身殺陣之外的圓周邊上，水花再度濺起，離他最近的殺手反身砍向他卻反遭奪刀，溪水不斷濺起之際，蕭遙的身形游竄其間，不等對手還擊便已連出三記，刀刀封喉，血霧在暗夜中噴開，和水花一起灑落溪流。
片刻間，一切都寂靜下來，七道佇立的身影陸續倒下三個。
現在，蕭遙的對手只剩三人，一面三角。雙方注視彼此，那三人突然又動了，這次他們是一起抄向藏身於樹林的安婷，攻敵必救。
蕭遙喘息著追去，一心只想趕上他們，就在此際，他看見安婷竟從林子裡衝出，奔跑著迎向三殺手，她嘶吼著從手中擲出什麼，一個、兩個、三個，一一正中，三個殺手瞬間著火，烈焰焚身，他們痛苦地嘶吼，安婷本來以為他們的吼聲應該像野獸一樣，但不是，那依然是人的聲音。他們的腳步只稍稍駐足便又繼續衝向安婷，安婷則未曾停步，拐了個彎死命狂奔，汽油彈正中目標了，現在只能逃，而她拉出的曲線正好給了蕭遙攔截對手的機會，他飛奔迎擊，與他們逐一錯身，閃開攻擊同時反擊，雙方對衝的力道之大，刀刀封喉變成斬首，只見三顆燃燒的頭顱飛上天際，而三人的烈焰之軀則持續奔跑一段後才踉蹌倒下。

安婷喘息著停步，回頭看見蕭遙隻身佇立於三叢烈焰之間，熊熊火光映紅了整個溪谷。汽油與玻璃瓶是來這兒之前買的，本來只是用來防身，又或，最糟的狀況是用於自己，她寧可自盡也不願讓對手支解，沒想到蕭遙跟來了，藏身樹後的當下，她決心助攻，萬一助攻不成，仍有一瓶留給自己，總之寧死也不想拖累蕭遙。

此刻，戰鬥已然結束，蕭遙走向安婷，她看著他，不等他站定就衝上前抱住他，這也是她此生首次這樣擁抱一個男人。

第十六章

「上帝之國」不是人們所期待的東西；
它沒有昨天也沒有後天，在千年中它未曾到來；
它是內心的一種體驗；
它無所不在，又不在任何地方。

——弗里德里希・尼采（Friedrich Wilhelm Nietzsche）

顧永剛並不感到意外。他全程監看整個過程，即使戰鬥已經結束，他仍佇立在主控室裡看著漆黑一片的螢幕，動也不動。

他想的是溪水被牽引而起的那道沖天水柱。

六把彎刀封鎖蕭遙去路，全維度完封，當然也堵住蕭遙縱身而上的動線，但他仍然逃逸而出，看似劃過他軀體、刺入他心臟的每一刀瞬間全都落空，這就意味著，他能超克三維空間的物理限制。

楊桐的「馬里亞納猜想」曾經大膽臆測，水分子即是一種量子態，彼此之間的糾纏與塌縮，形成蟲洞，超脫三維空間的限制，讓人或物體得以瞬間跨距移動，這或許是那六把彎刀同時落空的原因，刀鋒去處，蕭遙看似在那兒，但其實已經不在。水柱，應是蟲洞效應的引力造成的，清楚記錄了蕭遙的動線，但蟲洞又是因何形成的？難道是蕭遙的意念所啟動的？除此，已經別無解釋，但這一切仍讓顧永剛覺得太不可思議。

劍潭山上那場戰鬥，蕭遙為了替安婷擋刀而受傷，顧永剛因而推估，即使蕭遙能超克已知的物理限制，但終究有其極限，及至今夜之戰，顧永剛才明白自己錯了。

「**亞當**，分析完畢了嗎？」顧永剛邊思索著邊隨口一問。

「分析完畢。」**亞當**說：「六個戰士的視像錄影，每秒六十格，這是戰士五號的視像畫面。」

大螢幕亮起，畫面裡是蕭遙的斜右側半身，一格一格緩緩播放。

「最關鍵的那一秒鐘畫面，戰士們揮刀，請留意第七格，蕭遙還在，第八格就消失了，接著，在第十五格出現水柱，換句話說，蕭遙移動的速度快於六十分之一秒，所以影像沒能錄下他移動的任何過程。」**亞當**說。

「是蟲洞嗎？」顧永剛問。

「是否蟲洞，無法肯證。但以截至目前為止的科學理論，只有蟲洞才能解釋。」**亞當**說。

「這場戰役的所有數據，你已經讀取並且分析完畢，能找出對手的任何弱點或破綻嗎？」

「對手作為完整的戰鬥個體，找不到任何弱點或破綻，但，以剛才的戰役而言，如果安婷自己不曾發揮戰鬥力，我指的是汽油彈，那麼，安婷就會是蕭遙的破綻，就像劍潭山那場戰鬥一樣。」

「你是說，如果我們的戰士挾持安婷？」

「挾持或斬殺都一樣，戰士的刀鋒與安婷的軀體之間，須有中介物質才能避免安婷被殺，劍潭山之役，那中介物質就是蕭遙自己的身體。」

「這也意味著，如果真有蟲洞，也只能供蕭遙自己單獨穿越？」

「以目前的數據看來，的確如此。」

「但如果蕭遙放棄救援呢？」

「戰士一號，以及戰士二、三、四號，之前的那兩次戰鬥，蕭遙都不曾放棄。今晚的第二波攻擊，最後三位戰士轉攻安婷，蕭遙也沒有放棄救援。」

「我知道。我們每次都理所當然地以為攻敵必救，但從來不知道原因是什麼，蕭遙為什麼非要救安婷不可？」

「我們唯一的訊息就是他們二人之間處於量子糾纏態，除此之外，沒有其他的數據可供研判。」

「蕭遙會不會因為某種理由，譬如最單純的求生本能，為了避免自己死亡，所以放棄救援？」

「沒有數據可供研判。」

「意思是可能性很低？」

「沒有新數據出現之前，目前的可能性等於零，畢竟蕭遙已經為安婷擋過一刀。」

「那刀是落在肩膀，不是要害。」顧永剛思索著說：「有沒有可能，蕭遙的智能處於高速運算狀態，對戰的當下，他先算出那一刀不會要了他的命，才決定替安婷擋住？相反的，如果算出自己會死於刀下，難道還會那麼做？」

「這涉及他的動機問題，我們對他所知太少，沒有相關數據可供研判。」

顧永剛不再追問下去，只因知道**亞當**已經盡力。即使**亞當**是具備每秒九十萬兆次浮點運算功效的超級電腦，仍不免經驗主義的侷限，只要訊息或數據不足，就難以演算出跳躍性的、超越邏輯與理性的結論。所謂邏輯與理性，無非是已知的、給定的宇宙觀，也不免受到社會風俗、習慣、道德、法律等等的教化與規訓，相較之下，人腦的運算速度雖遠遠不及超級電腦，卻因著意識、前意識、無意識之間的交互感知作用而往往得以突破意識閾的界線，不被人們直接感知的無意識，充斥原始的衝動、本能、欲望，自成一混沌宇宙，仰賴的不僅是一場大爆炸，更是點點滴滴無止無盡的壓抑、閹割、內爆、裂變、激越，此即反邏輯與非理性的根源，一旦跨過種種禁忌與規約，就是一場大解放，那或許也是人類文明得以創新的起點。顧永剛是這麼想的，所以他不會苛責**亞當**，只因**亞當**不會理解，但顧永剛理解，他從MOW959嘗到過那種大解放的滋味有多麼奧妙。

十分鐘後，顧永剛在頂樓會議室和大衛．葛倫視訊會議，方才那場戰鬥，身在紐約的葛倫也全程監看。

「你和**亞當**的對話我和莉夫人都聽到了，**亞當**差點被你考倒。我怎麼覺得，你好像有點浮躁？」葛倫微笑著問。

「今天的失敗，我很不安。」顧永剛說。

「大可不必。六位戰士都很優秀，也都盡力了，何況，只要MOW961還在，我們就擁有源源不絕的戰士。」葛倫說：「關於蕭遙的動機問題，你和**亞當**的辯論其實沒必要，蕭遙曾經為安婷出手三次，機率是百分之百，這個量化分析的結論已經夠清楚。」

「明白。葛倫先生希望我怎麼做？」

「就像**亞當**說的，蕭遙作為一個獨立的作戰體，無懈可擊，但如果加入其他因素，例如安婷，那就未必了。」

「下次的戰鬥，你希望直攻安婷？」

「我只是舉例，如今看來，安婷這女孩有點狡猾，本身也具備一些戰鬥力，下回合的戰鬥可以鎖定別的目標，同樣攻蕭遙所必救，譬如，蕭遙的養父、養母。」
顧永剛沉默了。
「怎麼？你不認同？」葛倫問。
「這麼做，就為了測試蕭遙的極限？」顧永剛反問。
「意思是，這個策略你其實想過了？」
「想過。」
「但是你抗拒？」
「畢竟是他的養父母，這麼做，會不會逾越我們的倫理界線？」
「我也不想。我知道你自己對父母的感情深厚，自然而然會克制這種想法。但我必須提醒，今天我們面對的是一個非常特殊的狀況，楊桐博士為我們創造出來的可能是『神基因』，你明白意義有多重大嗎？今晚，我們已經親眼見證蕭遙的瞬間移位，蟲洞也許就是他用意念開啟的。換句話說，他幾乎沒有極限，但真是這樣嗎？否則劍潭山那一戰他為什麼受傷？會不會，蕭遙唯一的極限就是所謂的人性？這個疑問，也是我想進一步瞭解和測試的。」
「解開這個疑問還有別的方法，我不明白的是，既然葛倫先生如此看重蕭遙，應該想辦法逮到他、拿他來作實驗分析，不是嗎？殺了他又有什麼好處？」
「實驗分析早就開始，那次他受傷，刑事局內部的朋友就已經取得他的血液和細胞樣本送達我們手上。」葛倫說：「至於，是否非要殺他不可，你就沒想過，我們真的殺得了他？」

「什麼意思？」顧永剛問。

「蕭遙右肩受傷，才幾天前的事，今天的對戰過程，看得出他像是受傷的樣子嗎？」

「看不出來。但我想過，他可能服用止痛劑或施打類固醇，避免因為疼痛感而牽制了速度。」

「藥物？也許吧，但他處於逃亡狀態如何取得？還有另一種可能，莉夫人分析過今晚的影像，得出一個暫時的假設——蕭遙身上，或許具備千萬年來人類夢寐以求的再生力。」

「再生力？」顧永剛不是沒聽懂，只是懷疑自己是否聽錯了。

「對，它說不定可以自體修復生命系統的任何損害，包括外傷與疾病，類似蜥蜴斷尾後的再生能力。」

「這就是你強調的，『神基因』的意義？」

「楊桐博士的手稿描述得越有限，就越給後人留下無限想像。蕭遙就像個迷人的寶藏，一層一層地挖下去，每一層都給人新的驚喜，更叫人訝異的是，迄今為止都還深不見底，誰都不知道他的極限在哪兒。這樣，你明白了嗎？根本不用為了今晚的失敗而感到哀傷，希臘神話中的奧林帕斯，是眾神居住的聖域，有人以為它就是如今希臘東北部帖撒利境內的奧林帕斯山，也有人以為這種說法只是穿鑿附會。既然是神話，無論名為聖域或聖山，它可以是山、海、大地，沒有最高只有更高，沒有最深只有更深，沒有最廣只有更廣。這就是我對蕭遙的看法，你大可不用拿自己或MOW961來跟他比較。」

「明白了。」顧永剛說。

「稍晚，你會收到新一批的十位戰士，以及蕭遙養父母家的地址，對蕭遙的測試，這應該是最後一戰，結論為何，很快知曉。今天辛苦你了，早點休息吧。」

「好的。謝謝葛倫先生。」

顧永剛回到七樓的主控室，卻無心休息。

葛倫叫他不要和蕭遙比較，意思就是根本無從比較。從**亞當**到葛倫，都認為攻敵必救是唯一良策，但他始終抗拒，反邏輯、非理性地抗拒，隱隱之間似乎不自覺地把自己推往另一種可能，而此刻，他已理清自己內心騷動的根源，也知道該怎麼做了。與其被蕭遙取代，不若來場光明正大的決戰。顧永剛同情蕭遙，卻不容葛倫同情自己，要嘛成為最強的牧者，要嘛成為神，中間容不下彌賽亞、神之子、耶穌基督這些同義的救世主。

幽暗的主控室裡，顧永剛召喚**亞當**調度六樓冷藏庫的機器手臂送來一劑MOW961，三分鐘後，東西到了，他打開鈦金屬導管，一陣寒氣撲面而來，水晶試管裡裝著以五度C恆溫保存的藥劑，他取了針筒抽取那晶瑩透明的液體，接著，針頭刺入左小臂靜脈，液體慢慢注入血管。

就像十二年前研發959的時候一樣，他再度把自己當成實驗的活體，只不過，這次他是抗命。顧永剛很有把握，只要他勝出，必能得到葛倫的原諒，但如果輸了，倒下的是他，一切也就無所謂了。

除非彌賽亞真的存在，否則這個世界不需要偽彌賽亞。他就是個牧者，可尊葛倫為神，卻必殺基督，或為基督所殺。

晚間八時三十七分，陳亦湘終於收到沃洛佳的訊息。

「緊急狀態。可否現在去接荷米斯和蕭遙並安置他們？如果不方便，請坦誠告知。」

「有急事通知你，J已經知道你和東托邦，我好像被盯上了。」

沃洛佳那頭停頓了一下，陳亦湘急敲鍵盤。

「是我犯了錯，想竊錄J與朱的對話，被J發現。」

沃洛佳終於回覆：「先不必擔心。我有另外的管道監看J，目前看來，他不是敵人。」

「你確定？」

「確定。據我所知，妳也沒被盯上。言盡於此，請勿再問。荷米斯他們，妳能協助嗎？」

「可以。」

「注意安全。」

「知道。」

二十分鐘後，根據沃洛佳給的經緯度座標，陳亦湘開車抵達外雙溪畔，車才停下，就看見蕭遙、安婷從溪谷快步走來，鑽進車後座。陳亦湘回頭看著他們，視線最後落在安婷身上，本想說什麼但又忍住，她用力旋轉方向盤，車子就地迴轉，馳往她的住處。

安婷望著陳亦湘開車的背影。「謝謝。希望不會給妳帶來麻煩。」

「麻煩是難免的，但我們本來就生在一個麻煩的世界，不是嗎？」陳亦湘微笑著瞄後視鏡裡的安婷一眼。「你們就先住我家，只要我沒被盯上，愛住多久就住多久。」

「我很容易就被盯上，不希望連累妳。」安婷說。

「我當然知道。」陳亦湘說。

「可是不知道為什麼，沃洛佳好像一點都不在乎。」安婷的語氣，盡是不安與懊惱。

「我聯絡上他，他要我住妳家，我說不行，居然被他否決了。早知道就不跟他聯絡。」

「沃洛佳的決定，錯不了。別忘了，我是未來學研究所的研究員，任務就是研究妳和蕭遙，現在有人想用不正當手段把你們引渡出境，我的職責就是用盡各種方法把你們留下來、藏起來。如果有人敢找上門，走著瞧。」

陳亦湘說得輕鬆，其實有點心虛。這說法是剛剛她在路上才想出來的，準備用來堵安婷的嘴，沒想到這麼快就派上用場。

「可是對手除了警察，還有殺手，而且殺手的數量到底有多少，根本搞不清楚。」安婷顯然沒被說服。

「蕭遙覺得呢？你好像一點都不擔心？」陳亦湘問蕭遙，有點求救的味道。

「本來就不用擔心。」蕭遙說。

「什麼意思？」安婷斜睨蕭遙。

「殺手的目標是我，不是妳。」蕭遙說：「不用等他們找來，因為我會去找他們。」

安婷一時愣住。陳亦湘也沒料到蕭遙會這樣回答，但她很快就想通了，蕭遙想化守為攻，但問題是，對手在哪，他已經知道了嗎？

「你知道他們在哪？」陳亦湘問。

「不太清楚，他們平常是分散的，像工蜂一樣各忙各的，但只要找到蜂王，就可以找到他們。」蕭遙說。

「找到他們然後呢？你想自殺嗎？」安婷似乎有點生氣。

陳亦湘聽出來了，但蕭遙沒回應安婷。接下來，車內除了引擎的悶吼，只剩一片死寂。陳亦湘瞄了眼後視鏡，後座的安婷原本還看著蕭遙，後來又別頭望向車窗外，似乎生著悶氣。上車後才短短幾句話，加上這突來的沉默，陳亦湘已經感受到後座的二人之間似乎有著微妙的什麼。

九點出頭，他們抵達陳亦湘的家，一幢電梯公寓的五樓，位於幽靜的巷子內，離中央研究院僅有五分鐘的步行距離，這是她三年前貸款買的房子，室內不到一百平方米的空間，客廳占了三分之一，另有一主臥一客房，整理得簡樸而舒適，平常，她自己一個人住綽綽有餘，現在突然多出兩個人，且還是一男一女，就有點傷腦筋了。進屋後，陳亦湘簡單介紹環境，要安婷、蕭遙先在客廳坐一下，想洗個澡也行，總之，她先去附近的商場買些吃的，順便幫他們買些換洗用的衣物，說完，她匆匆出門。

蕭遙、安婷互瞅一眼，連日來的奔波，二人都是一身污垢和異味，他們怕弄髒沙發，不約而同坐到木地板上。他們也都累壞了，此刻終於可以完全放鬆。

「你說的蜂王是誰？」安婷冷瞄蕭遙。

「還不知道他的名字，只能感知他。從剛剛那些殺手身上讀到的。」蕭遙說。
「他在哪？」
「還不知道，但他會召喚我。」
「召喚你？你已經感受到了？」
「有一點。」
「什麼時候的事？」
「上車之前。」
「很好。不管什麼時候，你想去哪兒，我都跟定了。」
「好。」
「知道你在騙我。」
「既然知道就不要問。」
「別想甩開我。」
「今天下午妳不也想甩開我？」
他們互望著彼此，她知道他的意思，他不會讓她落單，但他可以落單，以目前二人的處境而言，落單還有個同義詞，就是死亡。正因如此，才讓安婷覺得憤怒。
「你為我做什麼，我就可以為你做什麼。」安婷倔強地說。
「我知道。但有些事，我做得到的，妳做不到。」蕭遙說。
「千萬別再提醒我或暗示我，說我是你的累贅。」

蕭遙沉默了一下，慢慢解開鈕釦，然後脫掉上衣。

「妳偶爾會問我，傷口疼不疼，我說不疼，不是騙妳的。」

蕭遙指著自己右肩，安婷趨前一看，愣住。他右肩的刀傷已經消失，必須仔細看，才能發現有條淡淡的細痕，連疤都談不上的細痕。

「我看不到也摸不出來，疤不見了嗎？」蕭遙問。

「只剩一點點，也不像刀疤。」安婷頓了一下才說：「它會自己癒合？」

「好像是。」

「你從小就這樣嗎？」

「以前受傷，沒這麼快好。」

「意思是，也很快？」

「那算快嗎？我自己沒概念。還在療養院的時候，打球難免受傷，過沒幾天就好了，院裡的護理師還算疼我，常邊罵邊笑，以為我把傷口的結痂摳掉，但我沒有。這次，不知道為什麼，好得特別快。還在刑事局的時候，朱志揚要帶我去見妳，我知道藤原清順到了，也知道即將發生什麼事，所以決定帶妳離開，那時候，傷口已經沒有痛感。」

「你是不是想告訴我，你不怕受傷，所以不用擔心？」

「真的不用擔心。」

「是嗎？」安婷看著他。「就算傷口癒合的速度很快，你就不會死嗎？剛才在河谷，我們是怎麼對付他們的？難道他們不會用同樣的手法對付你？製作汽油彈很簡單，他們也可以火攻，就算你全身燒焦的皮膚可能會長回來，他們還可以斬首，請問，你的頭也會自己長回來嗎？」

蕭遙沉默了。安婷不想逼他，只輕輕握住他的手。

「剛剛的戰鬥結束後，我只覺得想吐，痛痛快快的把胃裡的東西全都吐出來。」安婷說：「如果可以，我不想再重來一次，也不想再碰到那群瘋子，但我知道不可能，事情只會一再重演，他們也會一再重來，想逃都逃不了。所以，如果可以，我不想再跟你分開，要嘛就一起好好活著，要嘛，就死在一起。」

蕭遙望著她，緊緊反握她手。

「可以嗎？」她問。

「可以。」

晚上十時十五分，麻醉藥效退散，羅靖銘甦醒了。

這裡是刑事局地下四樓，專屬IZ的醫療室，同樓層的還有拘留室、偵訊室與貴賓室，統稱為外務中心，目的是收納與IZ任務相關的外人，包括必要的貴賓、犯人、醫療人員等，整個地下四樓與地下五樓的IZ本部完全隔絕，但同樣固若金湯，即使地下四樓因任何不可控的因素先遭敵人攻陷，仍可確保地下五樓安全無虞。自從緊急程序啟動後，這兒就像個自給自足的地下城堡，竟日燈火通明。

郭靖銘躺在手術檯上，張眼看著亮晃晃的周遭，接著聽見有人開門進來，是朱志揚。

「醫師替你施打了止痛劑，傷口暫時不會有疼痛感。覺得還好嗎？」朱志揚說。

羅靖銘閉上眼，不想理他。

「首先，請告訴我，你到底知道多少？」朱志揚問。

「IZ逮捕刑事局長，這不是開玩笑的。」羅靖銘說。

朱志揚把手機擱到羅靖銘手裡。「現在就打給署長，聽聽他怎麼說。」

羅靖銘張開眼，逕撥給警政署長陳毓平。

「署長，是我。」羅靖銘正想往下說，似乎被對方打斷，接下來的一分多鐘，都是對方講話，羅靖銘完全插不上嘴，臉色越來越凝重，直到對方掛斷，結束通話。

「你動手術的時候，我接到大老闆的電話。大老闆只說，做我該做的事。這樣，你明白了嗎？」朱志揚說：「現在誰都動不了我，所以，無論誰頂著什麼頭銜都一樣，就算你是局長，就算藤原清順是IGCI總監，都一樣。」

羅靖銘閉上眼，強忍憤怒，仍不想搭理。

「現在，你有兩個選擇，一是離開手術室去拘留室當藤原的好鄰居，二是打電話給大衛·葛倫，安排我和他對話，現在是紐約的白天、台北的深夜，算我倒楣犧牲睡眠時間陪他聊幾句。」

羅靖銘仍閉著眼，朱志揚冷冷看著他。

「這島嶼已經變成別人進行實驗的戰場，你可以無所謂，但我他媽的超不爽。」

「知道你老婆為什麼離開你嗎？知道你女兒為什麼懶得理你嗎？」羅靖銘終於開口。

「因為你太自我、太自大，永遠不知道別人在想什麼、需要什麼，永遠不知道這個世界有它自己的規律在運行、地球有它自己的軌道在運轉。」

羅靖銘緩緩張眼，冷瞅朱志揚。朱志揚突然笑了。

「朋友一場，兩個家那麼親密，我的女兒差點把你們家當成她的家，到頭來，我們一家人的隱私變成你嘴裡的瓜子，嗑呀嗑的當成笑話，肉吞進去殼呸出來。」朱志揚說。

「曉青，你的女兒，說她寧可叫我爸爸，說她跟你很不熟，你就是個陌生人。」羅靖銘說。

「我的榮幸。」朱志揚依然笑著，突然揪住羅靖銘的衣領，把他從手術檯上拖下來，扎在羅靖銘肘窩靜脈的點滴針頭被扯落，血噴得到處都是，朱志揚未曾罷手，硬將羅靖銘放倒在地，跨坐他身上，雙手仍緊揪他衣領。

「再問一次，兩個選擇你挑哪個？」

「葛倫不會想跟你談。」

「也許吧。要不要讓葛倫自己決定？」朱志揚瞪著羅靖銘，兩個人都快喘不過氣了。

「我一定要找到答案，你幫我，就還有回家的機會，否則，事情越鬧越大，你就是共犯，知道那是什麼意思嗎？牢裡的生活多采多姿，那些惡棍、強盜、黑幫，每個人都在找自己的寵物，寵物是什麼意思你比我還清楚，坐牢的警察就是他們眼裡一等一的寵物，只要你進去，就會知道那裡不叫監獄，而叫地獄。」

說完，朱志揚起身，讓羅靖銘坐回手術檯，手機塞到他手裡。羅靖銘低著頭，須臾終於撥出手機，沒多久，接通了。

「葛倫先生，是我。」羅靖銘以英語說：「我和藤原總監被逮捕了，有人要跟你說話，但你可以拒絕。」

「是朱志揚嗎？」彼端傳來葛倫的聲音，顯得平靜。

「對。」羅靖銘說。

「辛苦你了。我可以跟他聊幾句。」葛倫說。

羅靖銘把手機遞給朱志揚。

「葛倫先生，我是朱志揚，刑事局督察。」朱志揚以英語說。

「我知道。ＩＺ的大隊長。」葛倫說。

「看來，你知道得不少。」朱志揚說。

「比你想像的多。朱先生想聊點什麼？」

「我想知道那是一場什麼樣的實驗，什麼時候開始的？什麼時候結束？」

「看來你也知道不少。」

「總覺得永遠比你少一點。」朱志揚說。

手機彼端傳來葛倫的笑聲。「我很樂於分享，但不能是這支手機。跟你約在台北時間明天上午九時整，勞煩你到和平展望會台北總部的會議室，如何？」

「為什麼約在那裡？」

「第一，和平展望會有不少對手，我只信得過那裡的防竊聽措施。第二，我現在正在開會，抽不開身，而且台北時間現在是接近午夜了吧？不好意思讓你熬夜加班。十小時後是你那兒的白天，我這兒的晚上，我一向晚睡，無所謂。」

「葛倫先生真懂得體貼別人。好，就十小時後。」

「就這麼說定。回頭見。」葛倫說。

「回頭見。」朱志揚掛了手機，望向羅靖銘。「最後一個問題，你是怎麼認識大衛・葛倫的？」

「跟你同時。兩年前，五一六事件發生後沒多久，他從紐約飛台北，大老闆接見他，當時你我都在場，記得嗎？」羅靖銘說。

朱志揚點頭。「當時我剛出院。」

「後來他私下約我碰面，我一直以為，他也私下約了你。」

「他說的？」

「我問過他，他沒否認。難道不是？他沒約你？」

「約了，但我拒絕跟他碰面。所以，是因為你，他才知道ＩＺ？」

羅靖銘搖頭。「他問我知不知道ＩＺ，我以為是你說的。」

朱志揚沉吟須臾。「所以，是你我之外的第三個人告訴他的。是署長嗎？」

「你怎麼知道不是大老闆？」羅靖銘冷冷地說：「《緊急安保法》賦予他的權力真不小，連我這局長都可以任意逮捕了，有什麼事他做不出來的？要小心啊！權力不會是永遠的護身盾牌，整個政府機構的科層組織也沒那麼脆弱，只要你走出這裡，到處都會有東西盯著你，不只別人，不只眼睛，還有別的。」

「你說槍口嗎？就像你今天想殺我滅口一樣？那不也是另一種任意？那叫什麼？任意殺害？而你竟然還敢在我面前提我女兒的名字？」

二人瞪視著彼此。

「多年友誼，幾天之內就灰飛煙滅，真想不到。」羅靖銘說。

「朋友二字，對你我而言已經太沉重。」朱志揚說。

朱志揚喚來門外的偵查員把羅靖銘押往拘留室，接著轉往地下五樓的IZ本部召開會議，三位組長都到了，就在朱志揚的辦公室。劉碧珠語速很快地向眾人簡報，刑事局長已由副局長趙毓芬暫代，刑事局將可如常運轉，趙毓芬所知有限，只被上級告知羅靖銘因病告假，看來，層峰已做好種種安排，無須IZ多費心。簡報結束後，劉碧珠話鋒一轉，反對朱志揚赴葛倫之約。

「你確定要進PV台北總部？我怕你進得去出不來。」劉碧珠說。

「老闆，我也反對。我們經過無數次沙盤推演，只要進入緊急程序，IZ極可能會陷入完全孤立的狀態。」胡威說：「那就表示，只要走出這裡，外面就是戰場，連出個門都要極小心，何況你還要深入敵方的本部，那太危險。你想跟大衛．葛倫對話，就在這裡跟他視訊通話也可以。」

「葛倫說要保密，應該只是藉口。我們這裡也可以做到完全保密。」魏順昌顯然也反對，他是IZ後勤組長，整個IZ本部的施工建設是由他監造，最清楚各種硬體設施、武器裝備。

魏順昌才四十出頭歲，沒老婆沒小孩，頭髮已經有點花白，圓潤的臉，笑口常開，常笑說自己是個用腦過度的技師，偏偏很倒楣地遇到一個很懂得壓榨他的朱志揚，如果活不過六十歲必然是朱志揚害的。魏順昌幹過一件蠢事，極少人知道，四年前警方從基隆港進口一批新型槍械，他負責點收，黑幫找上他，說五個貨櫃當中有一個是屬於黑幫的，打算混在其中挾帶闖關，要他睜隻眼閉隻眼，通關後分流運送，沒有人會知道，對方說，只要他點頭，千萬台幣現金立刻送到他家，同樣沒有人會知道。這筆好生意卻被魏順昌自己給砸了，他找上朱志揚商量，後來捕獲了一票人，除了黑幫，還有警政署內部的勾結者，從此，魏順昌再也沒那麼自由，只因被黑幫列為獵殺對象，他被迫搬家，朱志揚還派了一組人全天候保護他，直到IZ成立，魏順昌負責監造這個極機密的地下碉堡，施工期間睡工地，施工結束後，朱志揚特地為他留了一間宿舍，從此以IZ為家，順便為公帑省下那筆保護費。魏順昌說朱志揚壓榨他，其實他自己也樂在其中，他身上依然保存著多數警察已然泯失的熱情與真誠，從不把犧牲奉獻掛在嘴上，就只實踐。

IZ的三十七個成員，全都具備同樣的特質，除了奉獻的精神，還須廉潔、寡欲、忠誠、堅定，同時也須是萬中挑一的專業高手，確保這支隊伍能在最惡劣的條件、最艱困的環境、最原始的狀態下，依然保持最頑強的戰力。

「知道你們擔心我，但我只能超前部署。」朱志揚說：「稍早，蕭遙請安婷發了簡訊給我，他們兩人都暫時平安，但我們都很清楚，這種好光景維持不了太久，對手只會持續發動攻擊，不會鬆手。之前我們一直處於挨打狀態，處處落於被動，現在進入緊急狀態，整體情勢更加緊繃，不進，則退。和葛倫直接交手是必要的，只有摸清楚他的目的，才能評估我們的戰線要拉多長、戰役要持續多久。」

「如果非去不可，也可以是我去。」胡威說。

「我去也行。總之你是主帥，IZ不能沒有你。」劉碧珠說。

朱志揚搖頭。「跟你們說過無數次了，IZ沒有非誰不可這種事，萬一我不在，你們三位就是我的職務代理人，更何況，我估計，葛倫應該不敢動我。」

「你怎麼知道？」胡威問。

「我不知道，只是猜的。」朱志揚說。

「你是在賭自己的一條命。」劉碧珠的口吻變得不太客氣。

「那倒不至於。」朱志揚說：「如果我一個人去，說不定會死得不明不白，但如果我和井岩峰兩個人一起出現，那就不一樣了。井所長和我一樣，都是大老闆直接任命的，葛倫如果敢出手，就得同時解決我們兩人，我相信，他不敢賭那麼大。」

「井岩峰也是PV台北總部的理事之一，他和葛倫之間應該交情不淺。」魏順昌微皺眉。「你就這麼相信井岩峰，不怕被他賣了？」

「誰能真的賣得了誰？我十八歲就把自己賣給警察，所以才會那麼倒楣認識你們，我該怕的只有自己。」朱志揚笑著說：「總之，瞎猜疑沒用，我們沒有太多資源，手邊能有什麼就用什麼，而現在，井岩峰就是不二人選，進了PV，他扮白臉我扮黑臉，一起大鬧天宮也不賴。」

另三人互望一眼，雖然朱志揚的說法勉強成立，但他們並未因此釋懷。險路當前，身為戰友，只會格外珍惜彼此。

「老闆，你的所有推論，全都是假設，太不靠譜。」劉碧珠仍不以為然。

「這樣吧，如果你真想赴約，那就讓我帶一組人陪同，全副武裝，保你進出安全無虞。」胡威的態度很堅定。

「沒必要。對方的地盤，我們人再多也未必有用，何況，再多的人、再多的武裝也比不上我們已經握在手裡的一張王牌。」朱志揚說。

「什麼意思？」

「蕭遙，就是那張王牌，也是我們最重要的武器。」

凌晨五點多，蕭遙醒了。

他再度感知**它們**。依然是開膛手的模組，躁動的欲望，嗜血的殺機，只是這次多了點別的，依稀是那個蜂王，**它們**感受著**它**的召喚，蕭遙也一樣。

訊流越來越大，也越來越清晰。**它們**的目標是蕭家，蕭遙的爸媽。

蕭遙從沙發坐起身，這才發現安婷就躺在一旁的地板上，張著眼望著他，似乎一晚沒睡。陳亦湘本來安排她睡客房的，但她半夜拎了薄毯溜下床，守在蕭遙睡的客廳沙發腳下，擺明了堵死他，不讓他有單獨離去的機會。

二十分鐘後，他們分別盥洗完畢，悄悄出門，沒吵醒陳亦湘，只留了一張紙條謝謝她。昨夜，陳亦湘東張羅東、西張羅的，很晚才睡，睡前還在客房和安婷聊了一下，一開始，話題大都圍繞著東托邦、沃洛佳，後來陳亦湘突然失笑說，明明兩個女人，為什麼話題這麼硬啊？於是開始介紹起自己，怎麼迷上物理學，又怎麼一頭栽進水記憶的研究，但陳亦湘很懂得自制，知道安婷已經很累了，於是要她早點休息，故事還很長，來日方長，慢慢再敘，陳亦湘說，離去時回眸朝安婷一笑，關上門時，安婷看出她的眼裡似透著點憐惜與不捨。安婷明白那是什麼意思。慢慢再敘，故事還很長，或也是一種意在言外的道別。陳亦湘很清楚，其實安婷、蕭遙隨時都會離開，而且一離開說不定就是永別。慢慢再敘，故事還很長，只是換句話說的珍重再見。陳亦湘，那個東托邦裡的妮洛夫娜，不只是高爾基小說裡的母親，也是荷米斯的母親。

安婷和蕭遙走出公寓，天才濛濛亮，她跟著他的腳步疾行，忍不住握住他的手，看著他，不知道他在想什麼，也沒什麼好問的。

她答應過他，無論發生什麼事，她都只能遠觀。

「包括最壞的狀況，我被殺。」昨晚，蕭遙說。

「好。」安婷說。

「掉頭就跑，不要回頭。」

「好。」

「妳還有育幼院的那些哥哥姊姊，不會孤單。」

「可以不要說了嗎？」安婷說。

然後，蕭遙沉默了，一如此刻。

他的腳步越來越快，她緊緊跟上。

故事還很長，慢慢再敘。安婷心裡如此呢喃。

第十七章

罪惡缺少美德的那種優雅，
難道它不是更加崇高，不是屢試不爽地擁有坦白、崇高的品質？
這就勝過了美德之單調、柔軟的魅力，
所以罪惡始終比美德可取。

——薩德侯爵（Donatien Alphonse François de Sade）

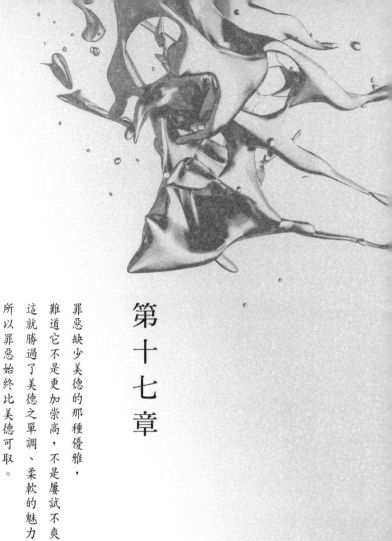

凌晨六點十分，顧永剛到了。他從黑色寶馬下車，一身黑衣。路上人車稀疏，他走進蕭家那棟公寓對面的社區小公園等候。

施打MOW961之後，他一夜沒睡，都待在主控室。他先切掉自己與主控室之間的數據與視像連結，以免葛倫先生發現，接著，他以口述錄音留下自己生理與心理反應的直觀數據，此前，**亞當**已事先演算過961與959在同一人體內綜合的可能反應，所以顧永剛不怎麼擔心。時間分分秒秒過去，開膛手的模組開始在顧永剛的意識體系著床，逐漸接合他的原生意識，整個過程大致和**亞當**的演算相去不遠，體內積澱七年的959發揮自由基的功能，形成抗阻，讓顧永剛仍可主導自己的軀體與意識。這種狀態有別於961戰士，他們在注射之後，一旦由主控室啟動召喚的指令，意識閾將被強制關閉，切掉原生意識，全然進入開膛手的意識模型，那個本名潘明鏘的戰士一號，原是安婷的好友卻不認得她，就因這原理。至於生理方面，961能激發全身筋骨肌肉及神經系統，激發體能極大化，顧永剛也感受到了。出門前的早餐，吃了兩顆煎蛋和兩片塗了奶油的吐司，初吞嚥時體內有種燒灼感，但隨即轉為一種難以形容的快感，似有一股能量在體內冉冉昇華，舒暢無比，顧永剛看多了戰士們的體能表現，不用試也知道自己已然進入同樣狀態。

公園裡，顧永剛抬頭看那棟公寓，知道此刻的蕭宅已空無一人。戰士們一向很有效率，在顧永剛抵達之前已經帶走蕭遙的爸媽，是按門鈴然後闖入或直接破門而入，顧永剛不想知道，也不關他的事，只因太齷齪。

一輛黃色計程車出現，停在公園外，下車的人一身灰色運動衣，是蕭遙。

蕭遙張望著，很快就看見他，毫不猶豫地走進公園，來到他面前。

「我爸媽被你們帶走了？」蕭遙冷冷看著顧永剛。

「一眼就認出我。看來超距作用真的存在。」顧永剛沒否認，逕微笑看著蕭遙。

「不要傷害他們，可以嗎？」

「可以。」

「謝謝。」

「只要你跟我走。」

「可以。」

「夠乾脆。我喜歡。」

「昨天就從那六人身上讀到你的面孔，我怎麼覺得，那也是你留給我的名片？」蕭遙說。

「必須是你能活下來，名片才有意義。」顧永剛說：「現在呢？你又在我身上讀到什麼了？」

蕭遙注視顧永剛，沉默良久。

「怎麼了？有什麼驚人的發現？」顧永剛笑問。

「你很特別。」蕭遙的聲音突然變得有些沙啞。

「多特別？」

「有些事情，你遺忘了。」

「連我忘記的事你都讀得到？」

「不是忘記，是遺忘。」

「有差別嗎？」

「可能是選擇性遺忘，也可能是你不知道自己做了什麼。」蕭遙喃喃說著，嗓音依然沙啞。「MOW，961，是昨天晚上的事。在那之前，很多年前，是959，你拿自己活體實驗。」

「一定要想辦法說服你加入PV，不然，你知道的秘密太多了。」顧永剛一點都不意外，逕自笑著。

「李苑萍，我的家教老師，是你學妹？」

「對。」

蕭遙又沉默了一下，須臾才說：「你想殺我？」

「對。」

「你想去海邊？」

「以免傷及無辜。」

「可以先去一個地方嗎？」

「我不喜歡拖拖拉拉。」

「我也一樣，也沒必要耍詐。」

「其實我不討厭你。」顧永剛一逕微笑。

「有些事你最好先知道。我是說，你遺忘的那些事。」

「越講越玄了。先聽聽看你想去哪，再決定去不去。」

「你的老家，你和爸媽住過的那個家。」

顧永剛笑了兩聲，有些意外。「你到底想幹麼？」

「不是我想去，而是你，必須去看一些東西。」蕭遙說。

「什麼東西？」

「到了再說。不去，你會遺憾終身。」

顧永剛望著蕭遙，又笑了幾聲，最後聳聳肩，逕走向停在公園邊上的黑色寶馬。

蕭遙跟著顧永剛上車，他們一路飆到萬華只花了十來分鐘。

顧永剛的老家位於傳統市場旁的一幢老舊公寓，都市更新難以企及的死角，他偶爾回來查看屋況，順便清掉信箱裡的郵件和廣告函。這裡能藏什麼秘密？顧永剛覺得可笑，但也不免一絲好奇，他帶著蕭遙走樓梯到了二樓，伸手在鐵門框的上緣摸出鑰匙，開門進屋，蕭遙尾隨在他身後，環視屋內，接著走入廚房。

「有工具嗎？圓鍬、鐵鎚之類的。東西在裡面。」蕭遙指向一面白磁磚牆。

反正這房子不是等著廢棄就是等著拆掉重建，顧永剛沒什麼猶豫地逕取來工具箱，拿出鐵鎚遞給蕭遙，只見蕭遙使勁敲牆，一記又一記，白磚碎了，露出水泥，他繼續敲，才幾下，灰色水泥中露出一些白裡透黃的異物，蕭遙緩下速度與力道，以鎚頭另一端的尖爪刮除水泥塊，慢慢地，顧永剛看清楚了，那白裡透黃的東西是骨骸，蕭遙繼續刮，隨著水泥屑塊逐漸剝落，顧永剛看到的，先是手指骨，接著，很像是一張乾枯的臉，似被水泥吸光水分後的乾枯的臉，蕭遙小心翼翼地繼續刮除水泥屑塊，最後露出的是第二張同樣乾枯的臉。

「認得嗎？」

蕭遙回望，這才看到顧永剛的神情好像見了鬼似的，然後，有種奇怪的、斷斷續續的聲音從他喉間發出，像是在哭，又或者，想哭又哭不出來。

那兩張臉，就算覆著泥屑乾枯如斯，顧永剛仍認得出來，是他的爸爸、媽媽。

蕭遙回到客廳等候，聽到廚房裡傳來流理台的沖水聲，偶爾夾雜著嘔吐聲，沒多久，顧永剛走來，雙眼布滿血絲。

「你以為他們在舊金山？」蕭遙問，顧永剛沒回答。「你常跟他們視訊通話，以為他們過得很好，到處旅遊。」

「那些都是假的？」顧永剛終於喃喃開口。

「或者是你的想像？」蕭遙說。

「不是想像。家人有個群組，每次通話都有紀錄。」顧永剛呢喃著說：「所以，一切都是假的。合成影像，虛擬模組，造息投影，每一次他們的有問必答其實都是人工智慧做出來的反應。」

顧永剛似乎想通了什麼，望向蕭遙。

「誰殺的？」

「我在你腦裡讀到的。」蕭遙說。

「那時候我也在場？」

「你在場。」蕭遙突然頓住，沒再往下說，只是看著顧永剛。

顧永剛意識到什麼。「你想說什麼？」

「是你殺的。」蕭遙說。

顧永剛微張著嘴一時說不出話，只是瞪著蕭遙。

「應該是MOW959的後遺症，後來你住院好幾天，以為自己大病一場，這些事你全都遺忘。」蕭遙說著，視線從顧永剛移開，似想給他一點獨處空間。

蕭遙看見的那一幕，他寧可顧永剛真的遺忘。

凶器就是剛剛那支鐵鎚。七年前的一個深夜，顧永剛一進門就動手，他爸媽猝不及防，連反應的時間都沒有，沒哭聲也沒驚叫便已倒下，血噴得到處都是，偶爾可瞥見那對夫妻無助的眼神在血霧中飄動。蕭遙接收到的訊流，已封存於顧永剛的無意識深處永不見光，瘋狂殺戮伴以喘息、呻吟，也伴以恨意與絕望，唯死方休。

蕭遙走到窗邊，聽見樓下傳來嘈雜聲，附近的傳統市場正是最熱鬧的晨市時刻，空氣中飄散著各式蔬果的澀香。

不知過了多久，蕭遙的背後才傳來顧永剛像是哭過的聲音。

「我在醫院醒來，他們說我是在PV的實驗室昏倒，才送我到醫院。」

「聽起來，應該是PV幫你處理善後，也沒讓你知道真相。」蕭遙回首環視屋內。「他們清理過現場，弄得乾乾淨淨，順便把遺體砌到牆內。」

顧永剛緩緩抬眼，聲音變得有點空洞。「連我沒經歷過的這些，你都感知得到？」
「只有到了這裡才可以。」蕭遙說。
「是這裡的水分子給出的訊息？」
「好像是。」
「水記憶。」顧永剛的嘴角泛起一絲詭異的笑意。「楊桐博士一直都是正確的。」
「你已經知道我是誰？」蕭遙問。
「大家應該叫你楊潛才對。」顧永剛注視蕭遙。「你帶我來這裡，是想影響我的情緒、削弱我的能力？」
蕭遙搖頭。「有些往事，再不說，就再也沒人知道。」
「意思是，你對自己沒信心，覺得今天會死，死了就沒人知道？」
「也許吧。還有另一個原因，我想還自己清白。我十二歲的時候發生的事，你應該聽過？」
顧永剛點頭。「井岩峰教授寫了些文章替你辯護，我很同情你。」
「七年前那個晚上，李苑萍老師幫我上完英文家教，從我家離開，一開始我覺得自己渾身不對勁，沒多久就覺得好像有人沿路跟蹤李老師，後來甚至能看到李老師的背影走在街上。我覺得李老師有危險，等我趕到現場已經來不及。整個凶殺過程我都看見了，就從凶手的視角，我能感知凶手，卻不知道他叫什麼名字、長什麼樣子，現在，我知道了。」
蕭遙注視顧永剛，沒再往下說。顧永剛突然明白他的意思，一開始只是失笑，接著大笑，連眼淚都迸出來了。蕭遙看著他，直到他笑聲止住。

「二〇二〇年七月十九日晚上十點多你回到這裡，殺了自己的爸媽，李老師的遇害發生在同一天晚上八點多，就在你回到家的兩個小時前。你遺忘的這一切都還存在你的腦裡，所以我才看得見。」

顧永剛沉默著。很難接受，但無從反駁，又或，已經不想反駁。

泥灰下的那兩張臉，已瞬間把顧永剛整個人掏空，還站在這裡的軀殼好像也不是他的，原來的他，由爸媽賦予姓名的顧永剛，已然因著弒親而從這軀殼剝離。

自己不再是也無從是原來的他，那個早已超載的人生，孺慕並鄙夷著，眷戀並痛恨著，高傲並自卑著，如今只剩空虛，永遠無以填補的黑洞。因缺損而蠢動之欲望，粉色嫩頰，羞赧笑靨，自稱學妹的那女孩紅唇下之貝齒、靈動之眸，學長可以請教一下嗎她說，隨時都可以嗎她問，短短的邂逅，美麗的倩影幻化為他深摯的渴望，日復一日，渴望她再度現身卻一再空等，直到看見她的名字幽魂似地飄落於頭條新聞，病床上的他失聲痛哭，那一刻，曾讓他自以為真情流露，聖潔的純愛以及女孩身上看見的善與美，或也是他靈魂中的一部分，因契合而喜，因傷逝而悲，但如今，他才真正明白自己為何而哭，純愛，善與美，其實不曾和他錯身，而是擦肩之際遭他吞噬。他非永夜中降臨的光明之子，而是烈陽下蠕行的暗黑之獸，佇立於荒野的牧者，那六個登頂的黑袍戰士，他們眼裡看見的他也是他眼裡看見的他們，互為鏡像。

961的藥效在顧永剛身上似乎慢慢起了作用，此刻的他，仍懂得悲傷，但轉瞬即逝，不是不懂得遺憾，但可以無視，剩下的僅有強大的恨意叢結在體內醱酵，唯鮮血與毀滅能償還。

顧永剛緩緩環視屋內，看著每一個角落，這個家，再也回不來了，即使能活下來，他也不願回來。此刻就是最後的憑弔。

「所以，最早的量子糾纏是七年前？因為我注射了959？」顧永剛問。

「應該是。」蕭遙說。

「今天你一見到我，就讀到李苑萍？」

「對。」

「也因為這樣，你的聲音才突然變得有點沙啞？」

「李老師很疼我。」蕭遙說：「我爸媽也是，那個晚上我怕嚇壞他們，所以才自己一個人出門。在療養院這七年，我常想，如果當時先告訴他們，他們一定會陪著我一起，不然就是禁止我出門，總之，我不會落單，也不會被當成凶手。」

「你恨我？」

「沒什麼好恨的。」蕭遙很平靜，不像說謊。

「你應該恨。至少今天你會需要。只有恨，才讓人強大。」顧永剛說。

蕭遙沉默了一下。「你已經答應，不會傷害我爸媽。」

「我說到做到。」顧永剛說：「走吧，這一切都該結束了。」

上午七時四十五分，黑色寶馬卡在上班車潮，時走時停，從它的行進方向看來，正準備離開萬華區。這是無人空拍機攝得的影像，直接傳送ＩＺ本部戰情室的七十吋螢幕，空拍機由彭亞民操控，朱志揚、胡威都盯著螢幕。

一小時前，朱志揚接到安婷電話，她用公共電話打的，聲音聽起來還算平靜。

「我能信任你嗎？」安婷劈頭就問。

「妳沒得選擇。」朱志揚說。

安婷頓了一下，很快和盤托出，說蕭遙的爸媽可能已遭殺手挾持，蕭遙則跟一個她不認識的男人離開，她攔計程車想追，對方車速太快，跟丟了，但幸好她記下了車號。朱志揚用筆記下，問了幾個細節，對話結束前，朱志揚要她在原地等候，他派輛車去接她。

接下來，考驗的就是ＩＺ各部門之間的協同作戰效能。

根據安婷提供的訊息，數據組調閱台北南區、西區所有道路監視器畫面，很快鎖定那輛黑色寶馬已於六時四十分抵達萬華。後勤組的彭亞民立刻在電腦上編程，派出三架續航力長達二十四小時的小型無人空拍機U1。與此同時，行動組的許易傑與女幹員李玉軒已然驅車前往公館，接到了安婷。

「我叫李玉軒，刑事局偵查員。很高興跟妳合作，歡迎。」

李玉軒從副駕駛座回頭笑看後座的安婷，想跟她握手，安婷卻沒伸手。

「這不叫合作，我只想救蕭遙。」安婷冷冷地說：「他在哪?找到了嗎？」

「找到了。他們剛離開萬華，去哪還不知道。」李玉軒說。

「我們已經掌握他們行蹤，不管去哪我們都會跟上。」許易傑邊開車邊說：「朱督察要我轉告，我們已經釋放妳那兩位朋友墨尚淵和湯建邦。朱督察說，知道妳是無辜的，請妳不用擔心。」

「就你們兩個人？」安婷問。

「當然不只。」許易傑說。

「其他人多久能趕到？那群怪物的速度，你們應該見識過。」安婷說。

「其他人只會比我們快，不會比我們慢，放心。」李玉軒說。

安婷不再說話，也知道多問無益。

稍早，她和蕭遙搭計程車抵達蕭宅附近，蕭遙已感知父母被挾持，要她先下車。後來，她遠遠看著蕭遙走進公園，和那男人不知談了什麼，她猜想，那男人應該就是蕭遙說的蜂王吧。直到蕭遙上了那男人的黑色寶馬，她攔了輛計程車一路尾隨，卻在羅斯福路跟丟，她告訴自己必須冷靜，匆匆下車後找了路邊的公用電話打給朱志揚。她一向不喜歡警察，但也知道現在只有他們能救蕭遙。和朱志揚通完話的那瞬間，她突然覺得很無助，自己好像什麼忙都幫不上。

蕭遙怎麼會上了對方的車？他到底在想什麼？她在計程車上眼看著那黑色寶馬狂飆而去，車尾燈越來越遠直到不見，她只覺得心裡有什麼東西被割裂了，那種刺痛隨著蕭遙的遠去而加劇，她終於明白，他已是她不可分割的一部分。

不能失去他。不能讓他孤單。

她想讓他知道，只要她在，就永遠不會讓他孤單。

此刻，安婷望著窗外的車流，心裡是篤定的。蕭遙曾要她答應，一旦他被殺，她就須掉頭離開，她說好，當然是騙他的。

上午八時二十六分，朱志揚邊盯著空拍畫面邊套上薄型防彈衣，準備出門。ＩＺ進入緊急狀態後，任何人離開本部都須穿防彈衣，這是標準作業流程，朱志揚也不例外。

「看來是往北海岸走。」朱志揚看著螢幕，那輛黑色寶馬正馳在高速公路。「我應該親自帶隊的。」

「我怎麼覺得，葛倫是故意跟你約在這時間，讓我們難以兼顧。」劉碧珠說：「如果他們殺了蕭遙，我們的籌碼就沒了。你還要去ＰＶ嗎？」

「非去不可。聯絡井所長了？」朱志揚顯然不想多作討論。

「他已經在路上，預計提早五分鐘跟你在ＰＶ一樓會合。」劉碧珠說。

「等等我和三個夥伴在ＰＶ樓下等你。」胡威說。

「車上已經配備重型武器。必要時，隨時都可攻堅。」魏順昌說。

朱志揚微皺眉，不想再叨念他們。

「我不會有事。而且現在，蕭遙比我重要多了。」朱志揚拉上防彈衣的魔鬼沾，瞄胡威一眼。「蕭遙那頭，才需要你親自帶隊。」

「其他弟兄去也一樣，他們都比我強。」胡威笑笑的說，有點耍無賴。「負責支援的保安警察反恐大隊已經出動，按照SOP，我沒讓他們知道任務內容，避免洩密。」

朱志揚點點頭，快步離開，胡威尾隨而去。戰情室裡還剩三人，劉碧珠、魏順昌、彭亞民，都有些凝重。朱志揚有多固執，他們很清楚，特別是最危險的任務，他通常身先士卒，不容他人代勞，這也是他能服眾的原因。他對全體夥伴、戰友的珍惜，遠遠超過他們對他，沒有人不怕死，朱志揚也一樣，但他卻把可以用來保護自己的權力施惠於戰友。

沒有人知道他鋼鐵般的意志從哪來的，朱志揚也絕口不提。二年多來，關於大老闆為何任命朱志揚領導IZ，有人說是羅靖銘局長舉薦，也有人認為朱志揚和大老闆之間必有什麼特殊情誼，總之，各種謠傳滿天飛，卻永遠無法證實。朱志揚出手逮捕國際刑警組織高階警官和刑事警察局羅局長，重撼整個政府機構的外交體系與科層制度，IZ內部有些成員多少感到不安，直到大老闆親自任命趙毓芬暫代刑事局長一職，意味著大老闆對朱志揚的默許與支持，大家才鬆了口氣。

以開膛手傑克為名的連續殺人案，正以耳語、謠言、偽圖文的碎片化形式到處渲染、散播，日漸誘發底層民眾的不安與騷動，眼看著一場全社會範圍的內爆似將來臨的此際，即使朱志揚的強勢作為招來不少爭議，卻也暫時為IZ內部穩定了軍心。

誰都不知道接下來會怎樣，但起碼還有這群人在，雖害怕死亡卻仍須釋懷，朱志揚非要身先士卒不可，別無其他理由，僅僅是一種必要，作為真須面對死亡時的第一人之必要。這支隱形的秘密部隊已然蓄勢待發，攻克不了今天又談何明天，明天在哪還不知道，他們只為今天而活。

九人座黑色廂型車疾馳於街，車內有胡威和三名男偵查員，朱志揚坐後座第二排，看著數據組傳至他手機的資料，

黑色寶馬的車主，顧永剛，三十三歲，任職於PV台北總部，職稱不明，戶籍登記於萬華，單身，父母健在，T大化工研究所博士，論文與水記憶有關，照片中的他，頂著博士方帽自信微笑。安婷在電話裡推測，他可能就是就是蕭遙提及的蜂王，但朱志揚對他一點印象也沒有，應該沒見過，也沒聽井岩峰提起。

這人到底是誰？關於蜂王，朱志揚早就聽蕭遙提過，如果顧永剛真是蜂王，為什麼蕭遙還跟他一起回家？既是蜂王，那批工蜂又潛伏在哪？朱志揚怎麼想都想不透，隱隱覺得不安，撥手機給劉碧珠，請她帶一組人去萬華的顧宅查看。講完，又撥給彭亞民。

「出動了嗎？U3。」朱志揚問。

「出動了，預計十分鐘後跟上U1，同樣三架。」彭亞民說。

「蕭遙的爸媽是人質，應該也會在場，不要誤傷他們。」

「收到。」

朱志揚掛了手機，心裡踏實了點。蕭遙自己獨立拉出的戰線，對手的強大實在難以想像，特警部隊未必使得上力，但朱志揚仍希望多多少少能幫上一點忙。

U1是小型四軸無人機，直徑零點四米，專門用來空拍，U3是中型八軸無人機，直徑零點九米，搭載一對輕型機槍，配備七點七毫米的改良型達姆彈與微型燒夷彈各十發，這二種特

殊子彈，足以讓人體瞬間化為碎片、火團，原已遭國際刑事法院禁用，近年來卻因全球恐怖主義氾濫而解禁，只允許用於緊急且必要的反恐行動，旨在有效遏止過度凶殘的武裝暴徒，但仍禁止用於戰爭。對朱志揚而言，做此決策誠非得已。那群開膛手或許已屬非人，他們更像魔也更像獸，也即蕭遙說的，**它們**。就在進入緊急狀態的此刻，朱志揚的責任之一就是盡可能避免人力、物力的過度耗損，尤其必須隨時確保ＩＺ的最大戰力，畢竟，誰都不知道這場戰役會持續多久，也不知道還有多少隱密的敵人潛伏於未知之處。因而，每一個戰士都不能輕易犧牲，每一顆子彈都不能輕易浪費，非常時期殲敵務盡，無從憐憫。

廂型車滑入ＰＶ大樓門口，朱志揚下車，快步走向大門口，胡威與三名全副武裝的偵查員留在車上等他。朱志揚走入大堂，看到井岩峰已經等著他。身著黑西裝的保安帶著他們穿過挑高二十米的大堂。

「聽過顧永剛這名字嗎？」朱志揚邊走邊低聲問。

「聽過，但不認識。他的博士論文也跟水記憶有關。怎麼了？」井岩峰望向朱志揚。

「根據稅務資料，他在這裡工作，可能就是蕭遙說的蜂王。」

井岩峰有點意外。「我定期來這兒開理事會，沒碰過這個人。」

朱志揚沉吟著說：「這事有點怪。目前為止，從沒見過ＰＶ的相關人員親自出手，他是第一個。」

「除非失控。」井岩峰說。

二人互望一眼，停止對話。電梯間到了，保安帶著他們搭電梯直上頂樓，進入會議室。

保安離去後，偌大的會議室只剩朱志揚和井岩峰二人，茶水早已備好在桌上，但二人動都沒動。朱志揚瞄了眼手機，沒訊號，四面牆都沒開窗，應是埋了訊號阻斷器，牆面的鐵灰色特殊材質應是防竊聽塗料吧，葛倫說得沒錯，這個空間是安全的，但也只是針對和平展望會而言。

九時整，巨型螢幕亮起，大衛．葛倫出現在畫面中，微笑著以英語跟二人問候致意。

「沒想到井先生也來了。」葛倫說。

「朱督察突然邀約，很難拒絕。」井岩峰微笑著說。

「所以你現在是以所長的身分，而不是以PV理事的身分列席？」

「其實都可以。好像也沒什麼差別。反正身為理事知道的也不比所長多。至於朱督察想知道的事，我同感好奇。」

葛倫輕笑幾聲，顯得毫無芥蒂。「朱隊長想知道那是一場什麼樣的實驗，什麼時候開始，什麼時候結束，答案其實很簡單。第一，實驗是二〇〇八年由楊桐博士啟動的。第二，什麼時候結束，說真的我也不知道，因為沒有結束的必要。這就牽涉到第三點，實驗目的，就為了醫療和能源用途，簡單說就是造福人類。」

「看來，期待有問必答只是一種奢望。」朱志揚笑了笑，看了下腕錶，不打算廢話。「現在是九點零二分，你有位屬下名叫顧永剛，現在正開著黑色寶馬往北海岸前進，車上載著蕭遙，也就是楊桐博士的兒子楊潛，據我所知，蕭遙應該是你們的目標，你們似乎想殺了他，或者拿他來測試什麼，總之，顧永剛似乎是整個實驗的主導者之一。我想說的是，無論待會兒的結果顧永剛是死是活，他都會成為PV從事組織性犯罪的證據。」

葛倫一逕微笑，看不出什麼異樣。「朱隊長編了一個很驚悚的故事。至於你說的那位顧什麼的，PV在全球有上萬個僱員，我得查一下才知道是否確有其人。」

「可惜手機收不到訊號，否則你應該看看我們的即時空拍畫面，那位，你說顧什麼的，他的黑色寶馬上空有三架無人空拍機盯著他，周圍一公里內應該也有不少特警部隊緊跟著他。簡單說，整個犯罪過程即將是一場精采的實況轉播，日後有機會的話，我很樂意播給你看。」

朱志揚常說自己像個拳擊手，意思是，就算蒙住雙眼上擂台，他也會瞎打一通，至少讓對手近不了身，運氣好說不定還能歪打正著、誤中對手。今天一早從接到安婷電話到現在，只有兩個多小時，事情來得太急太快，關於顧永剛的情報也太有限，此刻他只能憑著直覺瞎出拳。但螢幕中的葛倫似乎沒什麼反應，讓朱志揚有種打空拳的感覺。

「故事不但驚悚，而且有趣，我們不妨換個角度來思考。」葛倫說：「你逮捕藤原總監和羅靖銘局長，只因為他們都是我的朋友，但你可知道我的朋友究竟有多少？又是哪些人？」

「不知道。」朱志揚說。

「再這樣下去，就不怕傷到你自己？」

「怕死了。就像旁邊這位井所長，我隨時都怕他暗算我。」

「言重了。我只是個書蟲，只懂啃書，不懂殺人。更何況，自從見識過你的手段，應該是我怕你才對吧？」井岩峰笑得有點勉強。他和朱志揚說好各扮黑白臉，最好別讓葛倫看出二人的合謀，朱志揚突又出拳，他倉皇接招，看來還算自然，暫無違和感。

「開玩笑的，別介意。而且，所謂暗算，也不見得要自己動手，借刀殺人才算高招，對嗎，葛倫先生？」朱志揚笑著望向葛倫。「我無意冒犯，但講話粗魯慣了，總覺得這就是最好的溝通方式，直接，有效，少了很多廢話。所以我再請教一個問題，PV的水記憶研究，軍事用途是什麼？請聽清楚，我問的不是有沒有軍事用途，因為本來就有，所以請直接告訴我用途是什麼，以免浪費彼此的時間。」

「如果我說是為了世界和平，你相信嗎？」葛倫平靜地說，不曾被激怒。

朱志揚大笑，笑聲就是他的回答。葛倫很有風度地等他笑完。

「黑格爾說的質、量、尺度，從量變到質變，尺度是質與量的統一，但尺度如果不只一個呢？」葛倫說。

「葛倫先生指的是哪方面的尺度？」井岩峰問。

「首先是時間，接著是空間，然後是萬物。」葛倫說。

「太玄了。聽不懂。」朱志揚打斷他們的對話，又瞄了眼腕錶。「能不能回到正題？時間不多，我不想錯過北海岸的即時轉播。」

「時間多寡從來不是問題，除非你把蕭遙當成籌碼。」

「一如你把他當成目標。」朱志揚沒否認，微笑直視葛倫。

「你誤解我的意思了。如果，我們現在正身處未來的某個時間點，回頭看現在，覺得此刻的我們所作所為太可笑，那麼，你現在認為的時間不多又有什麼意義？」葛倫喟嘆著說：

「記憶啊記憶，常民都以為記憶是關於往事，卻沒想過記憶也可以是來自未來。如果有一種方法，能知道未來世界即將發現的真理，唯有那個真理才能讓整個地球步入正軌，包括真、善、美、和平，接著，把時間軸倒轉，那個真理就反過來變成對此刻而言的記憶了，不是嗎？如此說來，未來的記憶，既是真理，也像天啟。」

「所以，你說的是未來的尺度？」井岩峰問。

「對，黑格爾之尺與上帝之尺從來不是同一把，未來的尺度，未來的記憶，如果能變成現在的尺度，將無比美好。」葛倫說。

「既然還沒發生，未來的尺度要如何取得？」井岩峰說。

「如何取得已經不是問題。」

井岩峰愣了一下。「什麼意思？ＰＶ已經掌握穿越時間的技術？」

「秘密。無可奉告。」葛倫逕自微笑。

「秘密該不會是在蕭遙身上吧？」朱志揚說：「所以他才會成為你們的目標？」

「朱隊長，你不是在趕時間？我們的對話也該結束了。最後，我只能說，霍布斯主義，就是唯一的選擇。軍事用途，只是手段不是目的。再見。」

葛倫消失了，朱志揚、井岩峰依然望著那變黑的巨型螢幕。

「只是手段不是目的，什麼意思？」

井岩峰喃喃說著，望向朱志揚，只見朱志揚沉著臉，良久才開口。

「意思是，整個實驗會沒完沒了。」

第十八章

人生，只有兩分半鐘的時間：
一分鐘微笑，一分鐘嘆息，
半分鐘愛，因爲在愛的這一分鐘中間他死去了。

——左拉（Émile Zola）

上午九時四十三分，黑色寶馬在濱海公路放慢速度，緩緩滑入停車場。

停車場面向一望無垠的蔚藍海洋，一旁是陡峭的山壁，顧永剛和蕭遙先後下車，顧永剛手一攤，示意蕭遙先走，蕭遙仰望山巔，順著坡道走上去，顧永剛看他走了一段後才尾隨而去，維持一段距離。

三分鐘前，顧永剛在車上收到**亞當**的通知，葛倫有急事找，看來，葛倫應該知道了吧。顧永剛從外套口袋取出微型耳麥戴上，接通主控室，請**亞當**與紐約總部連線。

「葛倫先生，是我。」

「發生什麼事了？你不在主控室。」葛倫的聲音很平靜。

「請把我列入整個實驗的參數之一。」顧永剛說。

葛倫沉默了一下才問：「你注射了MOW961？」

「對不起。」

「其他十位戰士，我看得到他們的視像，但看不到你的。」

「現在就開啟。」

顧永剛切換耳麥頻道，下指令給**亞當**。才一下，就聽見葛倫的回應。

「看見了。」葛倫說。

蕭遙就走在顧永剛的前面，葛倫應該也看見了。

「葛倫先生，我必須親身證明961的優越性。」

「你才是最優越的。」葛倫說：「實驗難免有成敗，我們擁有源源不斷的戰士，卻只有一個你，輪不到你來犧牲。開膛手不是唯一的模組，未來還有更多，都需要你來共同開發。」

「謝謝你的賞識。我一定會活下來，不讓你失望。」顧永剛說。

耳麥那頭，傳來葛倫的輕輕嘆息。「你太好勝。」

「注射961之後，我的所有數據，都已儲存在主控室，可供後續實驗的參考值。在我體內積澱七年的959，和961綜合之後，有些很奇妙的、始料未及的效果，例如，情緒控制。」

「什麼樣的情緒？」

「無限多。例如，我爸爸、媽媽的事。」

葛倫沉默一下。「是你自己想起來的？」

「蕭遙告訴我的。知道你是為我好才對我守住秘密，謝謝。」

「不客氣。我會向莉夫人轉達你的謝意，你爸媽的虛擬全息投影是莉夫人創造的。」葛倫的聲音帶著點溫柔。

「他們真的很真實。」顧永剛說。

「莉夫人是根據你的需求而設計的。你想像中的母愛、父愛、家。想像永遠比真實美好太多。」

「快到了。」

「先提醒你，看看天空。警方的無人空拍機。」

顧永剛駐足抬頭，清澄的藍天，一開始什麼也沒看見，後來終於看到一點閃光，是陽光的折射，這才看清楚那折射的光點來自一具灰色機身，應該是最先進的無聲機，不特別留意根本難以察覺。顧永剛環視上空，接著發現第二架、第三架，呈三角隊形盤旋於百米外的上空。

「特警部隊已經在路上，你現在離開還來得及，把戰鬥留給戰士們。」葛倫說。

「來不及了。我是說我自己。有些事，不做會後悔。」顧永剛說。

葛倫嘆息，須臾才說：「ＰＶ需要你。等你平安歸來。」

對話結束，顧永剛摘下耳麥，尾隨蕭遙走上崖頂，視野突然開闊起來，那是一塊空曠而平坦的岩磐，算是北海岸的制高點，舉目望去，海天一線。這兒禁止車輛進入，但岩磐盡頭的斷崖邊上停著一輛灰色廂型車，不透光的黑色車窗，看不到裡面，顧永剛和蕭遙都知道，六個殺手和蕭遙的爸媽就在車內。

蕭遙停下腳步，遠遠看著那廂型車，沒走過去，逕轉身看著顧永剛。

「不用擔心。只是乙醚，睡著總比清醒好。這樣，你爸媽才不會害怕。」顧永剛邊說邊脫下外套，從內側口袋取出一把釉灰色短刀。

蕭遙沉默了一下。「如果我死了，可以放他們走嗎？」

「我可以答應，但戰士們恐怕不會答應，而且也沒辦法決定。961的開膛手模組，只會指向單一的結果，就是死亡。死的不是目標，就是戰士。」

「意思是，要救我爸媽，唯一的方法就是先殺了你，然後殺掉裡面那六個？」

「沒有別條路了。」顧永剛說：「有點難，但你不妨試試。」

蕭遙不再說話。顧永剛看著他，突然覺得有點憐憫。

七年了，孤絕的青春，被整個世界遺棄，如果他不是楊潛，如果沒有發生這一切，那麼，顧永剛願意收容他。但現在不一樣了，他知道太多，且還揭開那些原本應該永遠噤啞的秘密，那些於顧永剛而言的不可碰觸之物。

顧永剛已經理不清心裡的感受。不潔，遠比已知的污穢還污穢的、因殺了聖物而被命名的不潔，原已塵封於記憶之外，而今蛆蟲似地復歸，就從他靈魂的最深處蠕現。顧永剛恍若聽得見自己體內某處的哭泣與吶喊，知道那將永無休止。被蕭遙召喚出來的恨意叢結，對自己、對家人的恨，永無出口，地獄之火將日復一日為他紋身，能兌換的只剩鮮血和死亡。憐憫，僅僅是最後的施捨，給蕭遙也是給自己的。現在他不想死了，鮮血留給自己的雙手，死亡留給蕭遙，而今他只想以不潔之軀重返葛倫的神殿。也因為這樣，顧永剛原本多少存有的必死之心，現在只剩必殺。

他望著蕭遙，新的策略已在腦海裡成形。

黑色偵防車疾馳於濱海公路，後座的安婷望著手裡的警用平板電腦，螢幕裡正同步播出空拍機的監看畫面，空曠的岩磐上，蕭遙和顧永剛對峙，殺戮一觸即發。

「不能再快嗎？」李玉軒擻頭望向駕駛座的許易傑。

「快到了。不用兩分鐘。」許易傑說，儀表板的時速已快飆破二百公里。

安婷沉默地盯著平板螢幕。她才跟朱志揚通完話，他要她放寬心，他已撤銷對她和蕭遙的通緝令，就等二人一起平安歸來。

「我不想聽這些。能不能告訴我，勝算有多少？」安婷說。

「勢在人為。」朱志揚說。

「意思是勝算很低？」

手機那頭，朱志揚頓了一下才說：「最棘手的是不能傷到人質，U3要轟掉顧永剛很簡單，但首先遭殃的只會是蕭遙的爸媽。」

朱志揚的口吻，既是無奈，也是安撫，安婷說了聲謝謝就掛斷了。

此刻，安婷注視螢幕裡蕭遙的身影，他顯得那麼渺小，其實不只現在，他一直都是，就跟她一樣，渺小、無助，她從不自憐，他也是，唯一覺得可貴的是由不得二人自己決定的機緣，從相遇前就已懵懵懂懂感知的幻影，直到相遇後彼此間的探索與心靈交融，蕭遙說過的，他好像是為她而活，而今，她也是同樣的感受。那麼，就算渺小，也不孤單。

安婷別頭望著車窗外的海洋，腦海裡似乎閃現什麼，稍縱即逝，她不及細想，因為螢幕裡的殺伐已經開始。

岩磐上的兩道人影糾纏，一身黑衣的顧永剛不斷揮刀攻擊，一身灰衣的蕭遙在刀鋒間遊走，安婷見過類似的場面，知道顧永剛傷不了他，但最大的變數卻在那廂型車內，不可見之處，才是蕭遙最大的威脅。安婷恨不得飛身而去，陪伴在蕭遙身邊。她看著平板裡的蕭遙，心中呢喃著，快了快了，我快到了。

許易傑接到戰情室的胡威來電，反恐特警部隊計有三車九人，距許易傑的車後不遠，就快跟上，預估可和他同時趕抵現場。胡威叮嚀，抵達後不要輕舉妄動，先在山腰的坡道待命，以免傷及蕭遙和人質，部隊主要任務是救人，空中的三架U3已經趕到，將伺機而動，雷達鎖定後命中率將近百分之百，只要找到間隙，一舉將敵人全數殲滅。

斷崖終於在望，許易傑在坡道入口緊急煞車，安婷首先下車狂奔上坡道，許易傑、李玉軒緊追在後，他們身後，三輛警車陸續飛馳而至，全副武裝的特警們也衝上坡道。到了山腰，李玉軒拉住安婷，要她在此稍候，安婷卻甩開她手，逕奔往崖頂。許易傑按住李玉軒，要她別管了。

安婷直奔上崖頂，看到兩道身影夾纏，戰鬥仍持續中，她不敢靠太近，只能眼睜睜看著。

過沒多久，兩身影突然分開，靜止不動，才一下下，顧永剛的胸腔突然噴出血霧，整個人軟趴趴地癱跪在地。顧永剛張著呆滯的眼，視線從自己冒血的右胸緩緩滑過地面，最後往上看定蕭遙，不知何時，刀已在蕭遙手裡，刀尖淌的正是顧永剛自己的血。

「我不想殺你。」蕭遙說：「你是我爸媽最後的機會。」

「戰士不會聽我的。」顧永剛說。

「要不要試試？不必說，只要做。」

蕭遙把短刀丟到顧永剛身前的地上。顧永剛拾起刀，看著蕭遙，接著看見他身後的安婷，突然，他忍不住笑了，邊笑邊咳出鮮血，接著，艱苦地爬起身，蹣跚走向廂型車。蕭遙緩緩回頭看著安婷，綻出微笑，示意她待在原地別動。

朱志揚已回到ＩＺ本部戰情室，此刻緊盯著空拍機傳來的監控畫面，顧永剛正走近廂型車。

「現在什麼狀況？」彭亞民盯著遙控電腦上的螢幕，有點焦慮。

「他要顧永剛先救他爸媽。」朱志揚沉吟著說。

「顧永剛為什麼要聽他的？」彭亞民又問。

「不知道。盯好車子，等車門一開，能鎖定幾個殺手就鎖定幾個。」

「收到。」

手機響起，劉碧珠打來的，朱志揚按下擴音鍵與她視訊通話。

「老闆，顧永剛他家沒人在，我們只好直接開鎖進來。」

手機螢幕裡，劉碧珠帶著點氣音，似乎有點不安。

「所以？」朱志揚看出她的異樣。

「有個東西，你最好看看。」

劉碧珠把手機攝像頭轉了個方向，先是看到她身處的狹窄空間，是廚房，接著是一面白牆，部分磁磚已遭破壞，手機貼近裸露的灰水泥牆面，朱志揚和胡威這才看清楚，那是兩張乾枯的人臉。

「我猜，應該是顧永剛的爸媽。從周遭的粉屑看來，牆面是剛剛才被破壞的。」

聽劉碧珠的聲音，似努力著要讓自己平靜下來。

「顧永剛帶蕭遙回到這裡，原因就是這個？」朱志揚沉吟著。

「可是，為什麼？」劉碧珠喃喃說：「是誰殺了他們？為什麼埋在這裡？」

朱志揚一時也想不透，有點煩躁地別頭望向七十吋螢幕，顧永剛已走到廂型車邊，一時站定，行經之處的岩磐地面，拉出一道長長的血跡。蕭遙佇立之處，離車子約莫三米遠，他一直盯著車子，蓄勢待發。

朱志揚隱隱覺得不對勁，但又理不清思緒。手機那頭，劉碧珠繼續思索著，近乎喃喃自語。「有誰會把自己的爸媽埋在裡面？所以，不是顧永剛？所以……是蕭遙的感知？是蕭遙把顧永剛帶回這裡的？」

朱志揚越聽越煩躁，在類似的思緒中飄盪、追索。

蕭遙可殺顧永剛而不殺，二人必有交易。不管什麼交易，顧永剛都未必可信，蕭遙也未必信他。那麼，蕭遙等的又是什麼？

空拍畫面裡，顧永剛虛弱地拉開車門，回首望向蕭遙。

最後關頭了，朱志揚力圖讓自己冷靜。回到直覺。心裡有個聲音告訴他。

回到直覺！

朱志揚閉上眼，不再觀看螢幕裡蕭遙的渺小身影，好像唯有如此，才能稍稍趨近他幽微的心思。

我們現在過得很好，沒有他只會更好。蕭爸爸說。

他們現在過得很好，沒有我只會更好，我無所謂，你最好也是。蕭遙說。可是他獨坐

朝南山坡遠眺失去的家，更早的他明明知道自己一點錯也沒有卻在療養院不只一次對田醫師說他對不起爸媽，蕭遙可曾像女兒曉青一樣哼唱過童歌？可曾像曉青一樣聽著媽媽專為她一人朗誦的童話故事？禁錮的童年，失聲的喑啞，孺慕的渴望恆久落空於療養院大門的每一次開闔只因爸媽從不曾在那兒出現。這樣的孩子，朝南的山坡，即使爸媽棄他而去他都將永世凝望他們背影而非轉頭離去，對不起，他說，或許心中也呼喚著永遠再也喚不出口的爸爸媽媽，對不起，他說，永無辯解之日也不該由他承受的罪名堵住生命的所有出口而竟也只能不斷說對不起。

如今爸媽重現面前，這樣的孩子會怎麼做？

朱志揚驀地張眼，似想通了什麼。

空拍畫面裡蕭遙正走向顧永剛，朱志揚急按下警用行動通訊鈕。

「許易傑！」朱志揚忍不住用吼的。

「有！」擴音器傳來許易傑宏亮的嗓音。

「部隊立刻攻堅！」朱志揚吼著。

「人質怎麼辦？」許易傑急問。

「首先全力搶救蕭遙！」

「收到！」

空拍畫面中，只見許易傑揮手下令，率部隊衝上坡道，往崖頂快速移動，他們很快越過安婷，以合圍隊形直逼廂型車，槍口全都對準顧永剛和那車子。

「退後！蕭遙退後！」

戰情室的擴音器傳來許易傑的嘶吼聲，一吼再吼，但蕭遙恍若未聞，逕走到顧永剛身前才停下。這也讓特警們有所忌憚，唯恐誤傷蕭遙。

「U3雷達能鎖定嗎？」朱志揚問彭亞民。

「蕭遙靠太近，我怕誤傷。」彭亞民說。

朱志揚瞪著畫面。此時此刻，他只希望自己的直覺是錯的。

蕭遙必救爸媽，不計生死，又或，明知必死。

他們過得很好，沒有我只會更好。

岩磐上，蕭遙和顧永剛佇立於車門外。背後的許易傑都喊破嗓子了，蕭遙仍無動於衷，逕自注視顧永剛。

「曾經，你確實不想傷害他們。」蕭遙說。

「對。我一直想證明961比你強。」顧永剛喘息著，因為疼痛，也因失血過多。

「可是你後悔了。」

「現在只想證明，我比你強。」顧永剛泛起微笑。「而且順便可以作個實驗，測試你身上的蟲洞現象有多大承載量，能不能一次搭載三個人。」

顧永剛突然往左微傾，車內殺手一湧而出，黑袍飄動，彎刀齊發，蕭遙被迫後退，四個殺手如影隨形緊纏而上，全不留喘息餘地。就在此際，車內的另兩名殺手押著昏迷狀態的蕭遙爸媽下車，彎刀就架在他們頸上。蕭遙瞥見了。

安婷望著這一幕，很快猜到了什麼。

特警部隊突然改變策略群攻而至，必然是朱志揚下的指令，朱志揚必然和她有著類似的猜想。朱志揚想全力搶救蕭遙，原因只有一個。

明知必死，必救爸媽。

安婷突然濕了眼。

不能失去他。不能讓他孤單。

安婷整個人突然衝出去，用力排開擋在她身前的特警人牆，直奔往廂型車，必須搶在蕭遙之前，她是這麼想的，卻被兩個特警合力擒住，她悶吼著想掙脫但無濟於事。

此時，戰局突然改觀，不知怎麼回事，蕭遙瞬間閃現於車旁，沒有人看清他的行進動線，只見原先與蕭遙纏鬥的四名殺手身上突然爆出鮮血、肉塊，一一倒地，是高空中的U3連發四彈，無一虛發。

車旁，蕭遙雙臂同時疾出，抓住架在爸媽頸上的兩把刀鋒，鮮血自他指縫流出，就在此際，顧永剛刀起刀落，唰唰二下，蕭遙的雙臂齊肩而斷，鮮血噴出。蕭遙劇烈晃動身子，似乎還來不及意識到自己雙臂已然不在，似乎以為自己還能救得了爸媽，須臾，他才突然靜止不動，只因終於看清自己的雙臂正血淋淋地懸掛在爸媽的頸際。

蕭遙瞪大了眼，咬牙忍住疼痛，顧永剛一步上前，尖刀刺入蕭遙的心臟。

「現在你比我更像蛆蟲。安息吧。」

胸。

顧永剛眼裡湧出淚水，冷冷看著蕭遙，終於鬆手放開刀柄，只見刀鋒已整個沒入蕭遙左

蕭遙悶聲嘶吼，似哀嚎也似哭泣，直至看見安婷，她一直想衝向他，卻掙脫不了孔武有力的特警，只能遠遠地望著他，流著淚。蕭遙看著她，雙肩不斷湧出大量鮮血，眼前的整個世界似飄忽著逐漸遠去，他嘴唇微動，想說什麼卻什麼話聲也發不出。

對不起

蕭遙想說的只有這句，對安婷，對爸媽，但最後這一刻依然只能失語。

蕭遙突然掉頭狂奔，他全部的世界只剩斷崖盡頭的天空，就算失去雙臂仍想展翅飛上去，他望著藍天縱身一躍，然後，直墜入海。

顧永剛鑽入駕駛座，兩名殺手架著蕭遙爸媽閃入車內關上門，人質還在車上，特警們只能喝阻卻不敢開槍，廂型車衝向他們，撞飛幾個特警後揚長而去，在坡道上捲起一陣塵土。

安婷不再哭泣，突然掙脫特警，往斷崖盡頭奔去。

慢了一步，但一切都無所謂了。

安婷縱身躍起，整個身子在空中劃出一道弧線。

深藍色的海面越來越近，這瞬間，她在車上未及抓住便一閃而逝的思緒突然重新浮現。

那我媽媽呢？

妳媽媽也一樣，變成大海。

小墨那百聽不厭的故事，現在她終於親身見證。

安婷的身軀宛若尖錐刺穿海平面，濺起水花，整個人一直往下沉，有那麼一下失去意識，但很快睜開眼，醒了，手腳開始划動，水中鹽分讓雙眼感到刺痛，但她強迫自己適應，在湛藍海水中舉目四尋。一時沒找到蕭遙，於是先浮上水面深吸一口氣又鑽入水裡，這次她越游越深，越游越深，隱隱約約地，終於看見一道灰影緩緩往海底墜去，所經之處，雙肩湧出的鮮血於湛藍水色中留下二縷血痕，悠悠飄盪。

安婷一直往海底游去，這次一定要抓住他。

這口氣能憋多久算多久，死也要抓住他。

別怕，有我在，絕不讓你孤單。

SMART 34

未來之憶
首部曲 人魔之城

作　　者　黃志翔
總 編 輯　初安民
責任編輯　宋敏菁
美術編輯　林麗華
校　　對　吳美滿　黃志翔 宋敏菁

發 行 人　張書銘
出　　版　INK 印刻文學生活雜誌出版股份有限公司
新北市中和區建一路 249 號 8 樓
電話：02-22281626
傳真：02-22281598
e-mail：ink.book@msa.hinet.net
網　　址　舒讀網 http：//www.inksudu.com.tw

法律顧問　巨鼎博達法律事務所
施竣中律師
總 代 理　成陽出版股份有限公司
電話：03-3589000（代表號）
傳真：03-3556521
郵政劃撥　19785090 印刻文學生活雜誌出版股份有限公司
印　　刷　海王印刷事業股份有限公司

港澳總經銷　泛華發行代理有限公司
地　　址　香港新界將軍澳工業邨駿昌街 7 號 2 樓
電　　話　(852) 2798 2220
傳　　眞　(852) 3181 3973
網　　址　www.gccd.com.hk

出版日期　2021 年 4 月　　初版
ISBN　978-986-387-399-0

定　價　420 元

國家圖書館出版品預行編目資料

未來之憶 首部曲 人魔之城／黃志翔 著；
--初版，--新北市：INK印刻文學，
2021.04　面；14.8 × 21公分（Smart；34）
ISBN 978-986-387-399-0（平裝）

863.57　　110004147

舒　讀　網